俄苏文学经典译著·长篇小说

绥拉菲摩维奇（1863—1949）

苏联作家。生于贫苦的哥萨克家庭。1887年在彼得堡大学学习时，因起草革命宣言被捕流放。流放期间开始创作。1912年发表长篇小说《草原上的城市》，描写俄国资本主义的发展和工人阶级的成长。内战期间写成特写集《革命、前线和后方》。1924年完成长篇小说《铁流》，描写内战时期一支红军队伍的英勇斗争。还创作过许多反映卫国战争和战后建设的短篇小说、政论和特写。

曹靖华（1897—1987）

著名作家、翻译家。原名联亚，河南卢氏人。20世纪20年代初曾在苏联莫斯科东方大学学习，回国后参加北伐。大革命失败后再次赴苏，执教于莫斯科中山大学、列宁格勒东方语言学院等校。1933年回国，先后在北平大学女子文理学院、东北大学任教。从1923年起开始翻译俄国和苏联文学作品，主要有《铁流》《保卫察里津》《城与年》等。1949年后任北京大学俄语系主任、中国作协书记处书记。

Железный Поток

Serafimovich

俄苏文学经典译著·

长 篇 小 说

Russian

Literature

Classic.

NOVEL

铁流

[苏]绥拉菲摩维奇 著

曹靖华 译

三联书店

图书在版编目（CIP）数据

铁流/（苏）绥拉菲摩维奇著；曹靖华译. ——北京：生活·读书·
新知三联书店，2020.3
（俄苏文学经典译著·长篇小说）
ISBN 978 – 7 – 108 – 06741 – 8

Ⅰ．①铁… Ⅱ．①绥…②曹… Ⅲ．①长篇小说–苏联
Ⅳ．①I512.45

中国版本图书馆CIP数据核字（2019）第298912号

责任编辑　陈丽军
封面设计　樱　桃
责任印制　黄雪明
出版发行　生活·讀書·新知　三联书店
　　　　　（北京市东城区美术馆东街 22 号）
邮　　编　100010
印　　刷　常熟高专印刷有限公司
版　　次　2020 年 3 月第 1 版
　　　　　2020 年 3 月第 1 次印刷
开　　本　650 毫米×900 毫米　1/16　印张　16
字　　数　214 千字
定　　价　56.00 元

出版说明

　　本丛书是对中国左翼作家所译俄苏文学经典一次系统的整理和展现，所辑各书均为名家名译，这不仅是文献和版本意义上的出版，更是对当时红色文化移植的重新激活。

　　早在 1948 年生活书店、读书出版社、新知书店合并为生活·读书·新知三联书店前，三家出版社就以引介俄苏经典文学和社会理论图书等为己任。比如 1937 年生活书店出版托尔斯泰的《安娜·卡列尼娜》，1946 年新知书店出版《钢铁是怎样炼成的》。1949 年以后，虽然也有出版社对俄苏文学经典进行重译、重编，但难免失去了初始的本色，并且遗失了些许当时出版的有价值的译著；此外，左翼作家的译介因其"著译合一"的特点，在众多译本中，自有其价值；更重要的是，这些文学经典蕴含的对生活的热情、对信仰的坚守、对事业的激情在今天亦鼓动人心，能给每一位真诚活着的人以前行的动力。因此，系统地整理出版左翼作家翻译的俄苏文学经典是必要的。

　　我们在对书稿进行加工时，主要遵循了以下原则：

　　一、本丛书为重排本，由繁体字竖排版改为简体字横排版。

　　二、忠实原作，保持原译语言风格及表现方式；对书中人物及相关译名除必要的规范外基本保留。

　　三、原书注释如旧，编者所出的注释，均以"编者注"标明，以示与原书注释的区别。

四、对原书中各种错讹脱衍之处，直接订正。

五、数字只要统一、规范，基本沿用；对标点符号的用法，尽可能做到规范。

六、在不影响原译意的情况下，对个别表述可能有歧义的字句进行必要斟酌处理。

俄苏文学经典译著

总　序

　　生活·读书·新知三联书店推出"俄苏文学经典译著·长篇小说"丛书，意义重大，令人欣喜。

　　这套丛书撷取了 1919 至 1949 年介绍到中国的近 50 种著名的俄苏文学作品。1919 年是中国历史和文化上的一个重要的分水岭，它对于中国俄苏文学译介同样如此，俄苏文学译介自此进入盛期并日益深刻地影响中国。从某种意义上来说，这套丛书的出版既是对"五四"百年的一种独特纪念，也是对中国俄苏文学译介的一个极佳的世纪回眸。

　　丛书收入了普希金、果戈理、屠格涅夫、陀思妥耶夫斯基、托尔斯泰、高尔基、肖洛霍夫、法捷耶夫、奥斯特洛夫斯基、格罗斯曼等著名作家的代表作，深刻反映了俄国社会不同历史时期的面貌，内容精彩纷呈，艺术精湛独到。

　　这些名著的译者名家云集，他们的翻译活动与时代相呼应。20 世纪 20 年代以后，特别是"左联"成立后，中国的革命文学家和进步知识分子成了新文学运动中翻译的主将和领导者，如鲁迅、瞿秋白、耿济之、茅盾、郑振铎等。本丛书的主要译者多为"文学研究会"和"中国左翼作家联盟"的成员，如"左联"成员就有鲁迅、茅盾、沈端先（夏衍）、赵璜（柔石）、丽尼、周立波、周扬、蒋光慈、洪灵菲、姚蓬子、王季愚、杨骚、梅益等；其他译者也均为左翼作家或进步人士，如巴金、曹靖华、罗稷南、高植、陆蠡、李霁野、金人等。这些进步的翻译家不仅是优秀的译者、杰出的作家或学者，同时他们纠正以往译界的不良风气，将翻译事业与中国反帝反封建的斗争结合起来，成为中国新文学运动中的一支重要力量。

这些译者将目光更多地转向了俄苏文学。俄国文学的为社会为人生的主旨得到了同样具有强烈的危机意识和救亡意识，同样将文学看作疗救社会病痛和改造民族灵魂的药方的中国新文学先驱者的认同。茅盾对此这样描述道："我也是和我这一代人同样地被'五四'运动所惊醒了的。我，恐怕也有不少的人像我一样，从魏晋小品、齐梁词赋的梦游世界中，睁圆了眼睛大吃一惊的，是读到了苦苦追求人生意义的19世纪的俄罗斯古典文学。"[1]鲁迅写于1932年的《祝中俄文字之交》一文则高度评价了俄国古典文学和现代苏联文学所取得的成就："15年前，被西欧的所谓文明国人看作未开化的俄国，那文学，在世界文坛上，是胜利的；15年以来，被帝国主义看作恶魔的苏联，那文学，在世界文坛上，是胜利的。这里的所谓'胜利'，是说，以它的内容和技术的杰出，而得到广大的读者，并且给予了读者许多有益的东西。它在中国，也没有出于这例子之外。""那时就知道了俄国文学是我们的导师和朋友。因为从那里面，看见了被压迫者的善良的灵魂，的酸辛，的挣扎，还和40年代的作品一同烧起希望，和60年代的作品一同感到悲哀。""俄国的作品，渐渐地绍介进中国来了，同时也得到了一部分读者的共鸣，只是传布开去。"鲁迅先生的这些见解可以在中国翻译俄苏文学的历程中得到印证。

中国最初的俄国文学作品译介始于1872年，在《中西闻见录》的

---

[1] 茅盾：《契诃夫的时代意义》，载《世界文学》1960年1月号。

创刊号上刊载有丁韪良（美国传教士）译的《俄人寓言》一则。[1]但是从 1872 年至 1919 年将近半个世纪，俄国文学译介的数量甚少，在当时的外国文学译介总量中所占的比重很小。晚清至民国初年，中国的外国文学译介者的目光大都集中在英法等国文学上，直到"五四"时期才更多地移向了"自出新理"（茅盾语）的俄国文学上来。这一点从译介的数量和质量上可以见到。

首先译作数量大增。"五四"时期，俄国文学作品译介在中国"极一时之盛"的局面开始出现。据《中国新文学大系》（史料·索引卷）不完全统计，1919 年后的八年（1920 年至 1927 年），中国翻译外国文学作品，印成单行本的（不计综合性的集子和理论译著）有 190 种，其中俄国为 69 种（在此期间初版的俄国文学作品实为 83 种，另有许多重版书），大大超过任何一个国家，占总数近五分之二，译介之集中可见一斑。再纵向比较，1900 至 1916 年，俄国文学单行本初版数年均不到 0.9 部，1917 至 1919 年为年均 1.7 部，而此后八年则为年均约十部，虽还不能与其后的年代相比，但已显出大幅度跃升的态势。出版的小说单行本译著有：普希金的《甲必丹之女》（即《上尉的女儿》），陀思妥耶夫斯基的《穷人》、《主妇》（即《女房东》），屠格涅夫的《前夜》、《父与子》、《新时代》（即《处女地》），托尔斯泰的《婀娜小史》（即《安娜·卡列尼娜》）、《现身说法》（即《童年·少年·青年》）、《复活》，柯罗连科的《玛加尔的梦》和《盲乐师》，路卜洵的《灰色马》，阿尔志跋绥夫的《工人绥惠略夫》等。[2]在许多综合性的集子中，俄国文学的译作也占重要位置，还有更多的作品散布在各种期刊上。

其次翻译质量提高。辛亥革命前后至"五四"高潮前，中国的俄国

---

[1] 可参见笔者在《二十世纪中俄文学关系》（学林出版社，1998；高等教育出版社，2002）中的相关考证。

[2] 这套丛书中收入了这一时期张亚权译的柯罗连科的《盲乐师》（商务印书馆，1926）。

文学译介均为转译本，且多为文言。即使一些"名家名译"，如戢翼翚译的普希馨《俄国情史》（即普希金《上尉的女儿》，1903）、马君武译的托尔斯泰的《心狱》（即《复活》，1914）、林纾和陈家麟合译的托尔斯泰的《罗刹因果录》（收八篇短篇，1915）等，也因受当时译风的影响，对原作进行改动或发挥之处颇多，有的译作几近于演述。1919 年以后，译者队伍与译风发生了根本上的变化。一批才气横溢的通俄语的年轻人加入了俄国文学作品翻译的队伍，其中有瞿秋白、耿济之、沈颖、韦素园、曹靖华等。以本套丛书入选译本最多的译者耿济之为例。耿济之早年在俄文专修馆学习，1919 年在《新中国》杂志上发表最初的译作，即托尔斯泰的《真幸福》（即《伊略斯》）和《旅客夜谭》（即《克莱采奏鸣曲》）等作品。20 年代初期，耿济之又有果戈理的《马车》和《疯人日记》、赫尔岑的《鹊贼》、屠格涅夫的《村之月》、奥斯特洛夫斯基的《雷雨》、托尔斯泰的《家庭幸福》和《黑暗之势力》、契诃夫的《侯爵夫人》等重要译作。此后他一发不可收，数十年间译出了大量的俄国文学名著，是中国早期产量最多和态度最严肃的俄国文学译介者。当然，这时期仍有相当一部分翻译家依然利用其他语种的文字在转译俄国文学作品，如鲁迅、周作人、李霁野、郑振铎、赵景深、郭沫若等。这些译者大多学养深厚，译风严谨。鲁迅在 20 年代前期和中期译出了阿尔志跋绥夫的《工人绥惠略夫》《幸福》《医生》和《巴什唐之死》、安德列耶夫的《黯淡的烟霭里》和《书籍》、契诃夫的《连翘》、迦尔洵的《一篇很短的传奇》等不少俄国文学作品。尽管是转译，但翻译的水准受到学界好评。

　　20 世纪二三十年代，中国文坛开始引进苏俄文学。1931 年 12 月，瞿秋白在给鲁迅的信中谈到：有系统地译介苏联文学名著，"这是中国普罗文学者的重要任务之一"[1]。不少出版社在 20 年代末相继推出

---

[1] 瞿秋白：《论翻译》，见《瞿秋白文集》第 2 卷，人民文学出版社 1954 年版。

"新俄文学"作品专集。最早出现的是由曹靖华辑译、北平未名社1927年出版的《白茶（苏俄独幕剧集）》一书。而后，鲁迅、叶灵凤、曹靖华、蒋光慈、傅东华、冯雪峰和郭沫若等辑译的各种苏联文学作品集相继问世。这一时期，译出了不少活跃于十月革命前后的苏俄著名作家的作品。比较重要的有：拉夫列尼约夫的《第四十一》、革拉特珂夫的《士敏土》、绥拉菲莫维奇的《铁流》、法捷耶夫的《毁灭》、聂维罗夫的《不走正路的安得伦》、雅科夫列夫的《十月》、伊凡诺夫的《铁甲列车Nr. 14－6》、富曼诺夫的《夏伯阳》、肖洛霍夫的《静静的顿河》（前两部）和《被开垦的处女地》、奥斯特洛夫斯基的长篇小说《钢铁是怎样炼成的》、诺维科夫－普里波伊的《对马》、马雅可夫斯基的诗集《呐喊》、爱伦堡等人的报告文学集《在特鲁厄尔前线》和阿·托尔斯泰的剧本《丹东之死》等。

这一时期，作品被译得最多的作家是高尔基。最早出现的是宋桂煌从英文转译的《高尔基小说集》（上海民智书局，1928）。这部小说集中载有《二十六个男和一女》和《拆尔卡士》（即《切尔卡什》）等五篇作品。最早出现的单行本是沈端先（即夏衍）从日文转译的高尔基的《母亲》。[1] 30年代中国出版的有关高尔基的文集、选集和各种单行本更多，总数达57种，如鲁迅编的《戈里基文录》、瞿秋白译的《高尔基创作选集》、黄源编译的《高尔基代表作》、周天民等编选的《高尔基选集》（六卷）等。此外问世的还有：鲁迅等译的短篇集《恶魔》和《俄罗斯的童话》、史铁儿（即瞿秋白）译的《不平常的故事》、巴金译的短篇集《草原故事》、丽尼译的《天蓝的生活》、钱谦吾（即阿英）译的《劳动的音乐》、蓬子译的《我的童年》、王季愚译的《在人间》、杜畏之等译的《我的大学》、何素文译的《夏天》、何妨译的《忏悔》、罗稷南译的《四十年间》、赵璜（即柔石）译的《颓废》（即《阿尔达莫诺夫家

---

[1] 该书1929年由上海大江书铺出版第一部，次年出版第二部。

的事业》）、钟石韦译的《三人》、李谊译的《夜店》（即《底层》）和贺知远译的《太阳的孩子们》等。

进入20世纪40年代，由于苏德战争和太平洋战争的爆发，中国文坛把自己的目光转向了苏联卫国战争文学。1942年在上海创刊（1949年终刊）的《苏联文艺》发表的各类作品的总字数达六百多万字，其中大部分是反映苏联卫国战争的文学作品。此外，仅就单行本而言，各出版社出版或重版的此类书籍的数量有百余种之多。这些作品极大地鼓舞了中国人民反抗外族入侵和黑暗统治的斗志。也许今天的人们已经淡忘了它们，有些作品从艺术上看似乎也有些逊色。但是，其中经受住了历史检验的优秀之作，仍值得我们珍视。这一时期，苏联其他一些文学作品也有译介。值得一提的有：肖洛霍夫的《静静的顿河》（全译本）、叶赛宁、勃洛克和马雅可夫斯基合集的《苏联三大诗人代表作》、阿·托尔斯泰的《苦难的历程》和《彼得大帝》、费定的《城与年》、奥斯特洛夫斯基的《暴风雨所诞生的》、潘诺娃的《旅伴》、克雷莫夫的《油船德宾特号》、波列伏依的《真正的人》、卡达耶夫的《时间呀，前进！》、列昂诺夫的《索溪》、冈察尔的《旗手》（第一部）、包戈廷的剧本《带枪的人》《苏联名作家专集》（共五辑）等。其中不少名著在这一时期初次被译成中文。可以说，至20世纪40年代末，苏联重要的主流文学作品译介得已相当全面。

1919年以后的30年间，译介到中国的俄苏文学作品产生了巨大的影响。钱谷融教授曾经生动地描述过抗战时期他随学校迁至四川偏远小城，在那里迷上俄国文学的一些情景。他还表示自己"是喝着俄国文学的乳汁而成长的"，"俄国文学对我的影响不仅仅是在文学方面，它深入到我的血液和骨髓里，我观照万事万物的眼光识力，乃至我的整个心灵，都与俄国文学对我的陶冶薰育之功不可分。我已不记得最先接触到的俄国文学名著是哪一本了，总之是一接触到它就立即把我深深地吸引住了，使我如醉如痴，使我废寝忘食。尽管只要是真正的名著，不管它是英、美的，法国的，德国的，还是其他国家的，都能吸引我，都能使我迷醉。但是论其作品数量之多，吸引我的程度之深，则无论哪一国的文学，都比不上俄国文学"。这样的感受和评价在那一时代的知识分子中并不罕见。

由于社会的、历史的和文学的因素使然，中国知识分子（特别是左翼知识分子）强烈地认同俄苏文化中蕴含着的鲜明的民主意识、人道精神和历史使命感。红色中国对俄苏文化表现出空前的热情，俄罗斯优秀的音乐、绘画、舞蹈和文学作品曾风靡整个中国，深刻地影响了几代中国人精神上的成长。除了俄罗斯本土以外，中国读者和观众对俄苏文化的熟悉程度举世无双。在高举斗争旗帜的年代，这种外来文化不仅培育了人们的理想主义的情怀，而且也给予了我们当时的文化所缺乏的那种生活气息和人情味。因此，尽管中俄（苏）两国之间的国家关系几经曲折，但是俄苏文化的影响力却历久而不衰。

在中国译介俄苏文学的漫漫长途中，除了翻译家们所做出的杰出贡献外，还有无数的出版人为此付出了艰辛的努力，甚至冒了巨大的风险。在俄苏文学经典的译著中，我们常常可以看到商务印书馆、中华书局、开明书店、文化生活出版社等出版社的名字，也常常可以看到三联书店的前身生活书店、读书出版社、新知书店的名字。这套丛书中就有：生活书店 1936 年出版的、由周立波翻译的肖洛霍夫的小说《被开垦的处女地》，生活书店 1936 年出版的、由王季愚翻译的高尔基的小说《在人间》，生活书店 1937 年出版的、由周扬和罗稷南翻译的列夫·托尔斯泰的小说《安娜·卡列尼娜》，新知书店 1937 年出版的、由梅益翻译的普里波伊的小说《对马》，读书出版社 1943 年出版的、由王语今翻译的奥斯特洛夫斯基的小说《暴风雨所诞生的》，新知书店 1946 年出版的、由梅益翻译的奥斯特洛夫斯基的小说《钢铁是怎样炼成的》，生活书店 1948 年出版的、由罗稷南翻译的高尔基小说《克里·萨木金的一生》。熠熠生辉的名家名译，这是现代出版界在中国文化发展史上写就的不可磨灭的一笔。这套丛书的出版也是三联书店文脉传承的写照。

尽管由于时代的发展，文字的变迁，丛书中某些译本的表述方式或者人物译名会与当下有所差异，但是这些出自名家之手的早期译本有着独特的价值。名译与名著的辉映，使经典具有了恒久的魅力。相信如今的读者也能从那些原汁原味的译著中品味名著与译家的风采，汲取有益的养料。

陈建华

2018 年 7 月于沪上西郊夏州花园

目　次

作者自传

绥拉菲莫维奇 [1]

一八六三年一月七日（旧历）生于顿州之下吉尔麻亚尔村，父亲是顿州的哥萨克人，一生都在团里——在办公处供职。母亲是哥萨克女子。

童年时代在顿州和波兰的一个小城史托逸尼次，那里驻扎着父亲的团。有一次在广场上棒责因烦闷而逃到领州的哥萨克人。母亲说："永久的，永久的别当军人，他们会把你的心毒坏了的。"这句话一辈子都深入到我的心坎里。

母亲是一个非常好的女子，温柔，善良。无论谁在艰难中的时候，她把她最后所有都送给人。穷人、农民、劳动的哥萨克和哥萨克女人都常常的集到她跟前。她帮助他们，给他们治病，给他们招呼小孩子。

她很聪明，但她的聪明非常不合于实用的。她从来不会过光景。识字很少，差不多不会写字。操着漂亮的、鲜明的、绘声绘色的哥萨克的土话。会用那极入微入妙的字眼去形容人。

她对我有很大的影响，如果我要成一个作家的话，那么这完全是她

---

[1] 现多译为绥拉菲摩维奇，本书内文保留了原译名。——编者注

的关系。她是有宗教信仰的。我也是极有宗教信仰的，只从中学三年级起，我的信仰才动摇起来，到了四年级的时候我看教堂好像异教堂一般，看神父就同骗子一样。

由沃伦回到顿州，回到闭塞的熊口镇，就把我送到中学里。过了一年父亲就去世了（我才十二岁）。母亲陷入绝境里，但当我在中学毕业以后，拼着全力，受尽了千辛万苦，竟至于得到肺病，把我送入了列宁格勒大学（在一八八三年）。办好了津贴，我才能够学习。

当我入到数理科一年级的时候，遇到了列宁的哥哥亚历山大·伊里奇·乌里亚诺夫。这是一个很美丽的青年，长着黑眼睛。他那温润的、圆满的、一片刚毅之气的面容，他那健壮的、在热情奋发的时候微向前伸的姿态，简直是鹤立鸡群。

他是一个绝伦的雄辩家，他用那牢不可破的议论、冷语，猛烈地去压服敌人。都很难同他辩论的。有极广博的学问。他是一个极好的组织者。拉着一个人，各方面翻来覆去一看，用得——就入到组织里，用不得——抛在一边再去拉别的。

他不是纯粹的民粹派的。他很知道马克思。不过他想为着得到在无产阶级里工作的可能，必须用恐怖手段去动摇君主专制政体。他以为当这可能一得到的时候，就把全部工作移到无产阶级群众里去。

他攻击民主社会党，说他们坐在海边等天气，等渺茫的到无产阶级里去的可能，不估计俄国制度的特别情况，这不是指斯拉夫派的"克瓦斯"（译者：俄国特有的一种饮料，此处用作嘲笑斯拉夫派保国粹的意思）式的爱国主义，而是指实际的历史情况的统计。他自己也明白用斧子是不能把沙皇政体打倒的，但他想削弱、动摇它，好自由地呼吸一下。

我在狱里的时候知道亚历山大·乌里亚诺夫和他的四位同志被处死刑了。

我坐狱是为着写了一篇对于人民的宣言。在宣言里解释以亚历山大·乌里亚诺夫为首之恐怖主义者谋刺亚历山大第三（在一八八七年）

失败之意义。

一八八七年七月，两个宪兵把我带到敏怎去。在充军中，我遇到了鄂列鹤·左耶夫地方的织工彼得·安尼遂莫维之·毛逸塞因克，他是著名的莫洛佐夫同盟罢工的组织者。我得了他很大的印象。开始写东西。

第一篇小说写的是沿海农民的生活。他们在冰田上从事猎兽。这些冰田是春季由太平洋冲来的。这种打猎是异常艰难而且危险。穷人们受着土豪的剥削。土豪们借给他们对于工作必需的衣服、船只、武器，因此向他们索取打猎所得的最大的部分，所以穷人们在经济上永久地做他们的奴隶。第一篇小说《在冰上》于一八八八年发表于《俄国新闻》杂志上。

由敏怎把我放流到顿州，放流到熊口镇，被警察监视着。当把我释放了以后，就认识了顿州的矿工工人的生活，写了《在地下》《小矿工人》《七张皮》等小说，认识了工厂工人、印刷工人和渔夫的生活，写了《在工厂里》《残废人》《复仇》《逍遥》等小说。

一九〇二年来到莫斯科。在《使者》《知识》报工作，出版了我的小说集一卷。

一九〇五年革命以后写了一篇长篇小说《旷野的城市》和好多短篇小说，照检察官所许的可能，到革命的斗争里取材料。一九一五年到军舰上做通讯员。但是不仅检察官，就是编辑也不愿登这十分凄惨的屠杀的影片。

二月革命后在莫斯科苏维埃新闻报做事，遵照莫斯科委员会和莫斯科苏维埃的命令写了好多宣言小册子，因此被文学团体"斯列达"和"莫斯科作家出版部"驱逐了出来。

写了好多宣传小说和两个戏曲。完成了《铁流》。这是一部大的作品斗争的开始。

一九三一年八月五日

靖华译于苏逸达别墅

序中译本《铁流》

绥拉菲莫维奇

在十月革命前的俄国政权是属于地主、富农和资产阶级的。地主、富农和资产阶级，都享尽了富贵尊荣。工人和农民的生活是艰苦万分、不堪忍受，他们永远过着饥寒交迫的生活。小孩子都死去了。疾病就好像刈草似的把人都刈除了。富人利用可以发财的战争，把千千万万的工农都赶到战场上送命。

工人和农民的眼睛都慢慢睁开了。他们开始明白富人是靠他们的血和汗肥胖起来的，而他们替富人受苦、死亡。于是工人和农民就暴动起来了。

但是，富人们很容易地把暴动镇压下去了，因为工农不会组织暴动，不会广泛地联合群众去对付富人。

只有列宁同志出来创立了共产党以后，这个党才会把工人和贫农组织到伟大的革命队伍里。于是工人和农民从地主和资产阶级手里夺取了政权，从富人手里把工厂、土地、房屋、作坊、矿井——把一切财富都夺来，组织了工农政权。于是工人和农民才有可能起来建设社会主义社会。对于一切劳动者来说，在这样的社会里生活着是最美满不过的了。

可是富人们是不愿屈服的。他们从白党军官中、富农中收买军队，用武力把工农赶到军队里去当兵，于是就同新政权开始了残酷的血战。帝国主义者都帮助着他们，英、法、德、美、意和其他各国的资产阶级和地主都帮助着他们，供给他们军械、军需品、军队。

战争的发展是很不平衡的，有时苏维埃被迫失败了，有时武装很不好的、服装也很不好的、常常忍饥受饿的革命的苏维埃军队，打败了地主资产阶级的军队。最后苏维埃军队把地主资产阶级的军队和外国武装干涉者都彻底战胜了。地主、资产阶级、白党将军、军官都逃亡到外国去了。俄国各民族的劳动者都开始建设起社会主义社会了。

《铁流》——就是这种战争的画面中的一幅。褴褛的、赤足的、饥饿的、差不多连子弹都没有的，带着女人、孩子、老人的革命军队，从敌人的重围里冲了出来。

不幸的不但是他们的武装不好，而且是他们在开始的时候，没有十分严格的纪律，没有完善的组织，没有充分了解自己的情况。

可是，当他们经过了异常的艰险，经过了残酷的斗争以后，从他们里边锻炼出了惊人的组织力，惊人的纪律性。他们深刻地了解到只有用不屈不挠的斗争，才能从死的重围里逃出来，才能得到未来的美好生活。于是他们击败了敌人，同苏维埃的主力军联合到一起了。

这一支红军所发生的事情，也会在一切的地主资产阶级国家里发生的——工人和农民将粉碎、消灭自己的血淋淋的凶残的敌人，建设起新社会。在这新社会里没有富人，没有穷人，在那里一切政权以及劳动者所创造的一切，都是属于劳动者的。

一九三三年四月十九日　莫斯科

序言

格·涅拉陀夫　瞿秋白　译

　　绥拉菲莫维奇要能够创造他这一部诗史，必须要先有一百年来的文学的文化。《铁流》这一部艺术的著作，里面包含了自己时代的人的磨难和怀疑，斗争和痛苦。看绥拉菲莫维奇的诗史，就可以知道：比较起我们文学典籍里所反映的生活，现代的生活是已经走得多么远了，十月革命在人的知识和心灵上，已经给了什么样的根本转变和震动。果戈理在《вий》和《Тарас Бупьба》[1]里面所描写的哥萨克，比起绥拉菲莫维奇的哥萨克来，真是久远的混沌的过去时代的原始状态的人儿。绥拉菲莫维奇的哥萨克，结算起来，却已经是在社会主义的道路上斗争——就算离着社会主义还远吧。普希金所写的普加赤夫运动[2]（《甲必丹的女儿》），比起十月革

---

[1] 即《地鬼》和《塔拉斯·布尔巴》。——编者注
[2] 普加赤夫（пугачеВ）运动是俄国十八世纪的一次农民大暴动，它的首领是普加赤夫，顿河地方的一个哥萨克。他发动暴动是在一七七三年秋天，利用卡德琳二世（女皇）杀死她丈夫彼得的事实，自称彼得三世，同时，宣布准备废除农奴制度。参加这次运动的人很多，地域也很广，失败于一七七五年。——译者注

命来，真只算得小小的爆发；而十月革命的巨大的火焰，却用它的辉煌的光芒来照耀《铁流》里面的活的人和死的岩石了。安得列叶夫（《红笑》）和迦尔洵（《四天》）的人物，在血和雾之中走着，只是些该做牺牲的炮灰，并不知道资本的祭师把他们往什么地方送，也不知道送去干什么。《铁流》之中同样是死，是丧失，同样是极严重的痛苦，然而这里已经没有羊子似的驯服，已经没有尽人家糟蹋的个性。正相反，每一个人里面都是十月时代的勇敢的呼吸。

《铁流》诗史的时代是二十世纪的初期，而且内容上也常常使人想起十九世纪初期的托尔斯泰的《战争与和平》。绥拉菲莫维奇的题材——群众运动和这个运动的目的——比较的广大，可是他的艺术化的形式却比较狭小。托尔斯泰所反映的封建时代，需要广大的布景，单单来论《战争与和平》里面的群众的反映，本来就只能够做一个背景，在这背景上开展着各个人物的详细的心理图画。《战争与和平》之中，群众的行动，对于作者老实说不是主要的事情；作者所最注意的是彼爱·白朱霍夫、恩德雷·波勒孔斯基、洛斯托夫等等[1]的内心世界和他们对于一切事变的态度。而且和封建制度的懒散时代相称的，托尔斯泰所写的行动发展的速度也是很慢很懒散的。我们在《铁流》之中所看见的就不是这么一回事了，社会革命的目的和速度非常之伟大。革命把个人的动机推到最远的地方。"内心的经过"退到了最后的地位，显得很琐屑很无聊的了。最主要的是集体。艺术家完全没有可能来写各个"英雄"的内心的情绪。可是，郭如鹤的形象在这部小说里面仍旧是显现得很清楚的。虽然艺术上的修饰有时候是很少的，有些地方简直是很随便地写几笔，很粗浅，然而描写出来的景象却是突出的，充满着深刻的动象的。他能够在小小的一部小说里面表现整个的时代，指出革命在群众心理之中起了什么样的根本转变。托尔斯泰，他是忠实于他的阶级的，他对于一般现象都从崇拜封建制度的观点

---

[1] 这些人名都是《战争与和平》中的主要人物。——译者注

上去观察，所以描写的群众是一个驯服的无知无识的羊群。绥拉菲莫维奇忠实于他自己的时代和历史的真理，他所描写的群众就完全是从另一方面着笔的，他写出群众革命意识的生长，写出群众走近十月的道路。郭如鹤所领导的铁一样的队伍行动着，走去和布尔什维克的主要力量联合，这和枯土左夫将军[1]带着去上屠场的没有定型、没有面目的"灰色畜生"比较起来，有多么大的区别啊！

托尔斯泰这个艺术家，根本上就和封建制度联系着，他所写出来的群众不能不是"炮灰"，不能不是统治阶级手里面的盲目的工具。至于绥拉菲莫维奇，根本上就和工农群众联系着，就和他眼前正在进行的社会革命联系着，他写出来的铁一样的队伍，极有力量地行动着，走向布尔什维克的主要力量，在道路上形成他们的革命意识。绥拉菲莫维奇的群众，可并没有理想化：他们还很保守呢。十月革命的探照灯照耀着古班的难民。

当革命放出无穷的火焰的时候，革命以前的文学界暴露了真正的反动面目。工人和农民的革命斗争，资产阶级制度的极深刻的革命崩溃，在旧文学界是没有回声的，是没有支点的。社会革命对于俄国旧文学是外人——俄国的文学，地主贵族和市侩资本主义的文学，在全世界也占着第一等的地位呢。

而无产阶级的文学还只在烟火之中刚刚生长出来。有些人不大相信会有无产文学，有些人对于无产文学痛恨之至，有些人对于无产文学是老爷式的冷淡态度——无产文学还正在很艰难地开辟自己的道路呢。

那些脱离群众的孟什维克化的知识分子很自信地宣言：没有无产阶级文学。也不会有无产阶级的文学。

正在这种时候，绥拉菲莫维奇给无产阶级文学出版了自己的《铁流》。

真的出于意外的，这本著作不是十月革命战斗之中锻炼出来的青年无产阶级作家做的，而是艺术之中的旧派老手做的。这是新旧艺术的交叉

---

[1] 枯土左夫将军是《战争与和平》中的人物。——译者注

点。旧艺术从它自己的内心，分泌出上升着的阶级的新创作的成分。

《铁流》这部著作，从它的内容和形式来看，都只能够产生在苏联，只能够是十月革命的果实。旧时的文学家说，对于艺术家必须有"朝代的灵感"，只有已经事过境迁的事变才可以反映在艺术里来。但是《铁流》里的英雄身上没有平复的创痕还是新鲜的，还闻得着没有停止的国内战争的火药气。同时，这并不是急急忙忙写的日记，而是真正的艺术作品。

绥拉菲莫维奇很急激地脱离旧的创作方法。说是传奇——又不是传奇，说是演义——又不是演义，说是平话——又不是平话，说是歌行——又不是歌行[1]，这是一本艺术创作里从没有见过的形式，完全破坏了一切文学派别所规定的形式和传统。

首先是开展着的事变非常急遽，"铁流"的首领郭如鹤铁一样坚决，他要求几千游击队员和几千难民："走呀，走呀。"绥拉菲莫维奇所开展的叙说，正是这压迫不住、停止不下的行动，这个革命的速度绝不容许停顿在思索、怀疑、动摇之中的。他一开始就一分钟也不停止的，绝不削弱读者的注意，展开那一幅一幅的图画。群众的生活表现在绝不休息，绝不静默的行动之中。

绥拉菲莫维奇确定了一种创作的方法，就是只把行为和动作做重心的方法。他艺术上所写成的人物，并非经过琐屑的内心分析的方法，而完全是表现在这种人物的具体动作和行为中的。

《铁流》之中，很深刻的、足以决定绥拉菲莫维奇创作源泉的另外一个特点——就是并非描写各个的孤立的个人，而是描写这个人和群众的相

---

[1] "传奇"等等的名称都是借译的。传奇——俄文是 Роман，意思是长篇小说，必须是一大部错综复杂的小说。演义——是 Повесть，字义是敷陈叙说，可以是长篇，而大半是中篇。平话——是 Рассказ，字义是讲故事的"讲"的意思，大半是短篇小说，而且用第一人称的时候居多。歌行——是 поэма，本来必须是韵文，长篇诗的形式的小说或戏剧。这里借几个中国字眼，当然是"望文生义"的夹二缠三的译法，和中国原来的这些东西并不相同。——译者注

互关系。每个人的面目决定于他在集体之中所处的地位，决定于他对于群众生活行动的参加。这是无产阶级的创作方法——绥拉菲莫维奇在《铁流》之中所运用的。

绍洛霍夫[1]的《静静的顿河》，照创作方法来讲，和《战争与和平》更相像些——同样是叙说之中有几个题材平行地发展着——尤其是同样把"英雄"放在第一等的地位。《静静的顿河》里面，心理的观察显得更突出，更明白些，而《铁流》这部小说里的动象则比较的没有英雄，在内容上和形式上，都要更革命些，更革命而更粗鲁些。绥拉菲莫维奇的《铁流》，没有艺术上的详细描画的技术，譬如像描画美列霍夫[2]那家人家的那样惊人。可是，革命时代的公律和规模，在这里却感觉得更清楚、更充分，人物并不是主观的个人内心经过的描写，而是从第亚力克谛[3]的生长和环境影响方面着笔的，而且这些人物，是在游击队员转变速度加强的过程之中——国内战争的整个环境所引起的转变之中出现着。

《铁流》里面最根本的艺术结构上的原则，是统一的群众心理。

沉重的脚步声音冲破了寂静，整齐地平均地充满着那蒸热的大地，好像只是一个说不出的高大，说不出的沉重的人，在那里走着，好像只是一个极大的、大得不像是人的心在那里跳着。[4]

还有：

---

[1] 现在多译作肖洛霍夫。——编者注。

[2] 美列霍夫是《静静的顿河》里面的主人翁。——译者注

[3] "第亚力克谛"是 Диалектика 的音译，日本文译作"辩证法"，其实如果意译，不如用"互辩法"，而最好还是音译。——译者注

[4] 这篇序言所引用《铁流》的话，是瞿秋白同志直接从俄文译出的。因此和本书正文虽然内容并无出入，可是在文字的表现方法上不尽相同。——编者注。

几千几万个人走过去。已经没有什么排、连、营、团——有的只是一个极大的叫不出名字来的整块儿的东西。无数的脚走着，无数的眼睛看着，许多个心变成一个伟大的心在那里跳着。

革命以来的十年之间，哪一个文学家能够把群众内部的一致，斗争所锻炼出来的一致，革命所锻炼出来的一致，表现得这样有力量。

甚至于小孩子也同着所有的群众扑到敌人方面去，叫着："死！死！……"

教会的地主的统治，用了九牛二虎之力，要想使劳动群众停止在"一盘散沙"的状态之中，使他们完全分散，完全没有组织。工厂和工场很沉重的血腥气的锻炼，可是，的确锻炼了无产阶级，使它成为整个的有组织的集体。农民的细小的个人经济，就使农民没有组织的可能，虽然地主阶级剥削得非常严重。只有无产阶级的独裁真正决定了劳动农民的历史命运，农民在工人阶级领导之下，团结成了不能摧毁的革命队伍，去和中心联合起来。而绥拉菲莫维奇所写出来的、所肯定的，就是无产阶级文学之中这种群众的铁一样的统一。

革命时代的第一个十年，有了不少鲜明的艺术著作——无产阶级的和同路人的——反映着国内战争的各种景象，反映着革命胜利的前进和革命的建设。然而这些作品所写的革命，大半也是用英雄来表现的。英雄对于作家是有兴趣的。在英雄身上来表现革命怎样训练出人才来，怎样改变他的宇宙观，怎样磨砺他的阶级本能的锋芒，怎样根本翻转他的旧习惯，这是有趣的、重要的。然而更有趣、更重要的是：发掘那个动力，第亚力克谛地表现极巨大的群众的行动，从艺术上来表现他们的改造，而且这不是在个人自我认识的有限的范围里面，而是在统一的意志、统一的目的的形成过程之中。这个过程是集体的努力，用集体的方法来实现的。就是各个人的改变和改造——这也是极大的成绩。然而从艺术上来表现，从艺术上来证实那向着总的革命目的前进，在革命斗争之中锻炼出来的几万个人的完全改造——这种任务直到如今还是资产阶级的艺术家所不能够担任的。只有革命能够产生并且实现这种任务。

《铁流》里面有它的并不故意拿出来给人看的革命哲学。托尔斯泰和陀斯托叶夫斯基的这种哲学，有的时候表现于作者的论文式的推论，或者放在"英雄"的嘴里，叫"英雄"代替作家说法——而在绥拉菲莫维奇，这种哲学却沉默着从行动的本身里面流露出来，从进行着的队伍的目的、期待、成就的本身里面流露出来。这部小说的叙说发露了十月的根底，这十月的根底已经预先决定了这个队伍的阶级道路。托尔斯泰用他的人物的"出身名贵"来说服读者，然而他常常打断了艺术的叙说，例如在《战争与和平》里面，往往写了好几章哲学论文。陀斯托叶夫斯基[1] 就要叫《罪与罚》里面的拉斯珂尔尼珂夫，叫《卡拉马左夫兄弟》[2] 里面的老和尚左西马，叫《白痴》里面的美史金公爵，叫他们嘴里说出整篇的学术论文和长篇演说，来拥护某种主张。至于绥拉菲莫维奇，他一点儿也不在高尚的个人性格上想办法。他写的是革命的动象，这是容许不了拉斯珂尔尼珂夫的那种侵蚀一切的怀疑的——怀疑着能不能够踏着血迹走过去，"究竟是虱子还是人"；革命的动象很自信地牺牲了不止一个没有罪过的小孩子，不怕负责任，因为革命是要求牺牲的，郭如鹤以及整个的队伍都非常之明白：调和是不能够的，斗争是你死我活的斗争。

绥拉菲莫维奇在《铁流》之中所描写的并不是革命的胜利，也不是革命的失败；甚至于也不是描写革命的建设，不是描写革命建筑的荫架和灰尘的平常日子；他所写的革命，是从人人的平常日子方面着笔，是在母亲的痛苦之中，在还没有散尽的过去时代的黑暗之中，在普通战士的不可避免的严厉和真正的英勇之中——这些极平常的战士，到了必须拼命的环境里面，用自己最后的一滴血去争取站在太阳底下的地位。比较起资产阶

---

[1] 现多译为陀思妥耶夫斯基。
[2] 现多译为《卡拉马佐夫兄弟》。

级的艺术家——在静悄悄的书房里面，开展着，修饰着琐屑的个人幸福，或者个人的不幸的题材——无产阶级的作家在这样的创作任务之中是多么高超，多么灵感！

《铁流》里面有一个主要的思想贯穿着：游击队和难民的群众开始行动的时候是一种人，可是等到达到目的的时候，就已经完全是另一种的人，一点儿也不像原来的样子了。

队伍开动的时候，演说的人起来说："同志们！"他就可以碰见恶意的叫喊：

"……滚你的蛋！……我们听也不要听……打倒！"

群众是无政府主义的，不了解集体的意思的：他们完全只在关心许多小资产阶级的日常生活。郭如鹤是他们的领袖，也就是他们的玩具。有的时候，几乎要把他乱枪戳死。而走到临了，已经经过了想都想不到的痛苦，克服了神奇古怪的障碍，群众也就锻炼成了不可侵犯的有组织的力量。现在，游击队和难民叫着：

"万岁，我们的爸爸……长生万岁！跟他走到世界的尽头……只要是拥护苏维埃政权，我们总去打。打老爷，打将军，打军官！……"

他们对他绝对忠实。他们无条件地服从他的命令。郭如鹤为着抢劫要打他们，他们不作声地躺下来。他叫一声：

"大家躺下来！……"

于是大家都躺下去，把屁股和脊背对着那灼热的太阳……

然而这种无条件地服从只继续到一定的时候，就是郭如鹤的确还是他们的阶级领袖，领导他们和阶级仇敌去斗争。"……他们顺从地躺下，等着棍子……都顺从地躺着，但是如果他（郭如鹤）要口吃地说一句：'弟兄们，回到哥萨克和军官那里去吧。'那么，马上就会举起刺刀把他结果了的。"

在这样团结的人的基础上，革命可以自信地树立起自己的巨大的建筑，经过了这样的道路，这个队伍不是涌到革命的潮头，就只有同着革命一起去死。应当要注意，《铁流》里面所反映的革命还并不是在中心地点，而是在南方广阔的平原上，在遥远的边疆上，在大多数是农民群众的地方。如果在这种遥远的地方，革命尚且能够这样改造群众，那么，无产阶级直接组织引导这些群众的阶级斗争的地方，又要开展出怎样巨大的革命远景呢？

应当指出来：《铁流》里面并没有无产阶级的直接的组织上的领导。这可以说是作者的错误。要知道小资产阶级的农民和手工工人群众不会"自然而然地"自己改编成为鲜明的阶级队伍。

只有在无产阶级的影响之下，只有在无产阶级的思想上的照耀之下，贫农群众才能够组织成功革命的阶级队伍。

然而这种影响，这种无产阶级的热忱，对于农民群众的思想上的照耀，可以用各种不同的方法表现出来，事实上也的确是这个样子。《铁流》里面没有政治委员（党代表），没有无产阶级的干部，然而游击队的整个群众都受着无产阶级的革命思想的影响。这散在小说之中的各处地方。这是农民所认识的。譬如：

"工人们到我们那里来了。带着自由来了……在各村里组织了苏维埃，叫把土地都没收了。"

"带着良心来的，把资本家一下子……"

而贫农也认识自己和无产阶级的关系：

"……难道工人不是农人做的吗？瞧一瞧水门汀工厂里有我们多少人在做工的。就是在油坊里，在机器工厂里，在城里各工厂里，都有我们的人在做工。"

农民和手工工人的群众，虽然被白党军队拦住了，使他们和无产阶级的中心隔开了，可是，永久是在想要和布尔什维克的力量，就是无产阶级的力量重新联络起来。经济的必要使他们要和无产阶级联合。在压迫者的哥萨克和解放者的无产阶级之间，是用不着选择的，问题是已解决定了的。所以农民和手工工人的群众这样留心地听着那一边响动着的苏维埃无产阶级的运动。这些群众虽然离着无产阶级很远，可是他们的意志和思想是和那个无产阶级一道的，他们极清楚地感觉到自己是服从无产阶级的，自己和无产阶级是分割不开的。他们只有一条路——这条路虽然是悲惨的，但是是极伟大的，将要创造出新生活的道路：到无产阶级的路同着无产阶级的路。无产阶级虽然不在这里，可是，它对于农民和手工工人的群众，给了组织他们的影响。

以前，民族守旧主义的批评家，曾经承认《战争与和平》这部著作反映着民众的思想情感的"神圣的深处"，在那祖国受着极大的震动的年头。托尔斯泰自己也说枯土左夫是民众的代表，是民众的思想期望的神圣的表现者。现在关于《铁流》，当然有更大的权利可以说，这部著作照它的波动的情绪，固然是很别致的，可是的确是一部真正的革命纪事诗，这部著作留在文学史里，的确是一幅肯定十月的图画。枯土左夫不能够是民众的代表，因为他的出身，他的全部生活，完全是和平民群众脱离的，单是这一个原因已经够了。而郭如鹤却是暴动起来的贫农的真正领袖。以前，托尔斯泰的群众只是一群牲口，要用棍子鞭子赶他们上前去。现在的群众却已经很知道：到什么地方去，干什么去，跟着谁去。群众的领袖，只有表现群众的意志和要求的时候，方才能够继续做领袖。

革命以前过去时代的急进民权主义的作品里面，群众或者是怜惜的对象，或者是爱民的领袖的革命试验里的工具，或者是灰色的羊群被这些领袖赶着走向新生活去。绥拉菲莫维奇也描写了灰色之大半是农民的觉悟很少的群众。然而，历史过程之中的一切客观条件，已经把这些群众训练得完全能够迎受十月的理想，而且为着自己的经济政治利益而开始深刻的行动。

这些群众坚决地走上危险的道路，他们的一切努力，都是要想去联络布尔什维克的主要力量——这都是无可转变的历史环境和阶级环境所决定的。每一次磨难达到最高点的时候，推动着队伍向前去的都是那尖锐的阶级意识。事实上，回转身来又能到什么地方去呢？

"去挨哥萨克的鞭子吗？……去受那些军官们、将军们的压迫吗？……又去受他们的束缚吗？"

或者像郭如鹤的话：

"同志们，现在我们没有路走了：前后都是死……"

《铁流》所写的阶级的分化非常之有力量，这是革命以前的文学里面所找不着的，那时候这种形容的描写是没有的。

革命在社会上分化了古班地方的村镇。革命对于那地方的"外乡人"，就是阶级关系上受压迫的阶级，燃着了灯塔上的火光。"外乡人"做了几十年的低等等级，没有土地和权利，被人叫作"哈木赛尔"（靠哥萨克土地为生的奴才），现在，他们很坚决地希望和哥萨克平等地分到土地，而且要得到那些权利——以前俄皇政府和亚塔曼[1]所坚持不肯给他们的那些权利。另方面，哥萨克的富豪，以及比较富裕的中农，不能够不反对十月革命——因为他们知道：如果十月革命胜利，那么，他们一百年来的舒服生活就要完结了，就要把一部分肥沃的黑土，让给"外乡人"的贫民，关于这种黑土，他们说，"简直是涂着黑油可以吃的……"经济的基础这里是只有一个没有变更的——这是土地：一边要它，一边不肯给。

《铁流》里面混合了阶级的酵母，它的基础是坚定的阶级基础。这并不是故意制造出来的鼓动材料，这是活的生活的现实的描写，在艺术上也是完全可信的。

《铁流》在艺术上表现了：十月革命怎样把小资产阶级也吸引到自己的轨道上来，使他们不能不成为积极发动的革命力量。事实上，这里所表现的，也和嚣俄[2]的《九十三年》、法朗士的《天神渴得很》一样，是小

---

[1] 亚塔曼（Атаман）是哥萨克的军官的一种职位，是一种带着封建性的职位，每一个亚塔曼有一定的地盘，管理一定的区域，有些是世袭的。——译者注

[2] 现在多译作雨果。——编者注

资产阶级，这就是那在法国大革命的舞台上的小资产阶级。然而十月革命的小资产阶级在心理上和行动上都已经经过了根本的变动，这个变动是历史过程的条件所预先决定的。小手工业的工人——箍桶匠、铜匠、锡匠、皮匠、木匠、渔夫，在十月革命的新形势之中不能够不和无产阶级革命混合起来，走上它的轨道，找寻红军的保护，请无产阶级的领袖来领导。昨天《铁流》的难民还只知道琐屑地关心着自己的私人生活和成败，只知道那种平庸的个人主义的小世界，有这么一只小牛，一只羊子。走上危险的长途的时候，老婆婆郭必诺还在祷告："上帝的神圣，强健的神圣，长生不死的神圣，饶恕我们吧！"她整个儿还充满着古旧的帝制政体之下的小资产阶级的迷信，她的意识真正只有这么一点边缘，碰着了当时开展着的事变的意义，她只懂得：如果布尔什维克早些来了，也许不会有这一场可恨的战争。她的儿子，"现在躺在土耳其的"儿子——也许还活着呢。然而她心上还充满着对于布尔什维克的许多怀疑，她认为的确是"德国皇帝把他们派到俄国来的"。可是，革命的风暴始终连她也不准中立。革命教育着从阶级关系上决定着一切。甚至于《铁流》里面的老婆婆郭必诺也开始认识革命的阶级真理在什么地方。她几十年来好像在梦里，说着梦话，不知道怎么样脱离那种不自由的劳动和压迫。革命的电闪很光明地照出了一条道路，指示出：往那里去。当临了动身走上长途的时候，郭必诺还在祷告着旧的上帝，充满着许多迷信，讨厌那支革命歌："你们在伟大的斗争里牺牲了。"而在这长途终了的时候，"胸膛里面逼出来了一声沉重的叹气，再也忍不住了，顺着铁一样的脸淌下孤独的眼泪，慢慢地，顺着互相看着的风吹日晒的脸，顺着老年人的脸淌下，那女孩子的眼睛里也闪烁着眼泪了……""长生万岁！……你好，苏维埃政权！……"

"我们是为着这个挨饿、受冷、吃苦的，不单是为着自己的一条命！……"

这不是什么好听的空话，这不是什么鼓动的演说！这是群众的口号，这是革命的雷电之中改造过的群众的口号；这在艺术上是那长途之中的一切磨难所肯定的口号。

深深地印到脑筋里面去的，还有这样的景象：母亲手里抱着的小孩子已经僵了，已经烂了，可是她还不肯放。在全世界的文学里面，这样震动读者的景象，并没有多少呢。

群众的悲剧，因为并不是空想出来的，所以更加饱满；这里所描写的一切，都是事实。《铁流》的队伍就是达曼红军的队伍，的确干过这样长途的著名征战；郭如鹤并不是空想出来的人，他到现在还活着呢。无产阶级的读者应当知道这个，然后他可以记起为着拥护十月曾经有过何等严重的牺牲。

资产阶级的"女英雄"，甚至于高超得像爱达、马尔迦里特、安娜·卡列尼娜的痛苦，在这些革命风景卷起的难民痛苦之前，显得多么猥琐微小啊！资产阶级的干涉政策者是在苏联劳动者的枯骨上跳了几阵狐步舞；因为国际资产阶级的武力干涉，所以苏联劳动者不能够不把自己的小孩子，饿死的热死的痛苦死的，扔在大路上，埋在山洞里面！

当长途终了的时候，郭如鹤的演说里面提起"小孩子丢在山洞里了"，那听众的人海立刻波动了，在这个沉寂之中浮动起低低的女人哭声："我们的小孩子！……我们的小孩子！……"这是盖棺时候的纪念，这是坟墓上的花朵。

这一幅景象，读起来不能够不发抖的。将来一辈一辈的人，已经来的以及还要来的，来代替受过这样痛苦的人的——永久要在自己的眼前看见这些不会凋落的坟墓上的花朵，这些花朵使他们记着：要不惜一切牺牲来拥护和保障经过如此之残酷的痛苦而得来的胜利。

《铁流》是这么一种的艺术作品——深刻、可信而真实，这种作品从第一页读起，从第一行读起的时候，就要相信它的。《铁流》之中最主要的感动人的——就是艺术的真实。写出来的是整个的人，他的好处、他的坏处、他的善、他的恶、他的聪明、他的蠢笨，凡是他所有的，都表示出来，所写的群众，没有丝毫理想化，就是哥萨克也一样勇敢地战斗。革命的仇敌并没有描写成一些胆小鬼，舍不得牺牲的。革命的仇敌时常也是有力量的、勇敢的，他赶着布尔什维克经过整个的古班，也是拼命地坚决地拥护自己的地位到底。阶级仇敌也是这样大量地流血，他们自成其为一种理想的。然而作者能够形容出谁是为着什么而斗争的。他用无产阶级艺术家的阶级的明灯照清楚国内战争。

艺术家描写起残忍的地方，有些时候简直是用自然主义的方法，然而，如果他把那些"畜生的景象"要想稍微软化一些，尤其是如果有意把战斗的两方面之中的一方面写得比较温和和比较文明，那么，谁也不会相信他的。这部著作的价值正在于历史的真实。革命是这样的，国内战争是这样的，这不是戴着白手套干的事情，它是染着血的，真正的活人的血。几百年来的阶级仇恨沸腾起来了，问题是在整个腐化的制度的崩溃，这种地方不能够避免残忍的。这个残忍，结算起来，是要产生出幸福和爱情的。这是为着生的死，为着恢复的破坏。历史舞台上两种冲突的力量之间，有它的斗争公律；革命的道德起了作用，这是另外一种道德的尺度，这是阶级战斗时期之中的人所有的尺度。……革命不知道宽恕和情面：消灭别人，为的自己不要被别人消灭，一切能够达到消灭敌人的方法和手段，都是好的，都是合法的。

陀斯托叶夫斯基的拉斯珂尔尼珂夫杀死了一个放印子钱的老婆婆，自己难受得不得了。而绥拉菲莫维奇所写的人物，有的时候简直残忍得像禽兽，看着血不当什么一回事，同时，这些人物一点儿也不像杀人犯，他们的革命作用一点儿也没有暗淡。谁也没有什么忏悔的情绪。为什么？因为历史的真理领导着他们的手，要他们去消灭阶级仇敌，为的是不要他们被阶级仇敌所消灭。

革命的伟大的时机，产生出神奇的群众的高潮，就是脆弱的人，也极快地受着传染，他们的英勇在平常日子的范围之内是想都想不到的。推动着大家向前去的，是总的目的。斗争的紧张之中，现实和希望之间的界线消灭了。

婆似的祷告着，求上帝给他打胜敌人。实际上枯土左夫并没有什么计划，只在希望天神的保佑。至于郭如鹤，他充满着精力，只希望团结巩固集体。他的利益极密切地和环绕着他的团体的利益联系着。他表现得何等敏捷，何等灵活，何等钢铁似的坚决！他和旧时代的将军领袖是完全不同的！他的传记是不很复杂的。"母亲……好像一匹疲惫的老马；父亲一辈子是哥萨克的雇农，筋骨都做断了……他自己从六岁起就是一个公共的牧童。旷野、山谷、牛羊、森林，云在天空浮动，影子在下边奔走——这就是他的训练。"大战的时候，军官们作践他，以为他是个笨畜生、乡下人，可想当军官呢，他几次考不上的时候，很轻视地笑他。然而，他却成了真正的领袖。

郭如鹤很清楚地知道，如果没有铁的纪律，整个的队伍要变成没有方针的匪徒。他知道没有这样的纪律是不能够克服当前的障碍的，不能够爬过山，不能够和布尔什维克的主要力量联络。郭如鹤和大家一样，穿着破烂的衣服，满身都发黑了，同样受着沿路的痛苦。并且，他身上有极严重的责任。他一刻都不能够安静的。他什么时候才睡觉？他什么时候才休息？他要有多么精明、多么远见，他怎样灵敏地避开那些要想打死他的水兵！"车子里面的机关枪很快地转动了，而死神对着水兵的帽子。"有时候，他像个石头的魔鬼。人倒下来，像苍蝇似的；没有气力再往前了；把马都丢在路上了；人都怎么躺在马路的沙尘里。——然而他不饶恕自己，不饶恕任何人，坚决地要求"走，走"向前，向前。实际上，他不过整理着整个队伍的意志，使它结晶起来，这个队伍自己也在收集着最后的一点儿气力向着原意达到的目的走呢。在最困难的过渡时机，力量已经要完全用尽了，可是郭如鹤仍旧能够使人家服从：

"已经没有什么排、连、营、团——有的只是一个极大的叫不出名字的整块儿的东西。无数的脚走着，无数的眼睛看着，许多个心变成一个伟大的心在那里跳着。"

艺术家要能够描写这样驳杂的集体，必须他完完全全能够运用他的这里，再来和陀斯托叶夫斯基比较一下，也是很有趣的。

斯基的人物也常常忘掉现实和幻想之间的分别。例如《白

他那种闷在自己内心的病态心理，使他把现实和幻想混合为一

的景象。这在陀斯托叶夫斯基，只是闷在内心的孤寂的幻想的

满着丧失信仰和怯懦的毒气。绥拉菲莫维奇的活的《铁流》

种病态的，是不知道这种孤寂的幻想家的创痕的，因为这里的

体，整个儿都包含在集体之中。而在这种革命的集体的环境里

更容易变成现实的。故事更容易变成事实。郭如鹤同着自己的

很窄的桥——这难道不是讲故事吗？然而这竟是事实。士兵

服，赤着脚，一个人只有两三颗子弹，有一大半简直只有一

样的"亚洲式"的军队，居然打下了全副武装的城池，摆着

对着他们呢。可是，事实上的确是这样的。郭如鹤说：

"同志们！……简直是克服不了的困难：没有子弹，没

只有赤手空拳去占领，而敌人那面有十六尊大炮看着我们。

家能够万众一心……如果大家万众一心，冲上去，就可以打

大家都叫着：

"万众一心！……或者我们打出去，或者都打死在这里！"

没有出路。只能够真正往墙上爬，只能够硬碰，变成功

的是要无情地攻打敌人。

群众所贡献给革命的不但是自己的性命，而且还有集

验。郭如鹤接到各方面的报告、消息、解释、计划；向他提

能的异想天开的出路：集体的脑筋不断地工作着。郭如鹤的

在敌人力量超过好几倍的情形之下的军事会议，完全不像《

里面枯土左夫的军事会议：枯土左夫的军事会议上是文饰、

互相猜忌、谄媚、陷害、不忠实，对于几千几万人的死亡完全

的态度。枯土左夫的顾问不想着群众。枯土左夫自己胖得满

满得放光呢。他只在希望挂在墙角的神像，跪在神像前面，

笔。绥拉菲莫维奇达到他艺术上的完满，首先是因为他的简单，不做作的伟大的简单。他很注意许多小关节目，然而在这些小关节目之中，革命的心灵也在跳动着。没有什么"内在的人"（"Человек Всебе"）；人和东西都溶解在环境之中，在革命的形势之中。

丰满的风景照耀着活的人物，读者简直是"身历其境地"感觉得到事变开展的时间。一切环境都是非常紧张的革命的。"整个的古班简直是烧了起来了。……娘儿们、孩子们一天到晚在菜园里，在果园里掘，从地底下掘出步枪、机关枪，从草堆里拖出整箱子的枪弹、炮弹。"旧世界响了一下，电闪闪了一下，灼着了："村子里的哥萨克都动手起来了，磕磕碰碰绞刑架子搭起来了，一批一批的人大家都绞死了，喀杰特[1]也来了，大刀砍起来，绞死的绞死，枪毙的枪毙，马都赶到古班去。"在可怕的国内战争的背景上，人和东西都显得非常之高大，他们的说话和姿势都有了异乎寻常的意义；他们的内心世界，他们的一切行为，都被革命形势的火山似的爆裂从外面照耀着。各个的个人消失了，感觉得到个性的没有力量。因此，很自然的，艺术家要集中，磨砺读者的注意于群众方面。一刻也不安静的说话、叫喊、狗叫、小孩子哭、马嘶、铁器响，一片骂娘的声音，娘儿们的叫应，哑着声音的淫荡的呼喊，在醉鬼拉的手风琴的音调之中——集体的挣扎，集体的心愿。在描写这样情形的时候，艺术家写出群众的节奏；他能够运用群众行动的节奏，真有本领写出广大的布景，写出极丰满的许多人物行动着的景象。只有无条件地把自己的手笔服从了无产阶级革命的规模，然后艺术家才能够坚决地离开那种个人主义的描写方法，离开那种波伦诺夫式的个人主义的心理（《旷野里的城市》）而一点儿也不胆怯，一点儿也不怕难地来写这个行动着的集体。

绥拉菲莫维奇到处都着重地写出集体的创造作用。他所表示的是个人的没有力量，而这可并非艺术家故意要写的题目。这是时代的命令。个性

---

[1] 喀杰特（Калет），贵族子弟学校的军官学生。——译者注

的确消失了。个人的作用的确是非常微小的了。可是在集体之中个人却有最大限度的创造力来表现自己。

这里，不但题材是十月的，而且描写题材的手段也是十月的，《铁流》里没有个人主义的心理主义，没有所谓内省功夫。本来，这种全身都是暴露着的精力，正在行动着的人物，能不能够在自己个人的模糊的感觉和愿望之中去做内省功夫呢？没有功夫，用不着，没有用处；大地燃烧着，一分钟的迟缓就等于死。

艺术家所写出来的是群众心里的电流，群众心里的骨干——是群众的心理。群众的道路上堆满了障碍物，群众的思想是要战胜这些障碍。

以前资产阶级的著名文学家描写的时候，这种障碍总是由各个的个人英雄来排除，时常是在斗争之中遇见周围的社会上的顽固。《铁流》里面障碍的排除却是走的阶级斗争的道路。冲突着的，并非老鼠打架似的各个的个人，而是几个整个的阶级。各个英雄的心理无论怎样复杂和细腻，艺术家始终是容易描写的。至于整个集体的心理，旧文学家之中却很少有人写过的。在这方面，革命以前的旧文学家简直没有给什么比较有意义的榜样；所以绥拉菲莫维奇在这方面就要完全用自己的力量和阶级的感觉，去开辟前进的道路。他应当去寻找刺探那群众的团结力，群众的互相控制力，群众的迎受力的特殊的心理系统。共同的受苦，产生那共同的悲愤。共同的胜利，同样产生那共同的快乐。群众像海一样波动着，他们心理上的迎受公律是服从集体的意志的。

十九世纪末年的颓废派艺术家，常常一方面采取个人与社会的冲突做题材，另方面又采取个人内部理智和意志的冲突做题材。在意识和意志之间的冲突上，陀斯托叶夫斯基开展了他的大才。他的那种二元人物，内心世界是支离分裂的，他们的情感和思想是二元化的。这种人物的艺术上的形成，就是从这些矛盾的细腻心理上着笔的。十月的时代，一点儿也不可惜地从艺术界之中，扫荡了这种猥琐的二元人物，以及他们那种猥琐的内心分裂状态。《铁流》之中，为着革命的胜利，那集体的理智和意志完完全全地混合为一。绥拉菲莫维奇在《铁流》里指示出来：在集体运动之中，理智和意志是怎样调和的混合，而这种混合正是革命胜利的保障——这是对于散乱的资本主义矛盾所形成的二元人物的幻想家的胜利，是对于资本主义的竞争和威吓所蹂躏的，愚昧而孤独的个人的胜利。

某些资产阶级的浪漫主义者，口味是太讲究了，他们看着群众的情感和心绪，也许可以认为太单调了，太简单了；然而绥拉菲莫维奇能够证明：群众的心灵波动，实在是很伟大、很良善的。集体的理智，集体的情绪，比"英雄"的内省，来得更细腻、更活泼、更纯洁、更鲜明。

同时我们并不能说，《铁流》是没有英雄的，并不因为有了群众，他们中间就显现不出各个的个人。郭如鹤、老婆婆郭必诺、那个年轻女人、乔治亚[1]的军官——这些人物，难道不是描写得很仔细，难道不是只要几行文字，就显得他们都直立起来的吗？描写得稀少和平坦，是有理由的，这理由就是他的题材，不能够很长久地来讲一个人的事情。只有资产阶级的艺术家才能够这么办，他可以像雕刻匠一样，把他的英雄细细地琢磨，写得精疲力尽。绥拉菲莫维奇所要写的却是很多的人物，他要写集体的动象。他写的——都是极快的运动。这里，不可避免的是迅速的移动现象，不可免地要经常地变换情绪、思想、计划、人物、色彩。艺术家也不能够像以前的"庄严的"艺术家似的，把一件什么事情写上好几页。这里，每一种色调是有用的，每一件小事里的每一个运动都是有关系的——革命的命运。所以，应当把最重要的最鲜明的拿出来。

"沿着平原，一匹黑马放开了脚步跑来了，它的身体简直拉成了一条直线，肚皮差不多要着地了：它上面一个人，衣服上洒满了红色的斑点，头和胸膛都倒在马鬃毛上，两只手垂在两边。"

艺术家并没有集中地描写这个人物——被哥萨克乱刀砍了的古班人，逃到自己家里来死的。但是，虽然描写得很少，可是很亲切地看得见那幕

---

[1] 现在多译作格鲁吉亚。——编者注

后的极端紧张的阶级斗争，在这两个营垒之间的斗争里面，两方面都在无情地互相消灭。艺术上的描写这样稀少，同时，所描写的周围环境和集体运动，又是这样"巨大的规模"——这种成绩也是革命以前的文学里所没有的。当时也没有人这样用心地来表现群众的紧张的。

背景的有意义，时代的伟大，人物的紧张和异常高大——立刻使读者受到触电似的感觉。题材的巨大克服读者，目的的厉害，道路的复杂，人心的耐苦，人的意志——跟着障碍的增多而更加增长的意志的容量，都吸引着读者。叙说之中没有渐进的发展，可是，对于这种叙说的趣味，一刻都也不削弱的。而且引起兴趣的，并不是作者耍的手段。《铁流》的吸引读者，就只是它的题材——集体的行动向着它那唯一的目的，为着达到这个目的而战胜路上的一切障碍。

写出群众的改造的文笔，造成色调鲜明的言语的诗境。形式和内容互相符合的，没有那种故意夸张的个人主义的体裁上的做作。全部叙说之中，充满着乌克兰的言语。艺术家和他自己所写的人物，这样融合起来，以至于不但在对话里面，而且在他自己的描写里面，也用乌克兰的言语。譬如，他很喜欢用"Расхристанный"这个字。他描写着两个同在一个村庄里生长的人，在国内战争的肉搏之中，互相扭住打起来了，他就问：

"一块儿同姑娘们唱着故乡乌克兰的歌，一块儿去当兵，一块儿在那烟雾弥漫的开花弹底下和土耳其人拼命，这种时候过去的有多久呢？"

我们不能够骂作者把俄罗斯文弄糟了。难道以前的著名文学家在对话里面不用平民的俗话，以及他们的方言和特别的腔调吗？只要想一想果戈理、乌斯平斯基、奥斯特洛夫斯基、列塞德尼珂夫。绥拉菲莫维奇比他们更进一步。他仿佛把两种言语混合了起来，自己叙说的时候，也时常用起乌克兰文来。可是，《铁流》的这种乌克兰化，在叙说里面增加了很多的艺术的真实和艺术的色调。

这里，自然而然地要想起果戈理的。然而生活往前走得多么远了，革命把它改造了！……整个的小手工业贫民的日常生活的地平线，在对话的

"字里行间"显现出来，例如郭必诺说：

"把我嫁给这老头子的时候，妈妈就告诉我说：把这火壶给你，你要保护它，像保护自己的眼睛一样！你死的时候，就把它交给你的孩子们和孙子们吧。将来安迦嫁人的时候，我本来想把这给她的。可是，现在统统都扔了，一些牲口也都全扔了。布尔什维克在想什么？苏维埃政府又在干什么！让这政府死了吧，像我的火壶一样。"

对话是有味得很，这里可不能像托尔斯泰说陀斯托叶夫斯基似的，说小说里的人物和作者讲着同样的言语。每一个人物的说话，在一群人的声音里面，立刻可以分辨得出来的。譬如，安迦的说话，就和郭必诺的不同了，一点儿也没有她那种暗淡的沉思的哲学气息了。安迦的对话里面就是一种淘气的娇媚，青年人的好奇和狡猾。卜利合吉科叫她"到花园跟前去吧，去坐一坐"，她对他说的是："你在夜里总是跑来跑去干吗？"

《铁流》里面，对话是常常有的。其实也非这样不可：集体行动的地方，不会是沉默的。绥拉菲莫维奇的对话，是很节省的，有正经事情的：大半是讲干过了什么，还要干什么，不要干什么。这里，没有以前贵族资产阶级文学的对话的那种说得口里要冒出白沫来的情形。这里，也不禁要想起九十年代和九百年代文学里的对话——很漂亮的很尖利的像争议似的对话，例如柴霍夫[1]、安得列叶夫、梭罗古勃、美列日珂夫斯基。那是些闪烁着金刚宝钻的字句，然而，它有它的装饰的用处，要来表现英雄的情感思想的深奥。至于绥拉菲莫维奇的对话，却总有正经事情的，平常的，"灰色的"，然而是行动的，所表现的不是个人，而是集体的要求和情绪。在集体之中，每一个普通分子身上，所担负的责任太大了，容不得他用闲谈来糟蹋宝贵的时间而自己松懈下来，大家正要"走，走"，向前走呢。因此绥拉菲莫维奇永久总是在报告着必须的和重要的。对话是用来说明那个目的，所以对话里面有许多解释的表现的成分。对话表示群众日常

---

[1] 现在多译作契诃夫。——编者注

的共同在一起生活，紧张地向着目的行动，所以它是在团结这个集体。对话，结算起来，也是一种行动，它产生着以后的行为。

英雄和物件的描写是简短的，确定的：

"疯狂似的灰尘落后了，马胸口溅着雪白的一片片的白沫。两肋的汗流着，像洗过了澡似的。""那些铜的嗓子惨淡地慢慢地响着，太阳也像铜似的亮着。"

对于人或者东西的描写，很紧凑地、很亲近地、分割不开地粘在那些人或者东西上面。艺术家只指出最模范的、最看得见的、最时常的、最记得起的。在郭如鹤的身上，艺术家一开始就提他的"铁颚"。仿佛这个人的绝不摇动的力量都集中在他的颚上；后来艺术家并不要提出什么名字，只要他说起"铁颚"，你就已经知道是郭如鹤来了。艺术家并不害怕勇敢的归纳。郭如鹤讲话的嗓子"是锈铁的嗓子"。铁是不讲话的，也没有嗓子，可是"铁"和"锈"连在一块儿，恰好很清楚地形容得出这个嗓子的声音。郭如鹤的确是硬化了，他全身满是帝国主义战争和国内战争的老茧，他在血里面洗过了澡，他全身都生了锈。艺术家的表现在这里是准确的。

《铁流》里面，自然界只是人物的一副镜框子。自然界也同着人一块儿暴动起来了，仿佛同着人一块儿参加着革命的过程。自然界并不是死的，完全不是冷淡的。仿佛自然界之中，隐藏着同情的或者反对的意志。自然界并不是空闲着的，而是很有兴趣地看着向前行动的队伍。一开始就是："那塔顶似的白杨树顶，尖尖地在窥视"，仿佛在倾听着许许多多人的说话声音，吵闹声音；"海上强盗的鸢鸟，在闪烁着的热气里很诧异似的游着……从没有看见过这样的。"绥拉菲莫维奇所写的，甚至于海也是"人所想不到的巨大的野兽，脸上带着亲热的聪明的皱纹，在那里悄悄地亲热地舐着活的岸边"。自然界对于人也会是很残酷的：

"蒸笼似的热气燃烧着，人都疲惫得倒下来，郭如鹤下了个命令：'盖起。'太阳的热气使马也倒下来，撞破了好些车杠，小孩子的发黑的嘴都不会动了。"

　　而雷雨的描写："水在咆哮着，又像是风，又像是乌黑的掀动着的天或者山倒下来了。"甚至于天天要碰见死的人也要叫："救……命啊！……世界的末日！……"

　　"一切——在这以前装在无边无际的夜的黑暗之中的一切，都在那青隐隐的寒战里，尖厉得极难受地抖动着。远山的波纹倒挂着的岩石的锯齿，山壑的边沿，马的耳朵，都抖动得很青隐隐地刺目……"

　　"山……震动了一下，就从地心里迸出了这样的一个霹雳，使那庞大的整个的黑夜都容纳不下，它崩裂成圆滚滚的碎块，继续地爆裂着，向四面八方滚出去，越滚越响，充满着那看不见的山谷、森林、溪壑——人都震聋了，孩子们死死地躺着。……"

　　自然界有时候是田园诗的诗境似的冲淡和亲爱，有时候又像雷电似的可怕。自然界和它的周围的人物混合起来，和革命的群众有共同的生活："和这些人同其哀乐，山的边沿也很细腻地染着了金黄色。"人的说话声音沉默下来的时候，"山也随着暗淡，露出黄昏时节的蔚蓝"。

　　绥拉菲莫维奇没有无目的的对于自然界的唯美主义的欣赏。自然界——这是一种力量，直接参加大小事变的力量，是不疲倦的证人，善良的朋友，或者是凶恶的仇敌。对付自然界，时常要用残酷的斗争，要加上铁的羁勒，要战胜它，要驯服它。它也时常给人舒适的休息——在它那青绿的胸膛上，休息着是为着新的斗争，新的努力。然而自然界，一般地讲来，永久是生活的源头，灵感的源头，斗争的源头。

　　自然界的描写，并没有那种深沉的个人的细腻的主观观察的色调。自然界的描写，也是从群众迎受方面着笔的。自然界的神气很年轻、很新鲜，能够给那克服一切、战胜一切的人以深刻的快乐。

　　《铁流》之中的人、海、山、马，都联合成功一个合奏队。这里有吸引人家的集体生活的谐和。《铁流》给了合作生活的艺术上的表现，这生活里面人、马、自然界都互相亲密地结合着。这里，一切都互相黏合着，你要分割也分割不开的，要抛弃也抛弃不掉的。在这样的意义上来讲，可以说《铁流》是歌咏群众袭击的诗歌。绥拉菲莫维奇不但是旧文学形式和传统的破坏家，而且是真正的群众革命倾向的诗人。他不用什么崇高的神韵，而歌咏粗犷的勇敢的人——这个人在破破烂烂的衣服里面，爬过了山，用自己的和儿女的血染红了大地，这是为着新的生活——为着社会主义。绥拉菲莫维奇的人物，和他类似的人联合起来的时候，实在是高大而名贵；他在集体之中，筋肉也紧张起来，智慧也伟大起来，脉搏也急遽起来。

从国内战争的喷火口的地心里面，唱出对于牺牲了的战士的光荣的纪念歌，而对于活人是勇武的纪念歌。对于将来的子孙，这是发着火星的古代故事里的模范人物了，这个故事里面讲着充满了苦难的心灵，讲着郭如鹤的咬紧着的铁颚。震撼着的蒙着沙尘的群众，脱离了旧的生活，像铁流似的行动中，向着从没有看见过的布尔什维克的将来走去。这种群众对于革命的创造力量的信仰，叫人五体投地地倾倒；甚至于这个队伍原来的愚昧状态也不使人讨厌，因为他们走的真正是荆棘的道路——是向着共产主义灯塔的火光走的。

《铁流》里的人全身都是血和灰尘，他仅仅向着将来公社的门槛，走了第一步，这和将来一辈的人的联系，都是很明显的，差不多可以用手摸得到的。开始为着争取新的生活的群众，他们的节奏和将来共产主义的人的节奏是混合为一的。绥拉菲莫维奇的面前有着伟大的目的。将来并不是空的。这部叙说，在以后的建设共产主义社会的几十年的时间之中，高声地很有力量地呼号着。

铁流

1

村镇的花园、街道、房屋、篱笆，都沉没到望不到边的、暑热的尘雾里，闷得喘不过气来，只有那塔形的白杨的尖顶，高高地窥视着。

人语声、轰响声、犬吠声、马嘶声、铁鸣声、儿童的哭声、难听的谩骂声、女人的呼应声，以及含着醉意的手风琴声伴着的放荡的沙哑的歌声，各种的声音，从四面八方传来。就像一个空前巨大的没王的蜂巢，张皇失措地发着嘈杂、沉痛的声音。

这无边无际的暑热的混乱，吞噬了旷野，一直到那土岗上的风磨跟前，——那里也是万种的响声。

一条冰凉的山水，从村外流过。那山水泡沫飞溅，奔腾喧嚣。暑热的尘雾遮不住的只有这奔腾喧嚣的河水声。河那边远远的高大的蓝山，把半个天都遮住了。

号称褐色草原的强盗的老鹰，在暑热的闪闪发光的晴空，惊奇地飞翔着，聆听着，转动着钩嘴，一点也摸不清，——还没有过这样的情况呢。

也许这是庙会吧。可是为什么到处都不见帐篷，没有商人，也没有乱堆的货物呢？

也许这是移民的宿营吧。可是哪来的这些大炮、弹药箱、两轮车和架着的步枪呢？

也许这是部队吧。可是为什么到处有孩子哭，步枪上晒着尿布，大炮上吊着摇篮，青年妇女喂着孩子吃奶，牛和拉炮车的马一块吃干草，晒黑了的女人们和姑娘们，把锅放在烧着干牛粪的冒烟的火上煮小米饭呢？

一片混乱、莫名其妙、漫天灰尘、乱七八糟；叫嚣、喧闹、异常嘈杂的声音，都混杂在一起。

只有哥萨克女人、老婆婆和孩子们留在村镇里。哥萨克男人都忽然消失了，连一个也不见了。哥萨克女人在屋里隔着窗子，望着这大街小巷都笼罩在尘雾中的一片混乱，说：

"迟早要把你们的眼睛都挖掉呢！……"

2

在这一片乱哄哄的牛叫、鸡鸣和说话声里，忽而听到一阵伤风的嘶哑的声音，忽而又传来一阵雄壮的草原上的嘹亮嗓音：

"同志们，开露天大会去！……"

"开会去！……"

"喂，集合吧，弟兄们！……"

"到大山跟前去！"

"到风磨跟前去！"

灼热的灰尘，随着逐渐凉爽下来的太阳，慢慢落下去，白杨的塔形的高大的尖顶，整个儿都露出来了。

眼睛所能看到的地方，花园都露出来了，农舍都发着白色。所有大街小巷，花园里里外外，从村这边到村那边，一直到草原的土岗上，到那向四面伸着蹼状长指的风磨跟前，到处都挤满了运货马车、大车、两轮车、马和牛。

风磨周围，人海随着越来越喧闹的声音，也扩大起来。青铜色的人脸，好像斑点一样，消失在无边的人海里。白胡子老头、面容憔悴的女人、姑娘们的快活的眼睛；孩子们在腿下乱钻着；狗在急促地喘着气、抽动着伸出的舌头——这一切都沉没在庞大的、淹没一切的战士群里。有些戴着长毛的英武的高筒帽，有些戴着肮脏的军帽，有些戴着帽缘下垂的山民的毡帽。有的穿着破烂的军便服，有的穿着褪色的印花布衬衣，有的穿着契尔克斯装[1]，有些光着上身，在那青铜色的肌肉发达的身上，十字交叉地背着机枪子弹带。头顶上是一片凌乱的枪刺。黑魆魆的旧风磨，惊奇地凝视着：从来没有过这样的情况呢。

团长、营长、连长、参谋长都聚集到土岗上的风磨跟前。这些团长、营长、连长都是些什么人呢？有的是沙皇时代的士兵提升成军官的，有的是从各城镇来的理发匠、箍桶匠、细木匠、渔民和水手。这些都是他们在自己的街道上、自己的村镇里、自己的庄子里、自己的村子里组织起来的红军小队的队长，也有些是来投靠革命的旧军官。

长胡子、宽肩膀的大个子团长沃洛比岳夫，爬到一端有轮子的横梁上，横梁在他脚下吱吱乱响。他用洪亮的声音，对群众喊道：

"同志们！"

在这千千万万的青铜色的面庞前边，在这众目睽睽的群众面前，他

---

[1] 契尔克斯装是高加索山民和哥萨克穿的一种束腰无领的长袍或长褂。

和他的声音显得多么渺小啊。其余的指挥员统统都聚在他跟前。

"同志们！……"

"滚你的去！……"

"打倒！……"

"滚你妈的去！……"

"不要……"

"官长，你妈的！……"

"难道他没有戴过肩章[1]吗?!"

"不过他早把这些都撕掉了……"

"你干吗乱嚷呢？……"

"揍他，他妈的！"

无边的人海掀起了森林一般的人手。难道能辨清谁在喊叫什么吗?!

风磨跟前站着一个矮个的、整个身子活像用铅捶成的、有一副咬紧的方形颚的人。一双小小的灰眼睛，好像两把锥子一样，在又短又齐的眉毛下边闪闪发光，无论什么也逃不过这一双眼睛。他的短短的身影，投到地上——周围的人脚踏着他的头影。

长胡子的人从横梁上疲劳地大声喊着：

"等一等，都听着吧！……应当把情况讨论讨论……"

"滚你妈的去！"

喧噪、谩骂，把他的孤零零的声音都淹没了。

在一片手海中、声海中，举起了一只枯瘦的女人的手。这是一只细长的、受尽风吹日晒以及劳苦和灾难折磨的手。她用那受尽折磨的声音喊起来：

"我们不听，别瞎叫吧，你这死畜生……啊——啊！我的一头母牛，

---

[1] 沙皇军官均戴有金边肩章，所以说某人戴过肩章，即指当过白党军官的意思。

两对公牛，一所房子和一把火壶[1]——这些都到哪去了?"

人群里又掀起了一阵愤怒的风暴——谁都不听，都只管喊自己的。

"要是收了庄稼，我现在带着粮食逃也好。"

"都说应当逃到罗斯托夫去。"

"为什么不发给军便服? 不发裹腿，也不发靴子呢?"

横梁上的声音说:

"那么，你们为什么要跟来呢，要是……"

群众发起火来:

"都是你干的好事。都是你把事情弄糟了，你这混蛋，你把我们骗了! 我们大家都坐在家里，都有家业，可是现在都好像丧家狗一样，要在草原上流浪了。"

"我们知道，是你把我们带来的!" 一个战士的声音大叫着，乌黑的枪刺乱摆起来。

"我们现在到哪去呢?!"

"到叶卡德琳诺达尔[2]去。"

"那里有沙皇士官生呢。"

"没处去……"

那个站在风磨跟前的有一副铁颚的人，用锐利得好像锥子一样的灰眼睛望着。

于是一阵不可收拾的吼声，从群众上面掠过:

"出卖了!"

这声音到处都能听见，那些在马车、摇篮、马匹、营火、弹药箱跟前听不见讲话的人，也都这样猜着了。一阵惊厥从群众身上掠过，都闷得上不来气了。一声歇斯底里的女人的声音，大声叫起来，可是叫喊的

---

[1] 火壶或译作茶炊。
[2] 现名克拉斯诺达尔。

却不是女人，而是一个小兵。他有一只钩鼻子，光着上半身，穿一双不合脚的大皮靴。

"好像卖死牲口一样，把咱们的弟兄出卖了！……"

一个比人群高一头的美男子，长着刚生出来的黑髭胡，戴着海军帽，两根飘带在晒得黑红的长脖子上飘动。他不作声地用两肘推着，从人群里往风磨跟前挤。他恶狠狠地握紧闪闪发光的步枪，目不转睛地盯着一群军官，往前乱挤。

"啊……算了吧！"

那个铁颚的人，把牙关咬得更紧了。他心烦意乱地对那咆哮的人海环顾了一下：那尽是些大喊大叫的黑魆魆的嘴、黑红的脸和眉下恶狠狠地冒着火星的眼睛。

"我的老婆在哪里？……"

那个戴海军帽的人，飘带在迎风飘动，眼看已经不远了，他依然握紧步枪，仿佛怕失掉了目标似的，眼睛盯着。他照旧在那叫嚣和喊声里，在拥挤不动的人群里乱挤。

那个紧咬牙关的人特别觉得难过：他曾当过机枪手，同他们肩并肩地在土耳其战线打过仗。血海……九死一生……最后这几个月一同打过沙皇军官团、哥萨克和白党将军们：转战在叶斯克、杰木留克、塔曼、库班的各村镇……

他张开口，用低沉而坚定的声音说起来，可是在这片喧嚣里，却到处都能听见他的话：

"同志们，你们都晓得我。咱们一起流过血。你们自己推选我当指挥员。可是现在要是都这样干，那咱们就都要完蛋了。哥萨克和沙皇军官团从四面打来了，连一点工夫也不能耽误了。"

他这满嘴乌克兰口音，才赢得了人们的好感。

"可是难道你没有戴过肩章吗？！"光着上半身的小兵，用刺耳的尖声叫起来。

"难道是我去找肩章戴吗？你们自己知道，我在前方打仗，把当官的勒死。难道我不是你们的人吗？难道我不是同大家一样，好像牛一样干活，受尽艰难困苦吗？……不是同你们在一起犁过地，种过地吗？……"

"对，对，"乱哄哄的人声说，"是咱们的人！"

穿海军服的高个子，终于从人丛中挤出来，两步跑到跟前，依然不作声地望着，用全力把枪刺一挥，枪托把后边的人撞了一下。有一副铁颚的人，一点儿也没躲闪，只有那好像微笑似的一阵痉挛，刹那间从那黄得好像熟皮子似的脸上掠过去。

一个矮个子的、光身子的人，好像小公牛似的勾着头，从旁边用肩膀使劲在水手的肘子下边一撞。

"你干吗呢！"

这么一来，举起的枪刺，被推到一边，没有刺到咬紧牙关的人身上，却刺进一个站在旁边的青年营长的肚子上，刺刀一直插进刀颈跟前。那人大声出了一口气，好像蒸气喷出来似的，仰天倒下去了。那大高个子怒气冲冲地用力拔着刺穿到脊椎骨上的刀锋。

一个没胡子的、脸像姑娘似的连长，抓住风磨的轮翅，爬上去。轮翅吱吱响着转下来，他又落到地上。除了有一副方颚的人以外，其余的人都掏出手枪——在那些难看的苍白的脸上，都流露出伤心的样子。

又有几个人疯狂地睁大眼睛，慌忙握紧步枪，从人丛中钻出来，朝风磨跟前冲去。

"叫狗东西都死了吧！"

"揍他们！把他们搞绝种！……"

忽然间，一切都鸦雀无声了。所有的人头都转过来，所有的眼睛都朝一个方向望去。

一匹黑马，伸成一条线，肚皮几乎要挨着地，在草原上飞跑。一个人骑在马上，身穿红条子布衫，胸和头贴到马鬃上，两手垂在两旁。跑近了，越跑越近了……疯狂的马，看来是在拼全力飞跑。灰尘在后面飞扬。雪片似的白沫，喷到胸脯上。马的两肋汗淋淋的，像水洗过一样。骑马的人把头依旧贴到马鬃上，随着马跑的步子摇摆。

草原上又腾起一团黑色的烟尘。

人群里传出说话声：

"又一个飞跑来了！"

"瞧吧，跑得多快……"

一匹黑马跑过来，鼻子呼呼出着气，口里流着白沫，在人群前面即刻停住，后腿打了一个弯卧下去；穿红条子布衫的骑马的人，好像一条布袋似的，从马头上翻下去，闷腾腾地扑通一声落到地上，两手展开，很不自然地弯着头。

一些人扑到倒下去的人跟前，另一些人跑到放风的马跟前。马的黑肚子上染着又黏又红的血。

"这是鄂郝里木呀！"跑到跟前的人都叫着，小心地把僵冷了的尸体放好。肩上和胸上的刀口，都血淋淋地张着，背上有凝结了的黑血斑。

可是在风磨那面，在马车中间，在大街小巷里，在整个人群里，掀起一阵难以消灭的惊慌：

"哥萨克把鄂郝里木砍死了！……"

"唉，真可怜！……"

"把哪个鄂郝里木砍死了？"

"呸！发昏了吗？不晓得吗？波洛夫村里的。就是山沟里有房子的那个。"

第二匹马跑来了。人脸、汗透了的小衫、手、光着的脚、裤子，满是血迹斑斑，是自己的血呢，还是别人的血？——眼睛瞪得圆圆的。他从摇摆不定的马背上跳下来，扑到躺着的人跟前，躺着的人脸上流着一种透明的蜡一般的黄汁，苍蝇在眼睛上爬来爬去。

"鄂郝里木！"

后来，他即刻扑到地上，把耳朵贴到流血的胸口上，即刻又站起来，立在他跟前，低着头说：

"儿子……我的儿子！……"

"死了。"周围的人用镇静的声音说。

那人又站了一会儿，就用那永远伤风的哑嗓子喊起来，这声音一直传到马车跟前的最边上的房子里：

"斯拉夫村、波达夫村、彼得罗村和史德布利耶夫村，都叛乱了。每个村的教堂前的广场上，即刻都竖起了绞刑架，只要一落到他们手里，就都会被绞死。白党来到史德布利耶夫村，用马刀砍、绞杀、枪毙，骑着马把人往库班河里赶。遇到外乡人，不管是老头子，还是老婆子，毫不留情地一齐杀光。他们以为我们全是布尔什维克。看瓜的老头子奥巴纳斯，就是他的房子对着亚杜荷的那个老头子……"

"我们知道！"轰然响起一阵简短的说话声。

"……他跪到他们脚下求情——也把他绞死了。他们的武器多极了。女人们、孩子们，白天夜里都在菜园里挖埋藏的步枪、机枪，把藏在干草垛里的装满炮弹和子弹的木箱，都搬出来——这些都是从土耳其战线弄回来的，真是多得数不清。还有大炮呢。他们真是疯狂了。好像大火灾似的，全库班都燃烧起来。咱们的当兵的弟兄们，也被折磨得要命，把他们吊死在树上。有些部队单独向各地逃走，有的向叶卡德琳诺达尔，有的向海边，有的向罗斯托夫逃，可是统统都死在敌人的刀下了。"

他又低着头，在死者跟前站了一会儿。

在这空前的沉寂里，一切人的眼睛都望着他。

他跟跄了一下，伸手往空中抓了一把，后来抓住马辔头，就骑到那两肋仍然是汗淋淋的马上，鲜血模糊的马鼻子翻着，痉挛地、急促地喘着气。

"你到哪去？你发昏了吧?！柏洛！……"

"站住！……上哪去?！回来！……"

"拉住他！……"

马蹄声已经在草原上响开了。他挥着鞭子抽着马，马温顺地把湿脖子一伸，紧贴着两耳，就飞跑起来了。风磨斜长的影子，横穿过草原追着他。

"白白去送命。"

"他的家属都留在那边呢。瞧，儿子死在这里。"

有一副铁颚的人，沉甸甸地张开嘴巴，慢吞吞地说：

"都看见了吗?"

群众都凄惨惨地答道：

"都不是瞎子。"

"都听见了吗?"

又凄惨惨地说：

"听见了。"

铁颚用坚定的语调说：

"同志们，现在咱们没有路走了：前后都是死。都瞧这些，"他对那映成玫瑰色的哥萨克房屋，对那无数的花园，对那拉着斜长影子的大杨树，点了一下头说，"或许今天夜里就来杀咱们，可是咱们没有一个守卫的，没有放一个步哨，也没有人来指挥。应该退却。往哪退呢？首先要改编部队，选举首长。可是选出以后，为着要有铁的纪律，所以一切生死大权，都要交给他们支配，那才能有救。咱们要去追咱们的主力军，在那里可以得到俄国的援救。都同意吗?"

"同意！"草原上爆发出一阵同心协力的声音，于是大街小巷的马车中间、花园中间、全村镇里，一直到村边、河边，都响着这样的声音。

"那好吧。马上就选举。过后就改编部队。辎重队同战斗队分开。把指挥员分配到各部队去。"

"同意！"又是一阵同心协力的声音，在那无边无际的发黄的草原上响起来。

那个留着风雅胡须的人，站在前排里。他并不特别费力地用深沉的微哑的嗓音，遮盖了一切人的声音：

"咱们到哪去呢？去找什么呢？……这简直是倾家破产啊：家畜、家业，一切都扔了。"

好像有人投了一个石头似的——周围群众都凌乱、动摇、喧嘈起来：

"那么你到哪去呢？回头去吗？叫大家回去寻死吗？……"

那个留着风雅胡须的人说：

"为什么寻死？咱们一回去就把武器交给他们——他们不是野兽。毛古申地方有五十个人投降了，把武器、步枪和子弹都交出去，哥萨克连他们的一根头发都没动，他们现在都在种地呢。"

"那些投降的都是富农。"

一阵说话声，在头顶上，在激怒的人脸上动荡着：

"你去爬到黑狗尾巴下边闻屁臭去吧。"

"一句话不说就会把咱们绞死的。"

"咱们去给谁种地呢？!"女人们尖声叫着，"又是去给哥萨克和白党军官们种地。"

"又去找罪受吗？"

"去挨哥萨克的鞭子吗？……受那些白党将军们和军官们的罪吗？……"

"狼心狗肺的家伙，趁还没有把你收拾了，滚你的吧。"

"揍他！想出卖自家人……"

留着风雅胡子的人说：

"你们听一听……为什么像狗一样乱叫呢？……"

"没有什么可听的。一句话——你是自高自大的人！"

大家都气得涨红了脸，互相望着，眼睛里恶狠狠地发着光，拳头在头顶上乱舞。他们把一个人打了，把另一个人打着往村里赶。

"别吵了，公民们!"

"别忙……你把我往哪赶呢?……我是你们的麦捆吗，你们这样打?"

有一副铁颚的人，开口说:

"同志们，算了吧，咱们来办正经事吧。选举总指挥吧，至于其余的，就由他委派吧。你们选谁呢?"

刹那间鸦雀无声了:草原、村镇、无数的群众，都一声不响了。接着满是老茧的粗硬的手，像森林一般举起来，于是在那无边无际的草原里，在老远的沿着花园的村镇里，在河那边，都喊着一个名字:

"郭如——鹤——鹤——鹤!……"

这声音在滚着，在蓝色的山下，久久回响:

"……鹤——鹤——鹤……"

郭如鹤把铁颚紧紧一闭，行了个举手礼，那时可以看见他颧骨下面的瘤子在抽动着。他走到死者跟前，脱了肮脏的草帽。于是就好像被风吹去一般，所有人的帽子都脱下来了，都光着头，女人们哭起来。郭如鹤低着头，站在死者跟前说:

"咱们敬心敬意来埋葬咱们的同志吧。抬起来。"

用两件大衣铺到地下。一位高个子的漂亮男人，戴着水手帽，飘带垂在脖子上。他走到营长跟前。营长的军便服上有一道很宽的凝结的血痕。他默然地弯下腰，恐怕营长痛似的谨慎小心地把营长抬起来。把鄂郝里木也抬起来了。都抬走了。

群众闪开路，过后又合拢了，都光着头，好像无穷无尽的洪流一般，在后面流动着。斜长的人影，随着每个人移动。走动的人，都踏着这影子。

一个年轻人的声音，柔和而又悲哀地唱起来:

你牺牲在决死的斗争里……

别的声音也都跟着附和起来，粗笨的、不会唱的、不合拍的、不整齐的、唱错了字的、各种各样的凌乱的声音，都随随便便地唱起来，这声音越来越大了：

……对人民的热爱……

不合拍的各种各样的声音在唱着，可是为什么心里都感到一种激动人心的悲哀呢？这悲哀同那孤零零的模糊的沉思的草原，同那发黑的老风磨，同那高大的叶子微黄的白杨，同那人群经过的白屋，以及同那抬着死者从跟前经过的老远的花园，都奇怪地融会成一体了——仿佛这儿一切都是亲骨肉似的，都是最亲切的，仿佛都生在这儿，都得死在这儿似的。

群山也显得一片苍茫。

在那森林一般的手中间，也曾把自己的瘦骨嶙峋的手举起过的那个老太婆郭必诺，她用肮脏的裙边，拭着红眼睛和满是灰尘的汗湿的皱纹，不断地画着十字，呜咽着低声说：

"圣主啊，可靠的圣主啊，永生的圣主啊，可怜可怜我们吧……圣主啊，可靠的圣主啊……"她伤心地用裙边拭着鼻子。

战士们都一齐迈开大步走着。他们都沉着脸，皱着眉头。乌黑的枪刺，成列地、齐整地摆动着。

你能贡献的已经都贡献了……

夜间昏沉沉的灰尘，又卷成慢腾腾的灰球，把一切都罩起来了。

什么又都望不见了，只听到沉重的脚步声和歌声：

……可靠的圣主，永生的圣主……

……在潮湿的监狱里受苦受难……

苍茫的夜，罩着的巍峨的乌黑的群山，把最初的羞怯的星辰都遮住了。

这是十字架啊。有的倒了，有的歪了。一片满生着灌木的荒地。猫头鹰缓缓飞过。大蝙蝠开始无声地飞翔。大理石有时微微闪着白光，墓碑上的金字透过昏暗的迷雾，发着金光——这都是有钱的哥萨克人的墓碑、商人的墓碑、有钱有势的人的墓碑，是顽固的旧制度的墓碑。人群在坟地上走着，唱道：

……专制将要崩溃，人民就要起来……

并排挖好了两个墓穴。就地匆匆忙忙做着棺材，薄木板发着香气，闪着白光。装殓了死者。

郭如鹤脱了帽子，站到翻着新土的墓穴上说：

"同志们！我想说……咱们的同志死了。是的……咱们应当给他们行礼……他们是为咱们死的……是的，我想说……他们为什么死了呢？……同志们，我想说，苏维埃俄罗斯没有死，它是要永远存在的。同志们，我想说，咱们在这里被敌人包围，可是那里有俄罗斯、有莫斯科呢，俄罗斯要胜利的。同志们，我想说，在俄罗斯有工农政权……因为这，一切都会搞好的。反动派，就是说，白党将军们、地主们和一切资本家们，一句话，就是那些剥人皮的人，这些混蛋东西们都来攻打咱们来！可是，咱们不投降，他妈的！是的！咱叫他们看一看。同志们，唉——唉……我想要说，咱把咱的同志们埋了，咱在他们坟上宣誓，咱们拥护苏维埃政权……"

开始下葬了。老太婆郭必诺掩着嘴，细声地唧唧地呜咽着，随后就大声哭起来，接着第二个、第三个也都哭起来。整个坟院都是一片女人的哭声。每个女人都想挤到前边去，弯下腰，用手抓把土撒到墓穴里。土闷腾腾地往墓穴里落着。

有人到郭如鹤耳边问道：

"放几枪？"

"放十二枪。"

"太少吧。"

"你晓得，没有子弹。每一颗子弹都得珍惜。"

稀疏的排枪响了，接着第二排、第三排。刹那间，人脸、十字架、匆忙挥动的铁铲，都被排枪的火光映照出来了。

枪声息了的时候，大家都忽然感觉到：夜寂静、温暖的灰尘气、不停的流水声驱逐着睡魔，这不是模糊的回忆啊，记不起在回忆什么，可是在河那边，在村镇的顶边上，群山的浓黑的轮廓，曲曲折折地伸向远方。

3

夜里的窗子，黑魆魆地向黑暗里探望，在这静止的状态里，潜伏着不祥的隐秘。

方凳上放着一盏没有玻璃罩的洋铁灯，油烟好像黑丧服似的，急促地摆动着，向顶棚直冒。满屋都是烟味。地板上铺着一幅怪地毯，上边记着无数的符号、线条，绿色的、蓝色的斑点，黑色的曲线——这是一大幅高加索地图。

指挥员们解了皮带，穿着衬衣，光着脚，谨慎小心地在地图上爬着。有的吸烟，当心怕烟灰落到地图上；有的目不转睛地瞅着，在地图上爬着。郭如鹤紧闭着牙关，蹲着，用亮晶晶的刺人的小眼睛，向旁边张望，脸上流露出自己的主张。一切都沉没在蓝色的烟雾里。

白天忘记了的充满着威胁的河水声，现在一分钟也不停地从黑洞洞的窗子里传进来。

虽然这所房子和邻近房子的居民都迁了，可是仍然从那儿传来小心的低低的说话声：

"咱们一定会死在这里：连一道战斗命令也没有执行。你们难道没看见吗？……"

"对战士们没法办。"

"这样他们都会窝窝囊囊死光——都会叫哥萨克杀光。"

"不打雷，乡下佬是不会祷告的。"

"怎么还没打雷，周围都像火灾一样烧起来了。"

"哦，去吧，告诉他们去吧。"

"可是我说——应当占领诺沃露西斯克，到那儿待一下再说。"

"关于诺沃露西斯克，没有什么可说的，"一位穿着干净衬衣、束着皮带、脸刮得光光的人说，"我有史戈尼克同志的一份情报。那边是一塌糊涂。那里有德国人、土耳其人、孟什维克、社会革命党、沙皇军官团，也有咱们的革命委员会。大家都尽在开会，没完没了地讨论，从这个会场跑到那个会场，制订了千千万万的挽救计划——这些全是无聊的空文。把部队开到那里去，就是要叫它完全瓦解。"

在那不停的河水声里，清楚地传来了一声枪响。这枪声是很远的，可是夜里的窗子用它那潜隐的死寂和黑暗，却即刻告诉说："瞧……开始了……"

大家都满心紧张地倾听着，可是表面上却都使劲吸烟，用手指在地图上继续指画着，仔细进行研究。

可是指来指去反正一个样：左边是走不通的蔚蓝的大海；右边和上边，斑斑点点地散布着好多含着敌意的村镇的名称；下面向南去，是发着栗色的、遮断去路的不能通行的高山——简直是死路一条。

好像庞大的游民的屯营一样，扎在这地图上画着黑线的弯弯曲曲的河边。河水声时时传到这漆黑的窗子里。地图上绘的山谷中、芦苇中、森林中、草原上、田庄和村镇里，到处都密集着哥萨克。到现在为止，叛乱的村镇和田庄，总算对对付付地分别镇压下去了，可是现在全库班都野火燎原似的叛乱起来。苏维埃政权到处都被搞垮了。苏维埃政权的代表人物，在各田庄、各村镇里，全被杀光了，好像坟院上的十字架一样，到处都立着绞刑架——绞杀布尔什维克，尤其是外乡的布尔什维克，也有哥萨克的布尔什维克。这些尸体都吊在绞刑架上摇摆着。往哪退呢？哪里有救星呢？

"当然，到吉荷列次去，从那里到圣十字去，再从那里到俄罗斯去。"

"真聪明——到圣十字去！没有子弹，没有炮弹，你怎么能通过叛乱了的全库班到那里呢？"

"可是我说，到咱们的主力军那里去吧……"

"可是这主力军在哪里呢？你得到了紧急消息吗？那你就告诉咱们吧。"

"我是说去占领诺沃露西斯克，在那里等着俄罗斯派援军吧。"

他们都发表自己的意见，可是每个人的话后边，却都藏着话：

"要是把一切事都交给我，我一定会定出顶好的计划，而且会把大家都救出来的……"

远远的枪声，带着不祥的预兆又响起来，把夜间的河水声都遮住了；稍停了一会儿，又响了一声，接着又是一声。忽然一阵排枪声——就又沉寂了。

大家都转过头去，对着那死沉沉的黑窗子。

不是在墙外附近什么地方，就是在房顶上，公鸡叫了起来。

"卜利合吉科同志，"郭如鹤开口说，"到那里看看怎么一回事。"

这是一位年轻、漂亮、脸上微微有点麻子、身个不高的库班哥萨克，穿着紧身小棉袄，光着脚，谨慎小心地出去了。

"可是我说……"

"对不起，同志，这绝对不许可……"一位脸刮得光光的人，平心静气地站着，对他们一点都不客气地把话打断了：这些都是出身农民、箍桶匠、细木匠、理发匠的战士，在战场上提升成军官的，而他却是一位受过军事教育的老革命家。"在这种情况下来调动部队，这就是叫去送死。这不是部队，而是乌合之众。必须改编。此外，成千成万的难民的马车，完全把手脚都捆住了。一定要他们离开部队——让他们随便走吧，或者回家去。部队应当完全自由，无牵无挂。下命令吧：'在村内停留两天，以便改编……'"

他说着，可是话内却藏着话：

"我有广博的学识，有理论和实践的结合，对军事学有深刻的历史研究，——为什么叫他领导而不叫我领导呢？群众是盲目的，群众永远……"

"你想怎么办呢？"郭如鹤用那锈铁一般的声音说，"每个战士的父母妻子都在辎重车上，难道叫他把他们丢下不管吗？如果咱们坐在这里等待——那只有被敌人杀光了。咱们应当走，走，走！咱们走着改编着。应当赶快从城边过去，不停顿地沿着海边走。到了杜阿卜塞，从那里沿着公路，翻过大岭，同咱们的主力军会合起来。他们走得不远。可是这里每天都被死亡包围着。"

于是大家七嘴八舌议论起来，每个人都觉得自己的计划是最好不过的，别人的却是一点没用。

郭如鹤站起来，瘤子在抽动着，灰钢似的光泽，从那小小的眼缝里射出来，说：

"明天出发……天亮出发。"

但是他心里想："都不会听命令的，狗东西！……"

大家都不乐意地沉默着，可是在这沉默的后面却藏着下面的话：

"对傻子是讲不清道理的……"

4

卜利合吉科出去时，河水声更大了，水声充满了整个的黑暗。门口的黑地上，放着一架又黑又矮的机枪。跟前站着两个黑人影，带着乌黑的枪刺。

卜利合吉科走着，仔细探望着。温暖的、看不见的黑云遮着天空。老远的地方，各处狗都在叫，顽强地、毫不疲倦地用各种声音叫着。犬吠声停了，就听见河水声哗哗在响，于是狗就又顽强地、讨厌地叫起来。

谜一般的房屋，好像发白的斑点一样，微微露出来。街上黑魆魆地乱堆着什么东西，仔细一看，原是一些车辆。鼾声和忽高忽低的昏睡的呼吸声，浓重地从车下和车上送来——到处都横七竖八地躺着人。街心有一种很高的东西发着黑色：杨树不像杨树，钟楼不像钟楼，仔细一看——原是竖着的车杆。马匹不紧不慢地大声嚼着草料，牛在呼吸。

阿列克塞谨慎小心地从人身上跨过去，用纸烟的火光照了一下。一片静穆。可是在等什么呢？等那远远的枪声再响起来吗？

"谁在走动？"

"自己人。"

"谁在走动……上哪去？……"

勉强辨别出来的上着刺刀的两支枪，端在手里了。

"连长，"于是他弯下腰，低声答着口令，"炮架。"

"对。"

"回答的口令呢？"

战士的粗硬的胡子，痒痒地刺着他的耳朵，低声用哑嗓子说：

"拴马桩。"一股浓重的酒气，从胡子下边喷出来。

他继续走着，又是黑魆魆的不可辨认的马车，大声嚼着草料的马，昏睡的呼吸声，一分钟也不停的河水声和顽强、紧张的犬吠声。他谨慎小心地跨过了人们的胳膊和腿。有些地方的马车下边，有还未入睡的人的说话声——这是战士同自己的女人们；篱笆下面——有暗暗的笑声、低低的尖细的说话声——这是同爱人谈心呢。

"总算醒悟过来了，可是就这还不都是含着醉意的吗？坏蛋。大概把哥萨克的酒都搞光了。没有什么，喝吧，不过别把脑子喝昏了……哥萨克人怎么到现在还没把我们杀光？也真够蠢的！"

一种东西在发着白光……不像窄狭的小屋，也不像一块白布，在黑暗中发着白色。

"现在也还不迟，每个弟兄大概还有十来颗子弹，每门炮还有十五六发炮弹，可是他们总共……"

发白的东西摇晃起来。

"是你吗，安迦？"

"你在夜里逛什么呢？"

大概是那匹黑马在吃车杆上放的草料……他又卷起一根纸烟来。她扶住马车，两只光脚搓着痒。马车下铺着车毯，一声挺壮的鼾声，送到耳边来——父亲睡着了。

"咱们得好久这样闲散下去吗！"

"快了。"于是纸烟的火亮了一下。

他的鼻尖、烟草一般的褐色的指尖、姑娘眼里的闪光、白衬衫里露出的脖子、项珠，都忽然在纸烟的亮光里照出来，过后又暗下来。马车的轮廓奇形怪状，牛在呼吸着，马在嚼着草料，河水声哗哗作响。为什么没听见枪声呢？

"娶她做老婆吧……"

于是这位素不相识的姑娘的草茎一般的细脖子、蓝眼睛、柔和的浅蓝色的衣服，就像平常一样，都浮到眼前……她中学毕业……简直不是老婆，而是未婚妻……是姑娘，从来没有见过这样好的姑娘啊。

"要是哥萨克来了，我就自尽。"

她伸手到怀里，掏出一把暗暗闪光的东西。

"飞快呀……你试试看。"

唧——利——利——利……

一种夜间的怪声音，远远传来，刺到人心里。这可不是孩子的哭声，大概是猫头鹰吧。

"啊，你该走了，这儿没有什么可磨蹭的……"

可是总抬不起脚来，好像生了根一样。想要把脚抬起来，于是就想道：

"活像牛用蹄子到耳朵后边搔痒……"

可是这也无济于事。他站着，抽着烟——鼻尖、手指、姑娘的有小窝的强壮的脖子、项珠和贴身的绣花白衬衣下边的娇嫩的乳头，刹那间又都从黑暗里露出来……又是一片黑暗、河水声、人的呼吸声。

他的脸挨近她的眼睛。针刺似的一阵微微的寒战，由身上掠过，他挽着她的肘弯。

"安迦……"

他身上发着一股纸烟气和年轻力壮的身体的气味。

"安迦，到花园坐一坐吧……"

她双手顶到他胸上，挣脱着，把他顶得踉跄一下，踏住了背后人的脚和手。那白色的东西，匆忙地在吱吱响着的马车上闪了一下，一阵逗人的笑声滚过来，又沉寂了。郭必诺老太婆从枕上抬起头来，坐在车上，使劲搔着痒。

"呜——呜，你这夜叉！……你什么时候才安生呢？这是什么人？"

"我，老太婆。"

"啊——啊，阿列克塞。这是你吗？认不得了。将来会怎么样呢？唉，真是要受罪了。我心里觉着了。当咱们刚出门的时候，一只猫就从

22

路上跑了过去。那样结实的大肚子猫，接着就是兔子跳了出来，[1] 我的天啊！布尔什维克都在打什么主意呢：全部家当都丢了。当把我嫁给这老头子的时候，妈妈就对我说：把这一把火壶给你，你爱惜它就像爱惜自己的眼珠一样！你死的时候，就把它交给你的孩子和孙子吧。将来安迦出嫁的时候，就把这给她。可是现在统统都丢了，全部家当都丢了。布尔什维克都在打什么主意呢？苏维埃政府在干啥呢？让这政府就像我的火壶一样完蛋吧！都说出来逃三天，三天以后就都回家去，可是，都像无家可归的人一样，已经整整一礼拜了。一点儿事情也不能替咱办，这还算什么苏维埃政府？这算狗政府。哥萨克都疯了一样造反了。咱的鄂郝里木和那个年轻人真可怜啊……唉，我的天啊！……"

郭必诺老太婆尽在搔痒，当她不作声时，被大家都忘记了的河水声，又哗哗响起来：哗哗的河水声，充满了庞大的夜。

"唉——唉，老太婆，伤心什么呢？伤心，东西也不会回来的。"

纸烟又亮了一下。他想着心事：留在连里也罢，待在司令部里也罢，可是什么地方，什么时候能再遇着这位蓝眼睛和细脖子的姑娘呢？

可是老太婆已经说开了。一辈子的漫长生活，影子一样追着她——好艰难啊。两个儿子在土耳其战线牺牲了。两个在这里的部队里扛枪。老头子在马车下边打鼾，至于这只喜鹊呢，静悄悄地躲在那里，大概是睡着了吧，谁知道它呢？唉，好艰难啊！一辈子的力气都用尽了，已经六十岁了。不论老头子，也不论儿子们——做活做得把脊梁骨都累断了。可是替谁干活呢？替哥萨克，替他们的将军和军官干活。所有土地都在他们手里，可是外乡人呢，简直同狗一样……唉，真可怜啊，活像牛一样，眼睛望着地，干着活。每天早晚替沙皇祷告——替父母祝福，替沙皇祝福，替孩子祝福，最后替所有的正教徒祝福，可是他不是沙皇，是一只老灰狗，所以就把他打倒了。唉，真可怜啊，一听说把沙皇

---

[1] 俄罗斯旧迷信，人出门时，遇见猫或家兔从路上跑过，预示不祥。

打倒的时候，我腿上的筋都抽起来了，真怕人。后来觉得这也是活该，因为他是狗。

"如今的跳蚤真厉害啊。"

老太婆又搔起痒来。后来往黑暗里一望——河水声在哗哗作响。她画着十字说：

"大概天快亮了。"

她躺下去，可是睡不着，一辈子的生活都出现在她眼前，形影不离地一点儿也摆脱不开——都出现在她眼前，默然不语，好像没有她似的，全部的生活都在这儿……

"布尔什维克不信神。这有什么呢，也许他们知道怎么办就怎么办。他们一来到，马上把一切都打倒了。白党军官、地主，都赶快滚蛋了。可是哥萨克又都疯狂起来了……上帝啊，保佑他们健康吧，虽然他们不信神。他们总是自己人，不是回子[1]……要是他们早来一点儿，那该死的战争也许不会有，我的儿子也许还活着呢。他们埋在土耳其……这些布尔什维克们从哪来的呢？有的说他们是在莫斯科生的，有的说是德国生的——德国皇帝生下他们，送到俄国来的。可是他们一来到这里，就一齐叫着：土地，把土地交给人民，叫人民给自己种地，不给哥萨克种地。他们都是好人，不过他们为啥把我的火壶……弄……弄……儿……儿子……家……家当……猫……你……"

老太婆打起盹来，把头低下去——大概天快亮了。

每个人都有自己的一摊。篱笆跟前的马车下边，好像斑鸠在咕咕叫着。可是篱笆跟前的马车下边，夜里哪来的斑鸠叫呢？哪来的咕咕的叫声和小嘴里吐着泡沫呢？"哇……哇……"可是，这一定有人觉得很甜

---

[1] "回子"是沙皇时代持有大俄罗斯民族主义观点的人们对于一般非正教的，尤其是对于回民及土耳其人的一种最轻视、最侮辱的称呼。——作者为中译本特注。以下简称作者注

蜜啊，于是可爱的喂奶的年轻妈妈的声音，也咕咕叫道：

"你怎么呢，我的宝贝，我的小花朵？再吃一口吧。唔，吃，再吃！你怎么不吃呢？咱多会喂啊，把头转过来，拿舌头舔一舔妈妈的奶吧。"

于是她幸福地笑起来，笑声是那么有感染力，仿佛周围都忽然明亮起来。虽然看不见，可是，她一定有两道黑眉毛，小小的耳朵上吊着无光的银耳环呢。

"不想吃吗？你怎么呢，我的小乖乖？啊，多会生气啊！拿小手捶妈妈的奶。小指甲好像烟卷纸一样……给我吧，把你的小指头一个个地给我亲一亲吧：一、二、三！……啊，吐着这样大的泡沫！你将来一定会成一个大人物的。妈妈将来老了没有牙的时候，我的儿子一定说：'啊，老妈妈，坐到桌上来吧，给你油乎乎的稀饭吃。'斯节潘，斯节潘，你睡啥呢？醒一醒吧，孩子要玩的……"

"等一等！……嘘——嘘……别动我，放开手……我想睡一睡……"

"斯节潘，醒一醒吧，儿子要玩的，你多笨啊，我把儿子放到你身上。好儿子，你去扯他的鼻子，扯他的嘴唇——就这样扯！就这样扯！……你的爸爸还没有胡子，你就扯他的嘴唇吧，扯他的嘴唇吧。"

在黑暗中，起初还是睡得昏昏沉沉的，可是后来也用同样愉快的笑声说：

"啊，睡吧，好儿子，到我跟前来睡吧，别跟娘儿们瞎缠吧，咱们将来都有些粗鲁啊。长大了都去打仗，种地……喂，喂，你怎么在我身子底下放起水来了……"

可是母亲用那种说不出的愉快的爽朗的笑声，大笑起来。

卜利合吉科谨慎小心地跨过了人腿、车杆、马套和口袋走着，时时用纸烟的火光照着亮。

一切都已经寂然无声了。遍地都是漆黑。就是篱笆跟前的马车下边，也都寂然无声了。狗也不叫了。只有河水在哗哗响着，可是连这声音也缓和了，离远了，于是庞大的梦魔，用那有节奏的呼吸，把千千万万的人们都笼罩起来。

卜利合吉科走着，已经不等那再响起来的枪声了；眼睛困得睁都睁不开了；起伏的群山的轮廓，隐隐约约地开始露出来。

"可是进攻多在拂晓呢……"

他回去报告了郭如鹤，后来在黑暗中找到了马车，上到车上，马车吱吱响着摇晃起来。他要想点儿事……想什么呢?! 困得睁不开的眼睛一闭起来，就甜蜜地入梦了。

5

铁器声、哗啦声、噼啪声、呐喊声……嗒……嗒……嗒……嗒……

"到哪去? 到哪去? 站住! ……"

这漫天的红光是什么呢：火灾呢，还是朝霞?

"第一连，跑步!"

无边无际的黑压压的一大群白嘴鸦，震耳欲聋地乱叫着，在通红的天空飞翔。

黎明的苍茫里，到处的马都已经套好套包、马套。难民、辎重、脱落了的车杆，互相碰着，人们都在疯狂地咒骂……

……砰! 砰! ……

……都急躁地套着马，车轴碰撞着，用鞭子抽马，马车咔咔嚓嚓乱响，带着死亡，带着脱落了的车轮，拼死命从桥上飞驰过去，不断把桥拥塞起来。

……嗒拉——嗒——嗒——嗒……砰……砰! ……

鸭子奔到草原去找食。女人们绝望地喊叫……

……嗒——嗒——嗒——嗒……

炮手们发疟子似的紧紧挽着绳索。

一个战士瞪着眼睛，穿着一件短短的军便服，没穿长裤，露着两条满是汗毛的腿，拉着两支步枪，喊道：

"我们的连在哪里？……我们的连在哪里？……"

一个没包头巾的、穿得破破烂烂的女人，在他后边伤心地叫道：

"华西里！……华西里！……华西里！……"

嗒——嗒——嗒拉嗒拉——嗒！——砰！……砰！……砰！……

瞧，已经开始了：旋卷的庞大的烟柱，在村头房子的上空，在树木的上空，飞快地升起来。家畜乱叫着。

难道夜尽了吗？难道夜幕不是刚刚还把一切都罩着吗？千千万万人的睡眠的呼吸声和永无休止的河水声，难道不是刚刚还响着吗？起伏的群山的轮廓，难道不是刚刚还隐隐约约地在老远的地方吗？

可是现在这些都不是黑色，也不是蓝色，而是都成了玫瑰色了。轰轰隆隆、噼噼啪啪的声音，行动起来的辎重车的吱吱声，都乱哄哄地响起来，遮住了河水声，遮住了一切，满心都是冷冰冰的：趵趵趵……嗒拉拉——嗒——嗒——嗒……

可是当那震天动地的"砰"的一声，在空气里爆炸的时候，这些声音反觉得十分渺小了。

……郭如鹤坐在房子前边。他的面孔沉静、发黄——仿佛有人准备搭火车，大家都忙乱着。火车开了，一切都又静悄悄地照旧安然无事了。不断有人跑着或骑着汗淋淋的马，给他送报告。副官和通讯员都站在他跟前，准备着。

太阳升得更高了，步枪和机枪的声音，响得更厉害了。

可是他对于一切报告，都同样回答：

"爱惜子弹，要像爱惜自己的眼睛一样！只在万不得已时才用。让他们走近了再射击。不让他们到花园跟前，不让他们攻到花园跟前！从第一团里调两个连来，把风磨跟前的敌人打退，把机枪架上。"

紧急情报从四面八方给他送来，可是他的面孔总是这样沉静、发黄，只有小瘤子在脸上抖动，好像有人一边坐在他心里，一边快乐地说："好，弟兄们，好！……"或许再过一点钟，半点钟，哥萨克冲过来，把大家一下杀光！是的，他知道这个，可是他也看见一连跟着一连，一营跟着一营，都顺从而机动地执行着命令；他也看见昨天还是无政府状态地乱嚷乱叫，对指挥员们和他的话看得一文不值，只知道喝酒，同女人们瞎闹的那些营和连，这时多么勇猛地奋战；他也看见那些指挥员，就是昨晚还在一起带着轻视的态度，反抗他的那些指挥员，现在是怎样切实执行着他的命令。

把一个被哥萨克捉去又放回的战士带来了。他的鼻子、耳朵、舌头都被割掉，手指也被砍去，用他的血在他的胸脯上写着："对你们一切人都将照此办理，你妈的……"

"好，弟兄们，好……"

哥萨克疯狂地攻过来。

后方跑来的人气喘喘地说："桥头上在打呢……"他的脸像柠檬一样发黄了，"辎重队和难民在打呢……"郭如鹤往那里扑过去。

桥头上展开了混战。用斧子互相砍着车轮子，用鞭子、木棒互相殴打……咆哮、呐喊、女人的要命的哭声、孩子的叫喊……桥上挤得水泄不通：车轴挂着车轴，喘气的马被绳索乱缠着，人们拥挤不动，孩子们哭着，骇得要死。花园后边是一片嗒拉……嗒——嗒……的机枪声。前去不能，后去不得。

"停住！……停住！……"郭如鹤用铁一般的哑嗓子大喊着，可是连他也听不见自己的话。他对着身边的马耳朵开了一枪。

都拿着木棒向他扑来。

"哈——哈，你这恶鬼！你来糟蹋牲口！……搂他！……"

郭如鹤同副官和两个战士退到河边上，可是棍棒在他们头上舞得乱响。

"机枪……"郭如鹤用哑嗓子说。

副官像泥鳅一样，从马车下边，从马肚子下边钻过去。过一分钟，把机枪拉来了。一排战士也跑过来。

农民们好像受伤的牛一样乱吼。

"打他们，打这些出卖耶稣的东西！"于是就用棍棒把他们手中的步枪打落了。

战士用枪托回击——不愿开枪打自己的父母妻子。

郭如鹤好像野猫似的跳到机枪跟前，装上了子弹带，就嗒——嗒——嗒……扇形的火力，从头顶上扫过去。一阵死风带着啸声，把头发都吹动了。农民都退去了。可是花园后边依然是：嗒——嗒——嗒……

郭如鹤停止了射击，使劲大声痛骂起来。随即又静下来。他下令叫把桥上解不开的马车，推到河里去。农民都听从了。桥也疏通了。桥头上站着一排战士，手里端着枪，副官依次放行着。

三列马车并排从桥上飞驰过去；牵着的牛，摇着角在跑着；猪在拼命叫着，紧紧曳着绳子飞跑。桥板在咚咚发响，好像钢琴的键盘一样向上跳着，连河水声也都沉没到这响声里了。

太阳越升越高了。河水在闪着炫目的光辉。

辎重车远远看来像一条极宽的带子，在河那边急驰着，消失在尘雾里。广场、大街小巷、整个村镇，都逐渐空起来。

哥萨克的两翼，守着河边，形成一个巨大的时时发着枪火的弧形，把村镇包围起来。弧形慢慢收紧，被包围的村镇、花园，以及连续不断地从桥上通过的辎重，都越来越觉得紧迫起来。战士们奋战着，坚守着每一寸土地，为着自己的父母妻子奋战着，节省着每颗子弹，不浪费一颗子弹。可是如果要开枪的话，那么每颗子弹，都要使哥萨克的家里出现孤儿、眼泪和哭泣。

哥萨克疯狂袭来了，逼近了，他们的散兵线完全接近了，已经把花园边占领了，树后边、篱笆后边、灌木丛后边，都隐约出现了敌人。散兵线之间，大约相隔十来步远，敌人就卧下去。静下来了——战士们都节省着子弹，相互防备着。用鼻子一闻，一股浓重的熏人的酒气，从哥萨克的散兵线那边送来。人们都张着鼻孔，羡慕地闻着：

"狗东西，可喝醉了……唉，能弄一点多好呢！……"

突然间，不知是兴奋的狂喜的声音呢，还是兽性的凶恶的声音，从哥萨克散兵线那边传来：

"瞧！你不是何慕甲吗？……啊哈，你妈的！……"

于是一副光光的年轻的哥萨克的脸，马上从树后露出来，用那牛肉色的眼睛探望着，全身都露出来了，你就是向他开枪他都不在乎。

同样光光的何慕甲的脸，从这边的散兵线里也冒了出来。

"这是你吗，王甲？啊哈，你妈的，发疯了的私生子！……"

他们都是一个村里的人，都是一条街上的人，就是两家的房子也都是在大柳树下紧挨着的。每天早晨，他们的母亲赶牲口出来，在篱笆跟前遇到就谈起天来。当年这两个孩子一块儿骑竹马，一块儿在晶莹的库班河里捉虾子，总是一块儿在河里洗澡。不久以前，一块儿同姑娘们唱着故乡乌克兰的民歌，一块儿去当兵，一块儿在那硝烟弥漫的开花弹下，同土耳其人拼命，打过决死战。

可是现在呢？

现在哥萨克叫道：

"你在这儿干吗呢，你这臭婊子！同该死的布尔什维克勾结在一起吗，光肚子的土匪！……"

"谁？……我是土匪吗？你这最可恶的富农……你的老子不问死活剥人皮……你也是这一流的剥削家伙啊！……"

"谁？……我是剥削家伙？你这家伙！"于是就掷了枪，把手一挥，干起来了！

一下子就把何慕甲的鼻子打得肿得好像一个大梨。何慕甲也把老拳一挥，瞧吧！

"试试吧，狗东西！"

哥萨克就变成一个独眼龙了。

他们拼命地互相扭打起来！

这两个哥萨克牛一般地咆哮着，瞪着牛肉色的眼睛，握着拳头扑来了，满花园都发着一股熏死人的酒气。战士们好像得了传染病似的，都跳出来拳斗，都忘了枪——仿佛都没有枪一样。

啊哈，可斗开了！……都气呼呼地叫嚣着，咔嚓咔嚓地往脸上、鼻梁上、咽喉上、嘴巴上乱打。不堪入耳的、从来没有听过的恶骂的号叫，在那翻来翻去的活肉堆上震荡着。

哥萨克军官和指挥官们，都拼命哑着嗓子喊着，握着手枪跑着，尽力想把他们拉开，叫他们都拿起枪，可是全都枉然。他们不敢开枪——双方一大片人都纠成一团，乱滚着，冒着一股冲人的酒气。

"啊——啊，混蛋！……"战士们喊着，"可喝够了，你们有的是酒……妈妈的，妈妈的，妈妈的！……"

"这样宝贵的酒，难道给你们这些猪仔糟蹋吗……妈妈的，妈妈的，妈妈的！……"哥萨克叫道。

于是又都扑上去。都拼命纠缠着——把鼻子打坏了，不顾一切地又拳战起来。粗暴的疯狂的憎恶，不许敌我之间有任何东西，都只想掐死对方、闷死对方、压死对方，都想在自己的拳头的打击下，直接感觉到对方的鲜血飞溅的嘴脸，令人不堪入耳的恶骂和令人难耐的熏死人的浓重酒气，笼罩了一切。

一小时、两小时过去了……可是依然是疯狂的拳斗，依然是疯狂的恶骂。谁也没有觉到天黑了。

两个战士气呼呼地恶骂着，在黑暗中拼命乱打了好久，忽然停下来，互相细看着：

"这是你吗，奥巴纳斯？你妈妈的，为什么把我当作打谷场上的庄稼捆一样来打呢！"

"是你吗，米科迦？……我想着你是哥萨克。你这混蛋，你为什么把我的脸都打破了，你就这样随便打吗？"

拭着鲜血模糊的脸，互相骂着，在黑暗里找寻着自己的步枪，都慢慢归队了。

旁边有两个哥萨克，喊了好久，用拳头互相打着，轮流地互相骑到身上，后来细细一看：

"你为什么骑到我身上呢，你这家伙，怎么简直像骑老马一样呢？"

"这是你吗，迦拉斯喀？你干吗不作声呢？好像疯子一样光骂人，我想你是红军呢。"

于是都拭着血，回到哥萨克后方去了。卑鄙下流的谩骂终于停止了，于是听见河水哗哗流着，桥板咚咚震动着——无穷无尽的辎重车开着，火灾的余焰映照着黑云的边缘，微微发着红色在浮动。士兵的散兵线，沿着花园伏在地上，周围的草原上，都是哥萨克的散兵线。他们都不作声，裹着发肿的青紫的脸。桥板总在咚咚发响，河水哗哗流着。到天亮的时候，村镇全都撤退完了。最后一连骑兵，在桥板上咚咚响着过去了。桥上起火了，紧跟着部队走了以后，全村的排枪都射击起来，机枪也响起来了。

6

哥萨克和侦缉营[1]都穿着紧身的契尔克斯装，长长的衣襟摆动着。他们唱着歌，在村镇的街上走着，飘带在黑毛皮帽子上闪着白光。他们满脸都是伤痕：有的人眼睛肿成青紫色；有的人鼻子肿成一个大血包；有的肿着两颊；有的嘴唇胀得向外翻着，好像枕头一样——没有一个哥

[1] 这是黑海沿岸的哥萨克人埋伏在草地里、芦苇里、密林里，等待敌人，袭击敌人的一种部队。——作者注

萨克脸上没有青紫伤痕的。

可是他们都愉快地密集地走着，斩铁似的进行曲和着那齐整的步伐，在脚下腾起的灰尘上飘荡：

愤怒起来了，
暴动起来了……

花园的里里外外、草原上、村镇上，都腾起了一片浓重有力的歌声：

……失掉了乌克兰！

哥萨克女人都出来迎接，每个女人都在寻找自己人——找到了，就欢喜地扑上去。找不到的就没奈何地忽然哭起来，哭声淹没了歌声，年迈的母亲撕着白发，浑身发抖，有力的手把她架到屋里去：

……暴动起来了……

哥萨克的孩子们都在奔跑……他们真多啊！他们从哪里冒出来的？好久都没见他们了。他们跑着喊道：

"爸爸！……爸爸！……"

"梅科拉叔叔！……梅科拉叔叔……"

"我们吃了红牛[1]。"

"我用弹弓把一个人的眼睛打瞎了——他喝醉了，睡在花园里。"

在大街小巷里，在从前别人扎着野营的地方，现在都驻扎着自己的

---

[1] "红牛"，对布尔什维克的蔑称。

野营。夏季的厨房，在每家院子里都已经腾起了炊烟。哥萨克女人都在忙着家务。藏在草原里的牛，都赶回来了。把家禽也都弄回来了。都在煮的煮、烧的烧。

河上开始了热火朝天的工作。斧子争先恐后地响着，甚至把河水声都遮住了。白木片在阳光下闪闪发光，向四面飞去——哥萨克为着赶快追击敌人，就拼命修复烧毁的桥梁。

村镇里干着自己的工作。整编哥萨克的新队伍。军官们带着笔记本。抄写员就在大街上坐在桌旁编着名册，点着名。

哥萨克望着来往的军官们，他们的肩章在阳光下闪着光辉。不久以前，六七个月以前，情形完全是另外一个样子：那时在广场上，村镇的街道上，胡同里，就是这样的军官们，被撕掉了肩章，血肉模糊地到处乱躺着。那些躲在田庄上、草原上、山谷里的军官们，都被捉回来，带到村镇里，遭到痛打、绞杀，把他们吊在那里好几天，叫乌鸦吃他们。

这大约是一年前的事了，那时俄国革命的熊熊烈火，蔓延到土耳其战线。

什么人?! ……怎么回事？……

一点儿也不明白。只有那神秘的布尔什维克来了以后，就一下子仿佛把所有人眼睛上的白眼障揭开了。突然间，所有的人都看见了那世世代代所不曾看见、可是世世代代都感觉到的事物：军官、将军、陪审员、亚达曼[1]，大批的官僚以及使人倾家荡产、不堪忍受的兵役——每个哥萨克都得自费替儿子办理服兵役的事。要是有三四个儿子的话，那就得给每个儿子买马匹、马鞍、军服、武器，于是就倾家荡产了。贫农去当兵时，一切都发给，从头到脚都得供给他穿。这样哥萨克群众就慢慢变穷了，破产了，分化了。有钱的哥萨克阶层就爬起来了，腰杆子硬起来，繁荣了，其余的就慢慢没落了。

---

[1] 亚达曼是沙皇时代俄国哥萨克军队的头目，或哥萨克村镇的头目。

小小的太阳，炫惑人目地照射着下边展开的整个的地带。炎热的暑气，战栗地抖跳着。

人们都在说：

"没有比咱们这地带再好的了……"

炫惑人目的光辉，在平底的海面[1]上戏弄着。碧绿的玻璃色的波纹，若隐若现地波动着，懒洋洋地冲洗着沿岸的沙粒。鱼儿成群地游着。

接着就是另一个海[2]——无底的碧蓝的海，那深蓝色一直反射到海的最底层。炫目的光辉，裂成了无数碎块，望着真是耀眼。轮船远远地在碧蓝的海上冒着烟，拖着一条将消失的黑尾巴——这是来运粮食，运钱的。

海岸上是重重叠叠的碧蓝的群山，山顶上堆着万年的积雪，山间隐现着蔚蓝的波纹。

无边无际的山林里、峡谷里、洼地里、山谷里、高原和山岭上，有各种飞禽走兽，甚至还有全世界都找不到的封牛[3]。

那峰峦起伏、被水冲刷的深山里，蕴藏着铜、银、锌、铅、水银、石墨、水泥，真是什么都有，而石油就好像黑血一样，从所有的缝隙里流出来，流到小溪里、河里，油乎乎的薄膜散开来，闪着虹一般的光辉，散发着石油气……

"最美的地带啊……"

从山下、海边起，就是草原，无边无际的草原啊。

"真正是无边无际啊！……"

无边无际的麦田闪着光泽，牧草发着青绿色，无边无际的芦苇在池

---

[1] 指亚速海，这海有些地方水很浅，渔人们称它为洗衣盆。——作者注
[2] 此处指黑海。——作者注
[3] 现在极罕见，差不多已经绝种的颈披长毛的封牛。——作者注

沼上沙沙作响。村镇、田庄、乡村，都好像白色斑点似的，在一望无际的茂密的花园里发着白光。塔形的白杨的尖顶，高高地耸入灼热的天空。灰色的风磨的长翅，在炎热的抖颤的土岗上伸开来。

一下不动的密集在一起的大羊群，在草原上发着灰色。成千成万的牛虻、昆虫、蚊子，嗡嗡叫着，在空中飞舞。

良种的家畜，半截腿都懒洋洋地映到草原上的池水里。马群摇着头，向山谷走着。

可是令人疲倦得难忍的暑热，把这一切都笼罩着。

拉着车在路上跑的马头上，都盖着草帽。不然的话，在非常毒的太阳光下会中暑的。那些不当心的光着头的人，中了暑，脸色突然变紫，倒在路上灼热的灰尘里，两眼无神……到处都是致命的暑热。

沉重的犁，套着三四对直角的牛，在无边的草原上犁地。雪白的犁铧，翻着肥沃的土壤，那肥得简直不是土壤，而是抹到面包上可以吃的黑油啊。不管你用沉重的犁铧犁得怎么深，不管你用雪白的犁铧怎样去翻，总是犁不到死泥板上。那闪闪发光的钢犁，总是翻动着没有人动过的、世界上唯一的处女地的地层——黑土。有些地方竟有一俄丈[1]厚呢。

这真是多大的力量，真是超人的力量啊！小孩子玩的时候，把扔在地下的杆子往地里一插——瞧，很快就生出芽来，瞧，树枝像天幕似的伸开了。至于葡萄、西瓜、甜瓜、梨、杏、西红柿、茄子等等——难道能数得尽吗！这些都是挺大的、少见的、超自然的啊。

云在山上旋卷着，浮在草原的上空，下着雨，贪得无厌的土地，饱饮了雨水，后来狂热的太阳晒起来，这一带就成了罕见的丰收年景。

"没有比这地带再好的地方啊！"

谁是这绝美地带的主人呢？

---

[1] 1 俄丈合 2.134 米。

这绝美地带的主人就是库班哥萨克。他们有做活儿的人，有做活儿的老百姓，有多少哥萨克，就有多少做活儿的老百姓。他们也唱乌克兰歌，也说乌克兰家乡话。

两人是亲弟兄——两者都是从可爱的乌克兰迁来的。

不是哥萨克自己来的，是一百五十年前女皇叶卡德琳娜把他们赶来的。她破坏了自由的查坡罗什营地[1]，把他们赶到这里来；把当时荒凉得可怕的这个地带赐给他们。因为她这恩惠，查坡罗什营地人洒着血、哭泣着、怀念着乌克兰。可怕的疟疾从池沼中、芦苇里爬出来，不分老少，残酷地吞噬了好多哥萨克。契尔克斯人用锋利的短剑和准确的子弹，来对付这些被强迫来的人——查坡罗什营地哥萨克洒着血泪，怀念着自己的故乡，日夜同疟疾、同契尔克斯人、同荒地战斗。当时得赤手空拳去开发这自古以来没有人动过的荒地啊。

可是现在呢……现在是：

"没有比咱们这地带再好的地方啊！"

现在人人都在羡慕这地带，就好像羡慕从来没见过的聚宝盆一样。为穷困所迫的人，都从哈尔科夫省、从波尔塔瓦、叶卡德琳斯拉夫、基辅一带迁来。这些穷人都带着什物和孩子，在各村镇里落了户，像饿狼一样，觊觎着这块美丽的土地。

"可好！去喝北风吧——想要土地呢！"

于是迁来的人就都成了哥萨克的雇农，并且给他们一个称号叫"外乡人"。哥萨克千方百计压迫他们，不让他们的孩子入哥萨克国民学校，对他们房子跟前或花园跟前的一小块土地，都加倍剥削。他们为了租一

---

[1] 自由的查坡罗什营地是乌克兰哥萨克的一种自治组织，由逃来的武装农奴组成，形成于十六世纪，在德聂伯河的查坡罗林岛上。他们常同外敌（如土耳其人及波兰贵族）作战，又经常向南进攻克里木及黑海一带，从那里带回许多财物。查坡罗什营地人参加乌克兰哥萨克反对君主专制的俄罗斯的起义。果戈理的小说《达拉斯·布尔巴》里就描写了查坡罗什营地农民的生活。——作者注

点儿地，村镇上一切费用都加到他们身上，而且极其轻蔑地称他们为"鬼魂""尖肚子奇加"[1]"哈木赛尔"（即靠哥萨克土地为生的奴隶）。

铁打的外乡人，因为自己没有土地，不得已就去搞其他各种行业，去从事工业劳动。机灵人就去搞学问，搞文化教育。他们用同样的话来回答哥萨克们："古尔吉利"（富农）、"加克陆克"[2]"普迦奇"[3]……相互间的仇恨与轻视，就这样燃烧起来。而沙皇政府、白党将领、军官、地主们，都乐意煽起这兽性的仇恨。[4]

苦汁似的、泼辣的、恶毒的仇恨和轻贱的烟雾，笼罩着这美丽的地带。

不过，并非所有哥萨克，并非所有外乡人都是这样相互仇视呢。那些用自己的机敏、毅力和铁一般的劳动，从贫困艰苦中冲出来的外乡人，也受到富裕哥萨克的尊敬呢。他们承包一些磨坊，向哥萨克租好多土地，从那些和自己一样由外乡来的贫民中雇用雇农，他们在银行里有存款，他们贩卖粮食。那些有用铁页铺着房顶的，以及那些粮食多得把仓房的棚木都压断了的哥萨克们，都尊敬他们。因为乌鸦是不会啄乌鸦的眼睛呢。

为什么哥萨克们都穿着契尔克斯装，歪戴着毛皮帽子，呼啸着，骑着马在街上前后跑，马蹄子把三月的很深的泥泞都溅起来？为什么枪火在春天的蔚蓝的天空里乱闪呢？是过节吗？快乐的钟声，在村镇上、田庄上拼命响。人人穿着过节的衣服，哥萨克、外乡人、姑娘们、小伙子

[1] "尖肚子奇加"是哥萨克村里骑手们骂着玩的绰号，由土匪奇加之名而来。——作者注
[2] "加克陆克"，即富农。——作者注
[3] "普迦奇"，意即鞭打者，猫头鹰，田园中的干草人（吓雀子用的）。——作者注
[4] 库班州和顿州的外乡人，占全体居民百分之五十。他们不能享有原来居民所享有的主要权利。不但不给他们土地，并且不许他们参与这几州的政治和财经机关。没有土地的外乡人，就去给哥萨克当雇农，受哥萨克的残酷剥削。

们、白发苍苍的老头子、没牙的老太婆——一切人，一切人都来到春天过节的街上。

是复活节吗？不是的，不是神甫的节日啊！是人的节日，是从古以来第一个节日。是从古以来，开天辟地以来第一个节日。

　　　　打倒战争！……

哥萨克互相拥抱着，拥抱着外乡人，外乡人也拥抱哥萨克。已经没有哥萨克和外乡人的区别了——有的只是公民。没有什么"古尔吉利"和"鬼魂"的区别了，有的只是公民。

　　　　打倒战争！……

二月间[1]把沙皇赶走了，十月间[2]在老远的俄国发生了什么变故？谁也说不清发生了什么变故，可是只有一件事深入到人心里：

打倒战争！……

深入到人心里就十分明白了。

于是军队就一团跟着一团，从土耳其战线退下来。哥萨克骑兵也退下来，库班侦缉营也紧接着撤下来了，外乡人的步兵团也撤下来了，骑炮兵也撤下来了——这些都带着全副武装、给养、军用品、辎重，都好像连续不绝的急流似的，向库班、向自己故乡的村落奔流着。他们沿途把一切酒坊、仓库打开，喝得醺醺大醉，都活活淹死、烧死在打开的酒海里，幸免于难的都回到老家了。

库班已经建立苏维埃政权了。各城市的工人以及把军舰凿沉了的水

---

[1][2] 指一九一七年二月革命和十月革命。二月（二月二十七日即公历三月十二日）、十月（十月二十五日即公历十一月七日）均指俄历而言，这已成惯例。

手们，都来到库班，从他们口里一切都忽然明白了：地主、资本家、亚达曼，以及沙皇在哥萨克和外乡人之间，在高加索各民族之间所煽起的仇恨，都一目了然了。于是白党军官们就人头落地，把他们装到口袋里，投到河里了。

可是得耕田，播种呢，可是太阳啊，美丽的南方的太阳啊，为着丰收，越来越热地晒起来了。

"啊，咱们怎么耕田呢？应当把土地分一分，不然，会错过农时呢。"外乡人对哥萨克说。

"把土地给你们？"哥萨克们说着，面色阴沉起来。

革命的欢乐的光焰，开始暗淡起来了。

"把土地给你们吗？恶棍！"

于是就不再杀自己的军官、将领了，于是他们都从所有的地洞里爬出来，在哥萨克的秘密会议上，拍着自己的胸膛，带着煽动的口气说：

"布尔什维克决议：把哥萨克人的土地都完全没收了，交给外乡人，叫哥萨克都去当雇农。不同意的就流放到西伯利亚，把他们所有财产都没收，交给外乡人。"

库班暗淡起来，开始燃烧的野火，顺着草原、山谷、芦苇丛、村镇和田庄的后院，秘密地暗暗蔓延着。

"没有比咱们这地带再好的地方啊！"

于是哥萨克人就又成了"古尔古利""加克陆克""普迦奇"了。

"没有比咱们这地带再好的地方啊！"

于是外乡人就又成了"鬼魂""哈木赛尔""尖肚子奇加"了。

一九一八年三月间就闹得一塌糊涂了，只得自作自受。八月的时候，这一带太阳还正热，炎热的尘雾到处弥漫的时候，闹得更厉害了。

库班河的水不会往山上倒流，旧的一去不复返了。哥萨克们一回想起那些骑在自己头上的军官们，就不再给他们行礼，就给他们吃耳光，把军官们砍成了肉丸子。可是现在又听着军官的演说，执行起他们的命令了。

斧子在响，白木片在飞，桥梁架到对岸了。骑兵队飞快地、咚咚过了桥；哥萨克们慌忙地追着逃跑的红色敌人。

7

辎重车吱吱响着，战士们摆着手走着。有人眼睛发肿，有人鼻子胀得像一个大李子，有人脸上结着血块——没有一个人脸上没有青紫伤痕的。都摆着手走着，兴高采烈地交谈着：

"我照着那人的鼻子狠狠地给了一下，他把腿一伸就完蛋了。"

"可是我抓住了一个人，把他的头夹到我的大腿中间，照他屁股上捶起来……可是那个狗东西一下子咬住我的……"

"啊——啊——啊！……哈——哈——哈！……"各队都哈哈大笑起来。

"你现在怎么见老婆呢？"

都兴高采烈地谈着，没有一个人想到为什么当时都不用刀、不用枪，却都在粗暴的狂喜中，照脸上来了一场凶恶的拳战。

在村里捉住了四个哥萨克，就在路上边走边审问。他们的眼睛都黯然无光，脸上都是青紫的伤痕和瘀血，这些使他们和战士们接近起来。

"你们这些死家伙，为什么想到用拳头照脸上干呢？难道你们没有枪吗？"

"喝醉了有什么办法呢？"哥萨克抱歉地弯着腰。

战士们的眼睛闪着光：

"你们在哪弄的酒？"

"白党军官们来到附近村里的时候，把窖在花园里的二十五桶酒挖出来，也许那是咱们的人把酒坊打开的时候，从阿尔马维尔弄来窖到那儿的。军官们叫我们站好队，对我们说：'如果你们把村镇占领了，就给你们烧酒喝。'我们就说：'你现在给我们喝，我们就把他们打得鸡飞狗上墙。'啊，他们就给我们每人两瓶，我们喝了——想叫我们喝得大醉，就不让我们吃东西。于是我们就扑上来，可是因为枪碍事，就都不要了。"

"唉——唉，混蛋东西！……"一个战士跳到跟前，"你这猪崽子。"把老拳用力一挥，想照那人的牙关打去。

把他挡住了：

"等一等！军官们叫他们喝的，打他干吗？"

走过转弯的地方都停住了，哥萨克们就给自己挖起公共墓坑来。

无穷无尽的辎重车，扬起滚滚的灰球，把一切都笼罩起来。车辆吱吱响着前进，在村道上蜿蜒数十俄里[1]。群山在前边发着蓝色。扔在马车上的枕头，闪着红光；耙子、铁铲、小木桶都竖着；镜子、火壶，都炫惑人目地反着光；小孩头、猫耳朵都在枕头中间，在衣服堆、铺盖、破布中间摇动着；鸡在鸡笼里叫着；系成一串的牛在后边走着；长毛狗满身粘着刺果，伸着舌头，急促地喘着气，躲在马车的阴凉里走着。马车吱吱乱响，车上乱堆着家用东西——哥萨克叛乱以后，男男女女离家外逃的时候，都贪婪地匆忙地把落到手边的一切东西，全都装到车上了。

外乡人这样逃难不是初次了。近来反苏维埃政权的哥萨克的个别叛乱，把他们从那住惯了的窝里赶出来，已经不止一次了，可是那都不过是继续两三天光景；红军一到，秩序一恢复，大家都又回家了。

可是现在可拖得太久了，已经第二个星期了。带的面包只够吃几天。天天等着，等着这样一句话："好了，现在可以回家了。"可是越拖越久，越拖越没头绪；哥萨克越来越凶了；消息从四面八方传来：村里立着绞刑架，绞杀外乡人。什么时候这才会完呢？留在家里的东西现在

---

[1] 1 俄里合 1.067 公里。

怎么办呢?

货车、大马车、篷车,都吱吱乱响。镜子在太阳下反着光,小孩头在枕头中间摇摆着,战士们形形色色,成群结队地顺着路,顺着路旁的耕地,顺着瓜田走着。瓜田里所有的西瓜、甜瓜、南瓜、向日葵都被这些蝗虫一样的人群吃得一干二净了。不分连、营、团,都混在一起,搅在一起。大家都自由自便走着。有的唱歌,有的吵嘴,嚷闹,谩骂,有的爬到马车上,睡意蒙眬地摆着头。

谁也没想到危险,没想到敌人。也没有人想到指挥员。如果要想把这洪流似的人群随便组织一下,那就要把指挥员骂得狗血喷头。枪托朝上,好像背木棍似的,把步枪往肩上一扛,吸着烟,或者哼着下流的淫歌——"这个不是旧时代任你来管教的"。

郭如鹤沉没在这川流不息的洪流里,好像压紧的弹簧一般,胸口觉着压得很紧:要是哥萨克攻过来,大家都要死在他们的马刀下呢。希望只有一个——一看见死,好像昨天一样,大家都会相亲相爱,顺从地归队了。只是来得及来不及呢?于是他希望快点有什么虚惊传来才好呢。

走在这粗暴而喧闹的洪流里的,有沙皇军队复员的士兵,有苏维埃政权动员的战士,有志愿参加红军的士兵。大多数都是小手工业者——箍桶匠、钳工、锡匠、细木匠、鞋匠、理发匠,最多的是渔民。这些都是生活艰难的"外乡人",都是劳动人民。苏维埃政权的出现,突然给他们带来了一线光明——突然感觉到或许这不像从前那样的狗政权了。这些人大多数都是农民。这些人几乎全都带着自己的家财逃走了。留在家乡的只有富人、军官们,殷实的哥萨克是不会危害他们的。

穿着紧身的契尔克斯装的身材端正的一批人,骑着漂亮的马,看来令人惊奇。这是库班哥萨克——不,这不是敌人,是革命弟兄,是穷哥萨克,大多数都是前线战士。在硝烟中、炮火中、九死一生中,革命将那不灭的火花,投到他们心里了。

骑兵连戴着毛皮帽子,帽上缀着红带子,一连跟着一连前进。肩后挂着步枪，镶着银子的短剑和马刀，闪闪发光。他们在这混乱的洪流中，井然有序地前进着。

漂亮的马摆着头。

他们要同父老兄弟一起战斗。家里一切都扔掉了：房屋、家畜、坛坛罐罐，一切都丢了，倾家荡产了。他们整齐地、敏捷地前进着，爱人亲手在帽子上缀的红带子，发着红光，用年轻有力的嗓子唱着乌克兰歌。

郭如鹤亲切地望着他们："好，兄弟们！一切希望都寄托在你们身上了。"他亲切地望着，可是更亲切的是望着那些在尘雾里自由自便地乱走着的、穿得破破烂烂的、光着脚的外乡的流民群。要知道他同这些人是骨肉相连的啊。

他的一生好像斜长的影子一样，寸步不离地跟随着他。这影子可以忘掉，可是摆脱不掉。这是草原上最平常的劳动者的饥饿的影子，灰色的、目不识丁的、黑暗的斜长的影子啊。母亲还年轻，脸上已经起了皱纹，好像疲惫的老马一样。一群孩子抱在手中，牵着她的衣襟。父亲一辈子给哥萨克当雇农，力量都用尽了。可是不管你怎样拼命，反正总是穷。

郭如鹤从六岁起，就给人当牧童。草原、山谷、牛羊、森林，彩云在天空浮动，云影在下边奔走——这就是他的课程。

后来他在村里一家富农铺子里，当一个伶俐活泼的学徒，慢慢学会识字。后来去当兵，战争，土耳其战线……他是一个出色的机枪手。他带着机枪队爬到山上，到了土耳其人的后方，到了山谷里——土耳其战线在岭头上。当土耳其师下山退却时，他就用机枪扫起来。人都好像草一样．成堆倒下去，流出的热血冒着气。他先前从来不曾想到人血能有半膝深流着，可是，这是土耳其人的血，于是也就把这忘记了。

因为他这罕见的勇敢，就把他派到准尉学校去了。那是多么难啊！脑汁都绞尽了。他用一股顽强的牛劲把功课学会了，可是……结果还是不及格。军官们都嘲笑他。训育官、教官、士官候补生，都嘲笑他说：庄稼汉还想当军官呢！真混蛋……乡下佬……蠢货！哈——哈——哈……想当军官呢！

他不作声地恨着他们，咬着牙，恶狠狠地望着他们。作为没有才能的人，又把他打回本团了。

又是榴霰弹，九死一生，血，呻吟；又是他的机枪（他有惊人的眼力）扫着，人像草一样，成堆倒下去。在异常的紧张中，死神每分钟都在头上飞的时候，是不会想到为什么人血会成半膝深地流着——为沙皇，为祖国，为正教的信仰吗？或许如此，可是都模糊得很。而最近，最明显的是想当军官，想在这呻吟、血海和九死一生里，得个军官的头衔。这就好像他从牧童升学徒一样，能升为军官。于是他沉着地带着那铁石一般的颚，在榴霰弹疯狂爆裂的地方，好像在自己的草地上刈草一般——扫得敌人像草捆一般躺了一地。

第二次又把他派到准尉学校去了——因为缺乏军官，在战斗中，军官是常常缺乏的，事实上他是担任着军官的职务，有时他指挥着很大的部队，而且还没有打过败仗。要知道对兵士们说来，他是自己人，是农民，是同他们一样的农民。因此他们不顾一切地跟着他，跟着这罗圈腿的、有一副铁颚的人，赴汤蹈火。为着什么呢？为沙皇，为祖国，为正教的信仰吗？或许如此。可是这些都好像在血雾里一般。目前是——必须前进，一定得前进：因为背后是死，于是大家都更乐意跟着他，跟着自己人，跟着这罗圈腿的庄稼汉前进了。

那是多么难啊，真难得要命啊！脑袋都要炸了。学会十进位的小数，真比平心静气地在机枪火力下去赴死还要难得多呢。

可是军官们都嘲笑他。学校里塞满了需要的和不需要的军官们，一大半是不需要的。因为后方从来总是安乐窝，这儿尽是些躲着不上前线的人，而且替这些不上前线的人还设置了千千万万的无用的闲差事。军官们都嘲笑他：庄稼汉、老粗、肮脏的混蛋！……都任意嘲弄他，他虽然把作业完全答对了，可最后还是不及格。

于是又把他打回头了，派回本团了……因为没有才能。

猛烈的炮火，开花弹的爆炸，无情的机枪的扫射，血与火的飓风，"四面八方都是死与地狱"，可是他这治家的庄稼汉啊，就好像处在家里一样。

这位治家的庄稼汉，像牛一样顽强，像石堆一样压倒一切。他真不愧是乌克兰人，头盖骨一直压到眼睛上，压到那锐利的小眼睛上。

因为他在那死的重围里转战有功，第三次把他派回，第三次把他派回学校了。

可是军官们嘲笑道：又来了吗？庄稼汉……混蛋……罗圈腿！……于是……又把他派回本团了，因为没有才能。

于是司令部来的公文上，愤激地写道：让他做准尉吧——军官损失得太多了。

嘻——嘻！军官损失得太多了——有的在火线上损失的，有的开小差逃到后方去了。

就轻蔑地让他做准尉了。他回到连里，肩上的肩章闪着金光——可弄到手了。他又高兴，又不高兴。

高兴的是：总算弄到手了，用自己极大的艰苦和超人的毅力得到了。不高兴的是：肩上金光闪闪的肩章，把他和自己人，和亲人，和农民、士兵们隔开了——把他和士兵隔开了。可是没攀上军官们。郭如鹤的周围，形成了一圈真空。

军官们都不再大声说"庄稼汉""混蛋""罗圈腿"了，可是在营地、在食堂、在帐篷里，不管在什么地方，只要有三两个戴肩章的人一见面，他周围就形成了一圈真空。他们不用话说，都默默地用眼睛、脸色，用各种动作说："混蛋、庄稼汉、臭罗圈腿……"

他不动声色地痛恨着他们，石头般地、深深地把这憎恶埋藏在心里。又痛恨，又轻蔑。他用冷静的、出生入死的大无畏精神，把这种憎恨，把自己和士兵的隔阂掩盖起来。

突然间，一切都震动起来：亚美尼亚的山脉、土耳其的师团、士兵们、神色仓皇的将领们、沉默的大炮、三月[1]的山顶的积雪，真像天崩地裂一样裂开了，出现了空前未有的奇迹。虽然是前所未有的奇迹，可是从来总是秘密地生长在隐蔽的处所，生长在神秘的处所；虽然叫不出名称来，可是一旦弄明白的时候，却是简单明了，而且是必然的。

普通的、面孔又黄又瘦的工人们来了以后，就把这裂缝宽而又宽地扩大起来。那缝里边隐藏着世世代代的憎恨，隐藏着世世代代的压迫，以及令人愤慨的世世代代的奴隶制度。

郭如鹤对自己用铁石的刚毅得到的金光闪闪的肩章，才第一次悔恨起来：他发现自己处在工人、农民、士兵们的敌人的行列里了。

十月的日子[2]传来了以后，他怀着厌恶的心情，把肩章撕下来扔了。混在那归心似箭、不可遏止地叫嚣着的部队的洪流里，躲到暗角里，尽力不让人看见，坐在那拥挤不动的颠簸的暖车[3]上。喝醉酒的士兵们高声唱着，搜捕着躲藏的军官——要是把他发现，怕他也回不到老家了。

他到家时，一切都毁了，整个的旧制度、旧关系，都崩溃了，可是新的却很模糊、不清楚。哥萨克同外乡人都互相拥抱着，捉住军官就干掉。

从工厂来的工人们，从凿沉了的军舰上来的水手们，好像一粒粒酵母似的落到这狂欢的居民中间，于是库班流域的革命，就像发面似的膨胀起来。在大小村镇里、田庄里，都建立了苏维埃政权。

郭如鹤虽然不会说"阶级、阶级斗争、阶级关系"等术语，可是从

---

[1] 指一九一七年二月革命，公历为三月。
[2] 指十月革命。
[3] 暖车，即困难时期，在货车厢内装上炉子，做客运用的车厢。

工人口中深深感觉到这个。他用感觉，用情感把这个抓住了。在他那满心铁石般的憎恨里，军官这玩意，目前在这种伟大的阶级斗争的感觉面前，在这种情感面前，显得何等渺小啊——军官，这不过是地主和资本家的可怜的走狗罢了。

从前他曾用超人的、坚韧不拔的精神获得的肩章的痕迹，烙着他的双肩。虽然大家都知道他是自己人，可是对他都侧目而视。

他决心用乌克兰人的那样铁石般的坚韧不拔的精神，用烧红的铁，用自己的鲜血，用自己的生命，来烧毁这些痕迹。而且同样来服务，不，更多地替自己的骨肉难分的贫民大众来服务。

恰巧这种情况就到来了。穷人们铲除了资本家。因为凡有一条多余裤子的，都算资本家，所以小伙子们就挨门搜起来，把所有人的箱子都打开，拿出东西就分，分了马上就穿到自己身上。因为必须做到大家平均。

瞅着郭如鹤不在家时，也都去光顾了，顺便捡到衣服就拿走。郭如鹤回来，穿着破烂的军便服，戴着荷叶边旧草帽，穿着破鞋，还是从前他那一身。他的女人只穿一条裙子。郭如鹤把手摆一下就算了。他心里只充满着一种感觉，充满着一种坚韧不拔的思想。

小伙子们也均起哥萨克的产来了，一均到土地时，全库班流域就沸腾起来，连苏维埃政权也被扫掉了。

现在郭如鹤在吱吱的马车声、说话声、喧闹声、马的鼻息声和无边无际的尘雾中前进。

8

山前边的最后一个村子里，一片混乱：喧闹、叫喊、哭泣、极难听的谩骂、凌乱的部队、零星小股的士兵，村背后是枪声、叫喊、混乱。有时大炮轰轰响着。

郭如鹤同自己的部队和难民也在这里。史莫洛古洛夫同自己的部队和难民也来了。别的部队也不断赶来——受哥萨克压迫和追击的部队，都从各处汇拢来。千千万万无路可走的人，都拥挤到这最后的一小块地上。沙皇军官团和哥萨克，不管老少，对谁也不留情的——一切人都要死在他们的马刀下，死在机枪下，或被吊死在树上，或被推到深谷里活埋了。

不断传来绝望的呼声："叫人家出卖了……指挥官们把咱们出卖了！"当排炮的响声加紧了时，突然大叫起来：

"能逃的就逃吧！……都散开吧，弟兄们！"

郭如鹤部队的小伙子们，勉强把哥萨克和这一阵惊慌制止住，可是觉得这是不会持久的。

指挥员们不断商谈着，可尽是空话，谁也不晓得下一分钟会发生什么事情。

郭如鹤发言了：

"唯一的救星是翻过山，顺着海边，用强行军速度，绕道同咱们的主力军会师。我现在出发。"

"你要出发试一试，我就照你开火，"长着浓密大黑胡子的大个子史莫洛古洛夫说，牙齿闪闪发光，"应当光荣地防御，而不是逃跑。"

过了半点钟，郭如鹤的部队出发了，谁也不敢去阻挡。这支部队刚一出发，千千万万的兵士、难民、马车、家畜，都惊慌地跟在后面，拥挤着，把公路塞得水泄不通，都争着向前赶，把碍事的人推到沟里去。

一条无穷无尽的活蛇往山上爬去。

9

整天整夜走着。天亮以前，马不解鞍地停着，占着好多俄里长的公路。山口上空，很大的星辰在附近闪烁。潺潺的流水，不绝地在山谷间哗哗乱响。到处是一片黑暗和寂静，仿佛没有群山、森林，也没有悬岩一般。只有马在大声吃着草料。眼睛还没来得及闭时，星辰就要落了。远远的山林露出来。白蒙蒙的雾，罩在山谷间。又行动起来了，在数十俄里的大道上爬着。

一轮朝阳，炫目地从远远的山脊背后浮出来，驱除了山间长长的蓝色的影子。先头部队登上山口。一登上山口，每个人都吃惊起来：山脊那面是万丈悬岩，一座城市好像幻影一般，模糊地在下边闪闪发光。无边的大海，好像一堵蓝色的大墙，从城市跟前竖起来。这样罕见的巨大的墙壁，它那碧蓝的色彩，把人眼都映蓝了。

"啊，瞧，海！"

"为什么它会像墙壁一样耸立着呢？"

"咱们要从那墙壁上爬过去呢。"

"为什么当你站在海边的时候，它平展展地、老远地一直平铺到岸边呢？"

"难道没听说过，当摩西把犹太人从埃及的奴隶地位救出来的时候[1]，就像咱们现在似的，大海好像墙壁一样竖立着，于是他们就像在陆地上一样走过来吗？"

"或许也会把咱们隔住过不去呢。"

"这都是因为加拉斯加，他穿着新鞋，怕把鞋弄湿了。"

"应当叫神甫来，他会马上想出办法的。"

"把长头发的神甫装到你裤裆里去吧……"

部队迈开更大的脚步，下着山，手也摆得更快活了。部队里响起一阵说话声和笑声。大队越下越低了。一只德国战斗舰，好像一只大熨

---

[1] 据《旧约》：古犹太人在埃及王手下当奴隶，在那里建筑着巨大的金字塔，摩西从那里把他们带了出来。——作者注

斗，停泊在海湾里。[1]它一下不动地含着凶兆，闷沉沉地冒着烟，把碧蓝的海湾的景色都破坏了。可是却没有一个人想到它。船周围排列着好多细线条——这是土耳其的水雷艇，也都在冒黑烟。

部队快活地走着，一批批地从山那边翻过来，碧蓝的耸入天空的峭壁，使他们同样吃惊起来。他们的眼睛同样映成了蓝色。他们兴奋地挥着手，迈着阔步，顺着白色的弯弯曲曲的大道上往下走。

那里也有辎重。马摇着溜到耳上的马套。牛轻快地奔跑。孩子们骑着竹马，尖声叫着。成年人匆忙地扶着向下转动的马车。都在那弯弯曲曲的道路上左右拐着弯，快活地急忙去迎接那不可知的命运。

后边耸起的山脊，遮住了半边天空。

下来的先头部队，好像无穷无尽的长蛇一样，绕过了海湾和水泥厂中间的城市，形成了一条窄窄的长带子。一面是光秃秃的石山，一直立在海边；另一面是令人吃惊的、碧蓝的、逗人爱的、广阔的海面。

没有黑烟，也没有闪闪发光的白帆。只有那玲珑花边似的忽起忽落的浪花，无穷无尽的透明的浪花，向那湿润的岩石上涌来又消失了。在这无限的沉寂里，只有心灵才能听到这造化的咏歌。

"你瞧，海又平铺下去了。"

"你以为它还是那样墙一样地立着吗？你从山上看，它仿佛是立着的。不然，又怎能在海上航行呢？"

"喂，加拉斯加，现在你的鞋可要糟了，你过海的时候，它就会湿透了。"

可是加拉斯加背着枪，赤着脚，快活地走着。

亲切的笑声，随着队伍滚动，后边的人什么也没听见，也不知道是怎么一回事，可是也在高兴地笑起来。

一种忧郁的声音说：

---

[1] 指诺沃露西斯克海湾。——作者注

"反正咱们现在哪儿也逃不脱了：这边是水，那边是山，背后是哥萨克。想拐个弯也没处拐。除了前进没有别的办法！"

先头部队沿着窄狭的海岸，在老远的地方行进，已经消失在海岸转弯的地方了。部队的中段，连续不断地绕过城市，可是队尾还在快活地从山顶上下来，在弯弯曲曲的白色的公路上走着。

德国军舰上的司令官，看见这预想不到的，虽说是在外国，可是在他的德皇大炮控制下的城市附近有这样的行动，这已经是扰乱秩序了。下令叫这些来路不明的人、辎重、士兵、儿童、妇女，叫这一切匆匆忙忙从城市附近行动的人们，都即刻停止前进，即刻把武器、军需品、草料、粮食等交出待命。

可是，这条满身尘土的大灰蛇，依然匆匆地爬着。担心的牛，依然胆怯地急急忙忙小跑着；孩子们抓住马车，飞快地移动着小脚。大人不作声地抽着伸直的马身子——从队伍里传来乱哄哄的、满不在乎的、亲切而低沉的声音。炫目的白色的灰球，一团团地腾起来。

另一股人流满口恶骂，骂声仿佛被海风吹得成透了似的。他们的车上满载行李，马车咔咔嚓嚓，撞坏了别人的车轮和车轴，从城里涌出来，汇入到这股无穷无尽的洪流里。在这些接连不断的马车上，坐着强壮结实的、用酒精泡透了的水手们；海军服的大翻领，在白色的海军服上闪着蓝光；圆帽子上印着金字的黑飘带，在肩后飘动。一千多辆大马车、轻便马车、弹簧车、四轮车、敞车，都涌入到这蠕动着的辎重队里，车上坐着擦油抹粉的女人和大约五千名水手。他们满口都是不堪入耳的谩骂。

德国司令官稍等了一下，可是没有等到大队人马停止前进。

这时，突然轰隆一声，从战斗舰上爆发出来，好像巨大的碎片爆炸开来，冲破了这碧蓝的沉寂，漫山遍谷都隆隆响着。一秒钟之后，在那凝然不动的将消失的碧蓝的远处，起了一声回响。

一个白色的小球，在爬行着的长蛇阵的上空，谜一般地、柔和地出现了。这小球发着沉重的声音爆炸开来。硝烟慢慢散去，消失了。

一匹夜间看来好像黑马似的骗过的枣红马，突然往上一跳，扑通一声倒下去，把车杆压断了。二十来个人扑到跟前，有的抓住马鬃，有的抓住马尾、马腿、马耳朵、马额毛，一下子把它从公路上拉到沟里，把马车也摔在那里。车辆把公路塞得满满的，大群马车，一点儿也不敢耽误，一辆跟着一辆，不停地前去了。郭必诺和安迦哭着，从甩掉的马车上随手抓点儿东西，塞到别人的车上，就步行着走了。老头子用发抖颤的手，连忙把后鞴割下来，把马套从死马上卸下来。

一个巨大的舌头般的东西，第二次炫目地从战斗舰上吐出来，又在城市里轰隆响了一声，轰隆地在山间响着。一秒钟后，海面的远处，起了一声回响。青空里又出现了一个雪白的小球，人们呻吟着向各处倒下去。车上一个黑眉毛、戴耳环的年轻妇女，怀里抱着正在吃奶的孩子，孩子浑身发软，小手垂下去，渐渐变冷的嘴唇张开来，放开了乳头。

她用野兽一般的声音叫起来。人都扑到她跟前，她不听话，恶狠狠地挣脱着，把乳头往那凉了的小口里塞，白净净的奶汁，从乳头上滴下来。半闭着眼睛的小脸发黄了。

可是长蛇一直在爬着，绕过城市爬着。人和马匹在极高的山口上，在太阳下走着。他们小得勉强可辨——比指甲还要小呢。有些人在马跟前绝望地乱忙一阵，后来突然都呆呆不动了。

于是即刻又一连爆炸了四声，这声音遍山滚着，下边大道两旁，空中几个地方马上出现了白球，这些白球最初在高处爆炸，过后越来越低、越来越近地落到公路上。于是到处都呻吟起来，人、马、牛，都倒下去了。不顾受伤人的呻吟，都很快把他们放到马车上，把死伤了的牛马拉到一边，于是长蛇继续爬着、爬着——马车一辆接着一辆前去了。

德国司令官感到有伤尊严了。他本可以轰击这些女人和孩子，这是统治权的需要，别人不得他的许可，不得司令官的许可，是不敢这样做的。战斗舰上大炮长长的炮筒抬起来了，轰隆一声，喷出巨大的火舌，

高高的在碧蓝的海上，在辎重车的上空，在遍山上，急促地响着：喀哩
——喀哩——喀哩……于是就在山口上，在那指甲一样大的人、马、炮
所在的地方爆炸了。人们又都在那里忙乱起来。拥有四门炮的炮兵连，
一排跟着一排地向德国司令官回炮了，白球已经在"革滨"号舰上，在
碧蓝的海空里出现了。"革滨"舰愤然地沉默了。巨大的浓烟球，从战
斗舰的烟筒里吐出来。它闷闷不乐地移动着，慢慢从碧蓝的海湾里开出
去，驶到深蓝色的海里，又调转身来，就……

　　……天崩地裂地响了一声。碧蓝的海暗淡下来。脚下觉得有一股超
人的力量，狠狠震动起来；人的心脏、脑子，都震得要命；住家的门窗
都震开了，刹那间把人都震聋了。

　　阳光穿不透的异常巨大的黑绿色怪物，慢慢旋卷着在山口上腾起
来。幸免于难的一群哥萨克人，在这弥漫的毒气里，拼命用鞭子抽着拉
炮的马，极力往山上跑，一分钟后，就消失在山脊背后了。黑绿色的巨
大怪物，还在那里慢慢地扩散。

　　这不可思议的震动，使地都裂开来，坟都震开了，遍街都是死人。
人们都像蜡人似的，眼睛凹陷成黑窝，穿着破烂的臭衬衣，挣扎着，匍
匐着，都往一个方向——往公路上一拐一拐地走着。有些人不作声，聚
精会神地凝视着道路，痛苦地移动着脚步。有些人远远地往前边移动着
拐杖，送着没腿的身子，追赶前边的人。有些人跑着，用莫名其妙的哑
嗓子大叫着。

　　好像受伤的鸟一样，不知从哪传来一种细细的声音：

　　"喝……喝……喝……"这声音细得好像受伤的鸟在荒凉的干草地
上乱叫一样。

　　一个年轻人，穿着破布衫，露着发黄的身体，毫无表情地移动着两
只偶死的腿，用那害热病一样的眼睛张望着。可是眼前什么也看不见：

　　"喝……喝……"

　　一个女护士，像男孩一样，把头发剪得净光，破袖子上缀着褪色的

红十字，光着脚在他后面跑着：

"等一等，梅加……你上哪去？……现在就给你水，给你茶喝，等一等……回去吧……他们不是野兽啊……"

"喝……喝……"

居民家里都连忙把门窗关起来。从屋顶上，从篱笆后边，照背后开着枪。人们都从军医院、病院、私人住宅里爬出来，从窗子里跳出来，从楼上跌下来，都陆续不断地爬着，跟在前去的辎重车后边走了。

这是水泥工厂和公路……牛、马、狗、人、大车、马车，都急忙顺着公路走着——蛇尾也爬过去了。

没手没脚的人，用脏布裹着打碎了的下巴骨，用血迹斑斑的破头巾包着头，用绷带扎着肚子，都急急忙忙爬着，走着，害热病的眼睛盯着大路。马车尽管走，在马车跟前走着的人，面色都阴沉沉的，皱着眉头，望着前方。一片哀求声。

"弟兄们！……弟兄们！……同志们！"

从各处送来嘶哑的、破嗓子的声音，听到从山跟前传来的尖锐的声音：

"同志们，我不是伤寒病，我不是害伤寒病的，我是受伤了，同志们！……"

"我也不是害伤寒病的……同志们！……"

"我也不是害伤寒病的……"

"我也……"

"我也……"

马车走了。

一个人抓住满载着家具和小孩子的马车，两手紧紧抓住，用一只腿跳着。苍白胡子的马车的主人，脸被风吹日晒，黑得好像熟皮子一样，弯下腰，抓住他那仅有的一只腿，塞到车上，压到那大声喊叫的孩子头上……

"你怎么着呢！小心点儿，把孩子压死了！"头巾溜到一边的女人大叫道。

那个一只腿的人，脸上露出人间最幸福的神气。人都顺着公路尽管走着、走着，磕磕绊绊地跌下去又爬起来，有的就一下不动地倒在路旁。

"我的亲人，要是能带的话，一定把大家都带走，可是往哪放呢？我们自己受伤的人有多少呢？况且吃的东西一点儿也没有，你们跟我们一起走也是死，我们可怜你们……"女人们擤着鼻涕，拭着乱滚的眼泪。

一个一只腿的大个子战士，哭丧着脸，聚精会神地望着前方，远远地向前移动着拐杖，然后移动着有力的身子，不停地打量着大路，骂道：

"你妈的……你妈妈的……"

可是辎重车都尽管走着、走着。最后的车轮，已经在远远的地方扬起灰尘，微微传来铁轴的响声。城市、海湾都留在身后了，只有荒凉的公路。公路上拖拉很远地走着蜡人似的伤员，慢慢追着快望不见的辎重车。他们慢慢地无力地停下来，坐下去，躺在路旁了。大家都同样用渐渐发黑的眼睛，望着那最后一辆马车消失的地方。晚上扬起的灰尘，静静地落了下去。

那个一只腿的大个子战士，在这无人的公路上，照旧用拐杖送着有力的身体，嘟哝着：

"你妈的！为着你们流过血的……你妈的！……"

哥萨克从对面入城了。

10

疲惫的夜，笼罩了一切。一分钟都不消停的，一分钟都不宁静的黑压压的人流倾泻着。

繁星已经无力地闪着白光。荒凉的烧焦了的褐色的群山、洼沟、山峡，全都露出来了。

天空渐渐发亮了。这瞬息万变的大海，无边无际地展开来，它有时成了嫩紫色，有时成了烟白色，有时罩着一层蓝色。

山顶发亮了。黑压压的无数的枪刺，闪闪发光。

葡萄园、白色的别墅、空无人迹的别庄，一直伸延到路旁悬岩上。间或有人戴着自制的草帽，拿着锄头、十字镐，站在那儿张望：无数的战士，摆着手，从他们旁边不停地走过，无数尖尖的枪刺在摆动。

这是些什么人？他们从哪来的？疲倦地挥着手，川流不息地到哪去呢？脸黄得像熟皮子一样。满身灰尘，衣服破破烂烂。眼睛周围都是黑圈。马车吱吱响着，疲倦的马蹄发出夸夸的声音。孩子们从马车里探望着。想必是没有休息，连马都垂着头。

锄头又在挖着地。这同他们有什么相干呢！……可是疲倦的时候，都伸起腰来，又望见大路上，沿着弯弯曲曲的海岸，都尽在走着、走着，无数的枪刺在摆动。

太阳已经升得比山还高了，地上热气腾腾，望着海上的光辉，眼睛都痛起来。一小时，两小时，五小时过去了，人流尽在走着、走着。人都走不稳了，马也停下来。

"郭如鹤大概是发疯了！"

掀起一阵乱骂。

向郭如鹤报告道：加入他的部队的史莫洛古洛夫的两队人和辎重都掉队了，他们在中途的村子里过了夜，现在他们中间相隔十来俄里路是空的。他把小眼睛一挤，藏起了不妥当的嘲笑的火花，什么话也没说。都尽管走着、走着。

"他在赶咱们呢。"不敢明说的声音，在队伍中间传开来。

"他干吗赶呢：这边是海，那边是山，谁会动咱们呢？要这样的话，没有哥萨克咱们也会累死。那五匹马已经丢了，跑不动了。连人也都倒到路边了。"

"你们干吗学他那样呢！"水手们身上带着手枪、手榴弹、机枪子弹带，绕过前进的马车，混到走着的队伍里叫道，"都瞧不见自己受的压迫。不是他当过沙皇军官吗？他戴过金肩章啊。你们记住：他把你们往死路上带呢。你们将来后悔都晚了。"

太阳把影子缩得非常短的时候，行军中止了一刻钟，饮了马，汗透了的人们，也都喝了水，于是又在那灼热的公路上行动起来，沉重地移着铅一样的腿，灼热的空气流动着。海面映着刺目的光辉。大家走着，不敢明说的怨声，已经分明地、严重地破坏着队伍的秩序。有几个连长和营长对郭如鹤说，要把自己的部队拉出来休息一下，然后单独前进。

郭如鹤沉下脸，一句话也没回答。部队尽管走着、走着。

夜间停下来。在黑暗里，沿着数十俄里的路旁，一堆堆的营火放着光。砍些又弯、又矮、又干的，带刺的灌木——在这荒野里没有森林——把附近别墅上的篱笆都拔下来，把窗框拆了，把家具都拉来烧了。煮东西的锅，在火头上滚着。

似乎都疲乏得要命，想着一躺下去就会死死地睡一个闷头觉。可是营火红通通地跳动着，照亮了黑暗，一片生气。说话声、笑声、手风琴声阵阵传来。战士们开着玩笑，互相往火上推着。有的到辎重那边，同姑娘们玩。锅里煮着稀饭。一堆很大的营火，舔着连部的黑锅。军用灶是不大冒烟的。

这无边无际的移民，好像要在这里久驻下去一样。

11

夜随着大家一块走的时候，是一个整体。可是大家刚一停止前进，夜就被撕成碎块，每一块都过着自己的生活。

蓬头乱发、在火光中看来像妖怪似的老太婆郭必诺，蹲在一堆不很大的营火跟前，火上放着锅，这口锅是匆忙中同其余的东西和食品，从甩了的马车上取下来的。一个老头子在旁边地下铺的呢外套上躺着睡着了，虽说夜里很暖和，可是他还是用外套角把脸盖起来。老太婆坐在火边哭诉道：

"没有碗，也没有汤匙……连一个小桶也丢了，不晓得落到谁手呢？多么可爱的、结实的木桶啊。我们还能弄到那样一匹马吗？那是多会跑的马啊——从来都没叫用鞭子抽过。老头子，来吃吧。"

哑嗓子从外套下边说：

"不想吃。"

"你干吗呢！不吃会病的——那时还得叫抱你吗？"

老头子在黑暗中盖着脸，不作声地躺在地上。

附近大路上的马车旁边，有一个端端正正的姑娘的身影，在黑暗中闪着。听见姑娘的声音：

"我的可怜的，我的小心肝，给我吧！不能这样……"

女人模糊的身影，在马车周围闪来闪去，几种声音都在说：

"给我们吧，要把他这小天使的灵魂埋了。上帝会收容他的……"

男人们默默地站着。

女人们说：

"奶都胀硬了，按不动了。"

都伸手摸她那胀得用指头按都按不动的乳房。她光着头，两只眼睛在黑暗中亮晶晶的同猫眼睛一样，低着头，望着从破布衫里露出的雪白的乳头，熟练的手指，抓住乳头，温存地往那不会动的，张着的冰冷的小嘴里塞。

"像石头一样了。"

"已经死了，不能放了。"

男人们的声音：

"干吗要同她多嘴呢，把孩子拿过来就完事了。"

"会传染人的。这怎么行呢！应当埋掉。"

于是两个强壮有力的男人，把母亲的手拉开，去抱孩子。一阵疯狂的野兽一般的尖叫，划破了黑暗。一直传到沿着大路边的锁链似的一堆堆营火跟前；传到朦胧的海上；就是在那荒凉的山中，如果谁躲在那里，也能够听见。马车因为这一阵疯狂的争夺，也咯吱响着，摇晃起来。

"她咬人哩！……"

"尽她去——她张嘴就到手上咬起来。"

男人都走了。女人又都伤心地站在那儿，慢慢都走开了。又来了一些别的人。摸着胀硬的乳房。

"她也会死的，奶汁都凝固了。"

蓬头乱发的女人，仍然坐在车上，不断地四下转着头，发干的野兽一般的眼睛，小心地闪着光，每秒钟都在准备拼命防御。一得空，就温存地把奶头往僵死的冷冰冰的小嘴里塞。

火光抖颤着，远远地消失在黑暗里。

"亲爱的，把他给我，给我，因为他死了。我们要把他埋了，你哭一声吧。你怎么不会哭呢？"

那姑娘把这妖怪似的蓬头乱发的头抱到怀里。她那两只灼热的眼睛，在黑暗中看来好像狼眼一样。可是她很担心地推开姑娘，用哑嗓子说：

"静一点儿，安迦，嘶嘶……他在睡呢，别惊动他。睡一整夜，早上好玩，他等着斯节潘呢。斯节潘一回来，他嘴里就吐出泡沫，乱踢着小脚，打着耍着。啊，多可爱的孩子啊，又懂事，又聪明！……"

于是她就低声轻轻地笑起来，笑得那么可爱。

"嘶嘶……"

"安迦！安迦！……"声音从营火跟前送来，"你为什么不来吃饭……老头子不来，你也跑了……啊，眼尖的母羊……饭都要冷了。"

女人们都来了，摸着，流露着同情，随后都走开了。有的站着，一手托着下巴，一手抱着肘子望着。男人们心神不安地吸着烟，火光不时映照着胡髭髭的面孔。

"应当打发人把斯节潘叫来，不然，孩子在她手里会烂掉，生蛆的。"

"已经打发人去了。"

"打发跛子米克特加去了。"

12

这些营火是特别的。连说话声、笑声、女人顽皮的尖细的叫声、不中听的骂声、瓶子声，都是特别的。突然间，高音琵琶、六弦琴、三弦琴，一齐都响起来——像完整的乐队似的，流畅、有力地弹奏起来，完全不像在黑暗里，像在一堆堆营火结成锁链一般的黑暗里。黑漆的群山，凝然不动地屹立着；望不见的大海，仿佛怕扰乱了自己的伟大似的沉默着。

人也是怪特别的，大块头、宽肩膀，他们的动作也是坚定的。他们一走到这摆动的营火照得通红的光圈里——就显出都是些吃得饱饱的、青铜肤色的人，穿着摆动的宽裤脚的黑色水手裤、白色海军衬衣，青铜色的脖子和胸膛，都露在外边，圆帽上的飘带，在脊背上飘摆着。没有一句话，没有一个动作不是带着不中听的骂声。

营火闪烁的光亮，把黑暗中的女人都照出来，她们都像斑点似的闪来闪去地乱嚷着。笑声、快活的叫声——这是爱人们在逗着玩呢。把花裙子往上一撩，蹲在营火跟前做着饭，多疑地用哑嗓子随着别人唱起来。地上铺的发白的方桌布上，放着罐头鱼子、沙丁鱼、青鱼、酒瓶、果子酱、馅饼、果子糖、蜂蜜。这个移民的露营，他们的喧闹、嘈杂、粗野的大笑、谩骂、呼应声、突如其来的高音琵琶和三弦琴的悠扬的琴声，传到老远的黑暗的地方。突然一阵有力的醉醺醺的，熟练而和谐的合唱，充满了黑暗，又突然中断了，说："啊，瞧见过咱们没有？咱们什么都会干。"于是又是那一阵响声、笑声、说话声、快活的叫声，开心的、亲热的骂声。

"同志们！"

"有。"

"解放解放吧。"

"玩起来吧……你爸爸的，你的七世老祖宗的！……"

"啊，船上的厨房[1]！手镯[2]都打断了……你这家伙！……手镯……"

声音被打断了。

"同志们，咱们干吗要在这里呢？……难道军官老爷的时代又回头了吗？为什么郭如鹤来指挥？……谁叫他当指挥员的？同志们，这是对劳动人民的剥削呀。他是敌人，是剥削者……"

"揍他们，妈妈的！……"

于是就亲热地、整齐地唱起来：

> 同志们，英勇地齐步前进，
> 在斗争里把精神振奋。

13

营火的火光照着他。他抱着膝，一下不动地坐着。马头从他背后的黑暗里伸到这火光照得通红的圈子里。柔软的马唇，匆匆地舔着撒到地下的马料；马在大声嚼着；乌黑的大眼睛，闪着机灵的淡紫色的光芒。

---

[1][2] 水兵的行话，骂人话。

"就是这样，"他说着，仍旧抱膝沉思，不眨眼地望着抖动的火光，"把捉到的一千五百名水兵赶来，把他们都聚到一块。他们那些傻瓜说：咱们是水上人，咱们的事情是海上的事情，没有人来害咱们。可是把他们赶来了，叫他们站起队来，就命令道：'挖吧。'周围架着机枪，还有两门大炮，哥萨克人端着步枪。啊，这些倒霉的人就挖起来，用铁铲挖起来。这都是些年轻少壮的人。小丘上挤满了人。女人们在哭。军官们带着手枪来回走。谁要挖得慢一点儿，手枪就打到他肚子上，这是要叫他多受一会儿罪。这些人都在替自己挖墓坑，那些肚子中了子弹的人在血泊里爬着、呻吟着。人们只要叹一口气，军官就说：'你们别作声，狗崽子！'……"

他说着这件事。大家都不作声地细听。他还没有讲完，可是大家都已经从什么地方知道了。

火光红堂堂地照着他们，都不戴帽子，扶着枪刺在周围站着；有的肚子贴着地卧着，倾听着，有的蓬头乱发，用心用意听着，用拳支着头，从黑暗里露出来。老头子们翘着胡须。女人们很伤心，她们的衣服闪着白光。可是当火灭时，只有他一个人抱膝坐着；马头在他背后低下来，停了一会儿，又抬起头来，大声嚼着草料；机灵温顺的马眼睛，乌黑地发着光。仿佛除了他一个人外，再没有别人似的，到处都是无边的黑暗。眼前是草原、风磨，一匹黑马在草原上飞驰着，飞驰到跟前的时候，一个被砍了的血肉模糊的人，好像口袋似的从马背上滚下来。另一个人跟在后边，跳下马，把耳朵贴到胸口上："儿子……我的儿子……"

有人把弯弯的带刺的干树枝，投到将要熄灭的火炭上。树枝往起一卷，冒出了火焰，把黑暗拨开了。于是扶着枪刺站着的人们，又露出来，老头子们翘着胡须。女人们伤心着。用拳支着的用心用意听着的头，都被火光照出来了。

"他们非常虐待女人。唉，虐待得真狠啊。整百个哥萨克……一个跟着一个去奸污她，她就这样被他们糟蹋死了。她是我们军医院的护士，剪了发的，看来像小伙子一样，总是光着脚跑。她原是工厂女工，脸上有些雀斑。她不愿离开受伤的人：因为没人照看，没人打开水。好多人都是害伤寒，病倒了。统统都被砍了——大约有两万人。有的从二层楼上跳到大街上。白党军官、哥萨克，都提着马刀满城找，杀得一个也不留。全城流的都是血。"

于是星夜没有了，发黑的群山也没有了，只有："同志们！同志们！……我不是害伤寒的，我是受伤的……"清晰地在眼前浮动着。

又是黑暗，黑暗的天空是繁星，他平心静气地说着，于是大家又都感觉到他所没有说出的事情：他的十二岁的儿子叫人用枪托把脑袋都打碎了；老母亲叫人用鞭子抽死了；妻子被人强奸后，吊到井杆上吊死了；两个孩子下落不明——他没有说，可是大家都从什么地方知道了。

巨大的沉默，在群山的神秘的黑暗里，在被黑暗遮着的无边的大海里，奇怪地结合在一起——没有声音，也没有火光。

红火的反光，一明一灭地闪烁着，使那缩小了的黑暗的圈子在摆动。被火光照着的那个人，抱着双膝坐着。马大声嚼着草料。

扶着枪刺的青年，突然笑起来，没有胡子的脸上，白牙闪着淡玫瑰色的光：

"在我们村里，哥萨克从前线一回来，马上就把自己的军官提起来，从城里带到海边去。从城里拉到码头上，把石头系到脖子上，就把他们从码头上投到海里了。水里冒着水泡，慢慢地、慢慢地沉下去。一切都看得一清二楚——水是蓝的，干净得像眼泪一样——确实的。我亲身在那里。好久好久才沉到底，手脚在乱摆动，好像龙虾尾巴一样。"

他又笑起来，露着微微映着红光的白牙。营火跟前坐的人，抱着双膝。红红的一明一灭的黑暗上来了，在黑暗中听的人多起来。

"一沉到海底的时候，都抽搐着互相纠缠成一团，死去了。一切都看得一清二楚——真奇怪。"

都仔细听着：远远地、远远地、温柔地，好像诉说心曲一样，送来一声和谐的弦音。

"这是水手们啊!"一个人说。

"可是在我们村里,哥萨克把军官们装到布袋里。装到布袋里,把布袋口一扎,就投到海里了。"

"怎么能把人装到布袋里淹死呢……"伤风的草原上的声音伤心地说着,沉默了一会儿,也望不清是谁,后来不高兴地说:"现在能到哪弄来布袋呢?没有布袋啊,可是少了布袋怎么过光景呢——俄罗斯再运不来了。"

又是沉默。或许是因为在营火跟前那个人,一下不动地抱着双膝坐在那儿的缘故。

"俄罗斯有苏维埃政权。"

"在莫斯科呢!"

"哪里有农民,哪里就有政权。"

"工人来到我们那里了,带着自由来了,在各村里组织了苏维埃,叫把土地都没收了。"

"带着良心来的,一来就把资本家干掉了。"

"难道工人不是农民当的吗?你瞧,水泥厂里咱们多少人在干活,就是在油坊里,在机器厂里,在城里各工厂里,都有咱们人在干活呢。"

不知从哪儿轻轻传来一声:

"哎呀,妈妈……"

后来一个婴儿哭起来。女人的声音哄着孩子。大概是在大路上的黑洞洞的马车上呢。

那抱着双膝的人,把手放开站起来,微微的火光,仍旧照着他半个身子,他抓住低着头的马鬃,给马戴上勒口,把布袋里剩下的草料,从地上拾起来,把枪挂到肩上,一跳上马鞍就不见了。马蹄声越来越远,越来越低,后来连这也消失了。

于是又觉得仿佛没有黑暗了,有的是无边无际的草原和风磨,一阵马蹄声，从风磨跟前传来，风磨斜长的影子追着他，在后边追着说："到哪去！……你发昏了吗？……回来！……""他的家属都留在那边呢，可是儿子死在这里……"

"喂，第二连！……"

马上又是黑暗，一堆堆营火，像很长的锁链一样在燃烧。

"报告郭如鹤去了——哥萨克的情况他知道得一清二楚。"

"啊，不知道他杀了他们多少人，连小孩，连女人都一齐杀！"

"他那契尔克斯装、加芝利[1]、毛皮帽子，完全是哥萨克打扮，哥萨克都把他当成自己人了。'哪一团的？''某某团的。'于是就通过了。碰着女人就用马刀把头斩下来，碰着小孩就用短剑一刺。躲在庄稼堆后的，或是躲在墙角里的哥萨克，都被他用枪打死了。他对他们的情形知道得一清二楚，哪一部分，在哪里有多少人，他统统都向郭如鹤报告了。"

"孩子有什么罪呢，不是没意思吗？"一个女人叹了一口气，伤心地用手掌托住下巴，另一只手扶着肘子。

"喂，第二连，难道你们的耳朵都塞住了吗！……"

躺着的人都不慌不忙地爬起来，伸一伸懒腰，打个呵欠就走了。都坐在锅跟前的地下吃饭。新的繁星撒在山上的天空里。

都匆忙地用勺子从连部的锅里盛着滚烫的饭，可是每人都急急忙忙，怕落到别人后边。饭吃到口里，舌头上烫起了小泡，上颚烫破了皮，喉咙烫得咽不下饭，可是都争先恐后地赶快到冒着气的锅里搅着。忽然间，抓住勺子捞了一块肉，就装到兜里，过后再吃吧，于是在别的战士用勺子搅着，斜着眼睛羡慕地望着的时候，他又慌忙地搅起来。

---

[1] 胸前衣服上用呢子缝的筒形小袋，原为装子弹用的，后来成了点缀品。——作者注

14

甚至在黑暗里都觉得到——成堆的人乱哄哄、闹嚷嚷地走着，模糊地闪着白光。不晓得是伤风了呢，或是喝醉了酒，一阵激昂的说话声，杂着不中听的谩骂，随着他们传来。那些用勺子在锅里盛饭的人，回过头来望了一会儿。

"这些是水兵。"

"他们总没安静的时候。"

走到跟前，就是一阵狠狠的恶骂：

"你妈妈的！……坐在这里吃着稀饭，可是革命都要烂光了，你们还满不在乎……混蛋！……资本家！……"

"你们在乱叫什么！……吹牛皮的家伙！……"

都斜着眼望着他们，可是他们从头到尾都带着手枪、机枪子弹带、炸弹。

"郭如鹤把你们往哪带呢？……你们想过吗？……我们闹起了革命……我们把整个舰队都沉到海底，不管它莫斯科不莫斯科。布尔什维克在同德皇威廉搞什么诡计，可是我们对那些出卖人民利益的事，从来都不容忍的。谁要轻视人民利益，我们就地干掉他！郭如鹤是什么人？是沙皇军官。你们是绵羊。你们只顾低着头走。唉哈，你们这些没有角的东西啊！……"

营火上边放着发黑的连部的锅，营火后边的声音说：

"你们带些丑女人跟在我们后边，简直是带着一群婊子！"

"干你们什么事！……羡慕吗？……别多管闲事吧！没有一个好东西。我们应该享受。谁闹起革命来的？水兵们。谁被沙皇枪杀、淹死、拴到大索上？水兵们。谁从外国运宣传品来呢？水兵们。谁揍了资本家和神甫呢？水兵们。你们刚刚才把眼睛睁开，可是水兵早都在斗争里流着血了。当我们为革命流血的时候，你们还拿沙皇的枪刺来杀我们呢。混蛋啊！你们中什么用，你妈妈的！"

几个战士放下木勺，拿起枪，站起来，顷刻间一片黑暗，营火不晓得消失到什么地方了：

"弟兄们，揍他们！……"

端起枪，准备发射。

水兵们掏出手枪，另一只手急忙解着炸弹。[1]

一个白胡子乌克兰人，欧战时，在西线打仗。他英勇、沉着，升为一个下级军官。革命初期，他打死了自己连里的军官们。他现在用嘴唇抿着热稀饭，用勺子敲着锅边，拭着胡子：

"活像一只老公鸡：喔——喔——喔——喔！你们怎么不像老母鸡一样咯哒咯哒叫呢？"

周围都笑起来。

"他们干吗嘲笑咱们呢！"大家都气愤地转过身来，对白胡子老头说。

散布在远处的一堆堆营火，马上又出现了。

水兵们把手枪插到枪匣里，把炸弹又系起来。

"咱不把你们放在眼里，妈妈的！……"

于是仍然是乱哄哄的激昂的一大群人走开了，黑暗里模糊地发着白光，后来就消失了，锁链似的营火，也在远处消失了。

都走了，可是他们在这里留下了一些什么似的。

"他们的酒桶多得很呢。"

"从哥萨克那里抢来的。"

---

[1] 当时在库班聚集了好多黑海的水兵。他们不听苏维埃政府的命令，不愿把军舰交给德国人，于是就在诺沃露西斯克把军舰凿沉了，他们自己就在黑海沿岸和库班一带流窜。

"怎么是抢来的呢？都是花钱买的。"

"他们的钱多着呢。"

"把军舰上的东西都抢光了。"

"把军舰凿沉的时候，能叫钱也白丢了吗？这对谁合算呢？"

"他们一来到咱村的时候，一下子就把资本家连根拔得一干二净，把东西都分给穷人，把资本家们驱逐的驱逐，枪毙的枪毙，绞杀的绞杀。"

"咱们的神甫，"一个很快活的声音，只怕别人打断他的话，说道，"刚刚从教堂出来，他们就照他哒啦一声——把神甫打倒了。死尸在教堂跟前停了好久，都发臭了，谁也不去收埋他。"

欢乐的声音，快活而匆忙地笑起来，仿佛怕别人打断他的话一般，大家也都笑起来。

"啊，瞧，星星飞过去了。"

大家都仔细听着：从那连一个人也没有的地方，从那无边无际的夜色苍茫的荒原上，传来一种声音，或者是水溅声，或者是远远的不知来历的人声，从那望不见的海上传来。

依然是沉默。

"水兵们说得不错。比方咱们吧：咱们干吗在这里瞎逛呢？每个人都有粮食、家畜，都好好儿在家里过活，可是现在呢……"

"我也说不错：咱们跟着沙皇军官去找那莫须有的东西呢……"

"他怎么是沙皇军官？他同咱是一样的。"

"可是为什么苏维埃政府不帮助咱们呢？坐在莫斯科逛着玩，可是叫咱们在这里受罪。"

老远的地方，从那微微烧着的营火跟前，传来微弱的说话声、喧噪声——这是水兵在嚷闹。他们就这样从一堆营火向另一堆营火，从一个部队向另一个部队走着。

15

夜深了。各处的营火开始熄灭了。金锁链似的营火完全消失的时候，到处都显得黑天鹅绒似的一片寂静。没有人声。只有马大声吃草料的声音。充满了黑暗。

一个黑黑的人影，匆匆忙忙地在黑魆魆的一下不动的马车中间钻着，走到宽敞的地方，就顺着路边跑去，从那些睡着的人身上跳过去。另一个人也是黑黑的辨不出来，一只脚跛着，勉强跟在他后边。马车跟前的人醒了，抬起头来，望着那很快在黑暗中消失的人影。

"他们在这儿干吗呢？这是些什么人？或者是奸细吧……"

应该起来把他们挡住，可是真想睡，于是又倒头睡了。

仍旧是那样的黑夜、静寂，可是那两个人尽管跑着，跑着，走到窄狭的地方，跳着，钻着。连马也机警地耸起耳朵，停止了吃草，仔细听着。

前面很远的地方，在右边，大约是在黑魆魆的山下边，传来一声枪响。因为这样宁静，这样平静的马的吃草声，以及这样的荒凉，所以那孤零零的、多余的枪声，就留到这黑暗里了。于是又是一片寂静，可是这听不见的枪声的痕迹，仍旧留着，不曾消失。那两个人跑得更快了。

一声，一声，又一声！……仍旧在那儿响着，在右边山下响着。就是在黑暗里也能辨出来那张得很宽的黑山缝。突然间，机枪好像迫不及待似的：嗒——嗒——嗒！……稍停一下，又将那没有发出的子弹射出来：嗒……嗒！

一个黑黑的人头抬起来，又抬起来一个。有人坐起来。一个人连忙站起来，稳稳站着，然后就到架成塔形的步枪架里去摸自己的枪。这样也没有摸到。

"喂，格利茨科，听见了吗……你听到了吗？"

"别缠我吧！"

"你听到了吗？哥萨克来了！"

"呸——呸，鬼东西……我叫你吃耳光呢！……一定的，赏你一个耳光……"

那人转了转头，在腰上、屁股上搔了一下，后来走到地上铺的大衣跟前，躺下去，想躺得舒服些，就把肩膀挪了挪……

……嗒——嗒——嗒……

……一下！……一下！……又一下！……

细得像针一般的火花，在那张开的黑山缝里出现了。

"啊，他妈的狗东西！不安生的。人家累得不得了，刚来到这里，他们就给你脸色看了！狗东西。你们的肚子痛起来也好！该死的！能打就打吧，打到死也好，恶狠狠地用牙咬也好，可是当人家安安生生躺下睡的时候，就别动吧。反正一个样——怎么也不会把我们激起来，这不过白费子弹罢了，算了吧！不叫人家安生。"

过了一分钟，马大声吃草料的和谐的声音里，融合着昏昏大睡的人们的呼吸声。

16

跑在前边的那个人，喘了一口气说：

"他们在什么地方？"

另一个人也跑着说：

"在这里。恰好有棵树，他们在公路上。"于是就喊道："郭必诺老大娘！"

从黑暗里：

"什么？"

"你在这儿吗?"

"在这儿。"

"马车在哪儿?"

"在你跟前呢,向右边过了水渠就是。"

于是在黑暗里,即刻听到一声母斑鸠似的咕咕的声音,突然间,含着泪说:

"斯节潘! ……斯节潘! 他已经不在了……"

她伸着手,顺从地递给他。他接过一个包着的、冰冷的、颤巍巍的好像肉冻子似的肉团,发着难闻的冲人的臭气。她把头贴到他胸上,于是刺心的、悲痛的眼泪扑簌簌落下来,好像把黑暗都要照亮了。

"他已经不在了,斯节潘……"

女人们说来就来了——她们不知道疲倦,也不想睡觉。她们模糊地出现在马车周围,祈祷着,叹着气,劝告着。

"这才哭了头一声啊。"

"这样会轻松些呢。"

"要把奶挤出来,不然要头昏的。"

女人们都争先恐后地去摸那胀硬了的乳房。

"好像石头一样。"

后来都画着十字,低声祈祷着,嘴唇贴到她的乳头上吸着,带着祈祷的神情向三面吐出来[1],画着十字。

在黑暗里,在荆棘丛中挖着坑,用铁铲挖着土。后来把包着的东西放下去,把土平起来。

"他已经不在了,斯节潘……"

隐隐约约看见一个黑黑的人影,在黑暗中两手扶着一棵有刺的树,

---

[1] 这是当地的一种迷信。

吸着鼻涕，好像是口吃，又好像是小孩子们在挤油[1]的时候呃喀着，说不出话来。母斑鸠双手抱着他的脖子：

"斯节潘！……斯节潘！……斯节潘！……"

簌簌的眼泪，在黑暗中又亮起来：

"他不在了……不在了，不在了，斯节潘！……"

17

夜控制了一切。没有火光，也没有说话声。只有马嚼草料的声音。后来马也停止了吃草料。有些人躺下去，天快亮了。

沿着那静悄悄的黑山，满布着的无边无际的野营，无声无息地发着黑色。

夜的黑暗控制不了的只有一个地方，在那里笼罩着不可克服的黎明前的困倦：小火光从沉睡了的花园的树隙间透出来——有人在那里为大家熬夜呢。

一间大餐室里，在装饰成橡木色的墙上，嵌着残破的名画，在微弱的烛光下，看见乱堆在墙角的马鞍、架着的步枪，兵士们都像死人一样，奇形怪状地躺到铺在地下的贵重的窗幔和门帘上，打着鼾，散发着难闻的人马的汗气。

又细又黑的机枪，在门口守望着。

餐室中间，放着一张又长又大的阔绰的雕花橡木桌子，郭如鹤伏在桌上，小眼睛盯着铺在桌上的地图。教堂用的烛头，滴着将要凝固的蜡油，烛光闪烁，活泼的光影在地上、墙上、人脸上跳动。

副官伏到那蓝色的海上，伏到那好像长腿蜈蚣似的山脊上，瞅着。

通讯员腰里带着子弹盒，背后挂着步枪，身边挂着马刀，站在那儿

---

[1] 孩子们坐成一排，用力互相挤的游戏。

等着。他身上的一切，都随着颤动的光影在摆动。

烛头灭了一小会儿，那时一切都不动了。

"就是这，"副官指着"蜈蚣"，"敌人从这个山峡里还可以袭击咱们。"

"这里不会冲过来——山脊很高，通不过来，他们从山那面来不到咱们跟前。"

副官把热蜡油滴在自己手上。

"只要咱们走到这个转弯地方，敌人就追不上了。咱们要鼓着全力前进。"

"没有吃的啊。"

"反正一样，待在这儿也不会生面包。走是唯一的出路。派人叫指挥员去了没有？"

"马上都来。"通讯员的身子动了一下，于是他的脸、脖子，很快闪着抖动的光影。

夜的黑暗，隔着大窗子，凝然不动地显出一片漆黑。

嗒——嗒——嗒——嗒……老远的乌黑的山峡里，响起了枪声，夜又充满了恐怖。

沉重的脚步声，在台阶上、凉台上响着，后来进到餐室里，仿佛他们带来这种恐怖，或者有关这恐怖的消息似的。连那闪烁的微弱的蜡烛，也把这些进来的指挥员照出来了。他们满身灰尘，因为疲劳、暑热和不断的行军，他们的脸色都憔悴了。

"那里怎么了？"郭如鹤问。

"把人都赶累了。"

微光照着的大餐室里，一片昏暗、模糊。

"他们拿什么打呢，"另一个人用伤风的哑嗓子说，"有大炮也好些，可是只有一架马驮的机枪。"

郭如鹤变得像石头一般，把眉头一皱，于是大家都明白了——问题并不在于哥萨克的袭击。

都聚到桌子跟前，有的吸烟，有的嚼面包皮，有的漫不经心地、疲惫地望着摊在桌上的模糊不清的地图。

郭如鹤从牙缝里挤着说：

"不执行命令。"

颤动的光影，马上在疲倦的脸上，在蒙着灰尘的脖子上跳动着；餐室充满了激烈的、惯于在旷野里喊口令的声音：

"把战士们都赶累了……"

"我的部队现在拉都拉不起来了……"

"我的部队一到，都像死人一样躺下去，连火都没生。"

"难道这样走行吗——这样马上都把军队糟蹋完了……"

"小事情……"

郭如鹤板着脸。低低的额下那一对小眼睛，不是在看，而是在期待、细听。敞开的大窗子外边，是一片凝然不动的黑暗，黑暗后边是充满了疲倦和惊慌的、紧张的、昏沉沉的夜。山峡那儿听不见枪声了。觉得那儿的黑暗更浓了。

"无论怎样，我不打算拿自己的部队去冒险！"团长好像喊口令似的叫起来，"我对信任我的人，我对他们的生命、健康和命运，担负着道义上的责任。"

"……实在不错。"旅长的身个与众不同，他怀着异常的信心和惯于发号施令的派头说。

他原是个沙皇军官，现在他觉得发挥自己全部力量的时机终于来到了，被沙皇军队掌实权的人，无理地、不善策划地埋没了的他的一切天才，现在可有机会发挥了。

"……实在不错。并且完全没有定出行军计划。部队的布置应当完全另作安排——我们随时都有被人消灭的可能。"

"要是我的话，"一个库班连长，穿着整齐的紧身的契尔克斯装，腰里斜挂着银色的短剑，雄赳赳地戴着毛皮帽子，火喷喷地接着说，"要是我的话，要是我是哥萨克的话，一下子从山峡里袭过来就完了！大炮也没有，打得叫你连鬼影子都不留。"

"最后，没有作战部署，也没有命令——我们是乌合之众呢，还是土匪？"

郭如鹤慢吞吞地说：

"我是总指挥呢，还是你们是总指挥？"

这句话不可磨灭地印到这大房间里了——郭如鹤刺一般的小眼睛在期待着，不过可不是期待回答。

光影又颤动起来，脸色、表情都变了。

于是，分外洪亮的、伤了风的哑嗓子，在室内响起来：

"我们当指挥员的肩上也担负着责任——而且还不小呢。"

"就是在沙皇时代，在困难时期，也同军官们商量商量，何况现在是革命了啊。"

可是这些话的后面隐藏着：

"你这普通的小矮子，其貌不扬，土头土脑，你不明白，而且也不可能明白一切复杂情况。你在火线上得了官职，可是在火线上因为真正的军官缺额，就是一匹马也会升成军官呢。虽说群众把你推举出来，可是群众是盲目的……"

旧军官们都用眼睛、脸色，用一切举动这样表示。可是那些箍桶匠、细木匠、锡匠、理发匠等出身的指挥员们却说：

"你同我们一样出身，你什么地方比我们强呢？为什么是你而不是我们？我们比你更会办事……"

郭如鹤听着七长八短的闲话，听着话外的话，仍然眯缝着眼睛，向窗外的黑暗聆听着，等待着。

于是就等到了。

黑夜里，老远的什么地方传来一声微弱的低沉的声音。这声音越来越大，越来越清楚。黑暗中走着的脚步声，慢慢大起来，沉重地、拙笨地充满了黑夜。脚步声滚到台阶跟前就失掉了节奏，凌乱地响着登上凉台。凉台上充满了脚步声，战士们好像不断的洪流一般，从黑魆魆的敞开的门里，入到薄暗的餐室。他们逐渐把餐室挤满了。他们是很难分辨的，只觉得他们人很多，而且都是一样。指挥员们都挤到桌上铺着地图的那一端。烛头勉强闪着光。

战士们在半明半暗里咳嗽着、擤着鼻涕，唾在地板上，用脚擦着，卷着纸烟，臭烟气望不见地在模糊的人们的头顶上荡漾。

"同志们！……"

挤满了人的大房间里半明半暗，一片沉寂。

"同志们！……"

郭如鹤用力从牙缝里挤着说：

"连代表同志们、指挥员同志们，大家要晓得咱们是处在什么情况下。后边的城市和码头，都被哥萨克占领了。那里留下两万红军伤病员，这两万人都按着沙皇军官的命令，被哥萨克杀光了。据说他们也准备这样对付咱们。哥萨克正在袭击咱们第三队的后卫队。咱们右边是海，左边是山，中间是一条夹道。咱们就在这夹道里。哥萨克在山后跑着，从山峡里冲过来，咱们随时都要准备抵抗。什么时候走不到海边山岭拐弯的那地方，敌人就都有袭击咱们的可能。到了山岭拐弯的地方，那儿山很高，地势也很开阔，哥萨克就到不了咱们跟前了。咱们沿着海岸到杜阿卜塞，从这里去有三百俄里远。那里翻山有条公路，顺着那条路翻过山，又到库班，而那里就是咱们的主力军，咱们的救星。要鼓起全力走。咱们只有五天口粮，大家都会饿死的。走、走、走，跑，用快步跑。不睡、不喝、不吃，只有鼓起全力跑——这就是出路，如果谁要来阻挡咱们，咱们就得打出一条路来！……"

他不作声了，他对任何人也不注意。

房间挤满了人，残烛的最后的光影颤动着，一片静寂。窗外无边的夜，以及望不见和听不见的大海上，也同样是一片静寂。

几百只眼睛，用那看不见的、可是觉得到的光辉，把郭如鹤照亮了。微微闪着白光的唾沫，又从他那咬紧的牙关里露出来。

"路上没有粮食和马料，我们要用快步跑出山峡，跑到通往平原的出口去。"

他又不作声了，低下眼睛，后来又从牙缝里挤着说：

"你们另选总指挥吧，我卸却指挥的责任。"

烛头着完了，匀整的黑暗罩上来。留下来的只是凝然不动的寂静。

"再没有蜡烛了吗？"

"有。"副官说着，擦了一根火柴。火柴燃起来的时候，就望见那些凝视着郭如鹤的几百只眼睛。当火柴熄灭时，转瞬间，一切都沉没了。后来，细细的蜡烛燃着了，这才仿佛都解放了似的：谈着话、移动着，又都咳嗽着、擤着鼻涕、吐着痰，用脚擦着，面面相顾着。

"郭如鹤同志，"旅长用那仿佛从来没有指挥过军队的声音说，"我们大家都明白咱们路上如何艰苦，阻碍多大。如果咱们再耽误的话，后边是死，可是前边也是死。咱们必须用最快的速度前进。只有你才能用自己的毅力和机智把部队带出去。我希望这也是我的同志们——大家的意见。"

"不错！……对的……请吧！……"指挥员们都急忙响应道。

几百只战士的亮晶晶的眼睛，在半明半暗里，都同样顽强地盯着郭如鹤。

"你怎么能推辞呢，"骑兵队长说着，有说服力地把毛皮帽子往脑后一推，几乎把帽子推了下去，"大家把你选出来的。"

战士们不作声地用亮晶晶的眼睛望着。

郭如鹤仍然皱着眉头，不妥协地望了一眼。

"好吧，同志们。我提出一个必需的条件，请大家签字吧：稍有不执行命令者——枪决。签字吧。"

"这又怎么样呢，我们……"

"何必呢？……"

"干吗会不签字呢……"

"我们从来就……"指挥员们犹豫着，用各种声音说。

"同志们！"郭如鹤把铁一般的牙关紧紧咬了一下说，"同志们，你们想怎么样？"

"死！"几百人的声音轰然响起来，这声音在餐室里容不下了。于是隔着敞开的黑窗子，传到窗外去，不过那里没有人听见。

"枪决！……他妈的……要是他不执行命令，咱们能放松他吗……揍他们！"

战士们像桶箍断了一样，又都动起来，转过身去，面面相顾着，挥着手、擤着鼻子、互相推着，急忙地把烟吸完，用脚踏灭烟头。郭如鹤紧咬牙关，硬往脑子里塞着说：

"不管是指挥员，不管是战士，谁破坏纪律，就一律枪决。"

"枪决！……枪决那狗崽子，不管是指挥员，不管是战士，都一样！……"又是火喷喷的洪亮的声音，在餐室里响起来，又是觉得太挤——容不下这声音。于是就冲到窗外的黑暗里去了。

"好吧。倪凡科同志，弄张纸写上，让指挥员都签字吧：稍有不执行命令或有异议者，不加审判，就地枪决。"

副官从衣兜里掏出一张纸片，挤到烛头跟前写起来。

"同志们，你们归队吧。到连里把这决定宣布一下：纪律是铁的，对谁都不宽容……"

战士们挤成一堆，互相推着，吸完纸烟，去到凉台上，花园里，越走越远了。他们的说话声，使黑暗活跃起来。

海上开始发白了。

指挥员们都忽然觉得沉重的担子从他们身上卸下去了，一切都确定了，一切都单纯、明了、准确了，都互相寻开心、笑着，挨着次序，走到跟前，在死刑判决书上签字。

郭如鹤仍旧皱着眉头，简要地下着命令，仿佛现在所发生的事情，同他所担任的那重大担子没有一点关系似的。

"沃斯特洛金同志，带一连人去……"

一阵疾驰的马蹄声，到廊下停住了。一定是在拴马吧，马鼻子呼呼喷着气，大声抖擞着身子，马镫叮当作响。

朦胧的薄暗里，出现了一个戴毛皮帽子的库班人。

"郭如鹤同志，"他说，"第二和第三队在后边十俄里远的地方宿营了。指挥员下令说叫你等一等，他们的部队赶到的时候，好一齐走……"

郭如鹤的脸色像铁石一般，一下不动地望着他。

"还有什么？"

"大群水兵在战士和辎重中间乱跑，大喊大叫，挑拨他们不要听指挥员的话，叫战士们自己来指挥。还说要杀害郭如鹤……"

"还有什么？"

"把哥萨克从山峡里打退了。咱们的射击手上了山，把他们赶到山那边去了，现在平静了。咱们的人伤了三个，死了一个。"

郭如鹤沉默了一下。

"好。去吧。"

餐室里的人脸和墙壁，已经更明显了。镜框中用笔画的碧蓝的海，微微波动起来。碧蓝的真海，隔着窗子也微微波动起来。

"指挥员同志们，过一小时，各部队一齐出发。要用最快的速度前进。只有在人喝水和饮马时，才可以停一下。每一道山峡里都派上射击手，带着机枪。不让各部队相互脱离。要特别注意别得罪居民。关于各部队情况，要不断用骑传向我报告！……"

"是！……"指挥员们齐声说。

"沃斯特洛金同志，你把你的一连人带到后方去，把水兵隔开来，不让他们跟着咱们走，让他们跟别的部队走。"

"是。"

"把机枪带上，必要时就向他们扫射。"

"是。"

指挥员们成群地出去了。

郭如鹤对副官口授命令，让他写：谁该免职，谁该调换，谁该提升。

后来副官把地图叠起来，就同郭如鹤一起出去了。

空空的大房间里，遍地唾沫和烟头，被遗忘的烛头闪烁着，发着红光，一片寂静和人走后的难闻的气味。烛头下的木板开始发黑、弯曲，轻轻地冒烟了。这里已经没有枪支，也没有马鞍了。

敞着的门外，海面上升起一层晨曦前的薄薄的蓝雾。

沿着海岸，沿着山，在老远的前面和后面，鼓声好像洒豆子似的把人们催醒。号声响着，好像一群铜鹤似的，怪声怪气地咯咯乱叫。这号声在山下、在沟里、岸边，都起着回声，终于在海面上消失了，因为海是无边无际的开阔。一个巨大的烟柱，在刚刚离开的美丽的别庄上升起来——忘记熄灭的烛头，没有错过这机会。

18

跟着郭如鹤部队走的第二和第三队，远远落后了。谁也不想卖气力——暑热、疲倦。晚上很早就宿营，早晨很晚才出发。先头部队和后卫队中间的距离，越来越大了。

停下过夜的时候，野营在山脚和海岸中间的公路上，也同样伸展好多俄里。同样满身灰尘的、疲倦的、被暑热折磨得要命的人，一到休息地方，就兴高采烈地生起火；笑声、开心话、说话声、手风琴声，都一齐传来；唱起可爱的乌克兰歌曲，这些歌好像这个民族的历史一般，有时缠绵悱恻，有时慷慨激昂。

从第一队里驱逐出来的水兵们，带着手枪、炸弹，也同样在营火中间乱跑，用下流话骂着说：

"你们是绵羊吗？你们跟谁走呢？跟着沙皇的军官走呢。郭如鹤是什么人？他替沙皇效过劳吗？效过劳的，可是他现在当布尔什维克了。可是你们知道布尔什维克是些什么人？这是从德国把他们装到封起来的货车厢里运来当密探的，可是俄国有些傻瓜却没头没脑跟他们走呢。你们晓得他们同德皇威廉订有密约吗？啊——啊，你们真是绵羊啊！你们要糟蹋俄罗斯，糟蹋老百姓的。不，我们社会革命党党员们，不管三七二十一：布尔什维克政府从莫斯科给我们下命令，叫把军舰交给德国人。可是我们把它凿沉了——绝不给你！真想得好……你们这群流氓、畜生，什么也不晓得，只管低着头跟人走。可是人家有密约呢。布尔什维克把俄罗斯连五脏六腑都出卖给威廉了，他们从德国得了满满一火车金子。你们这些赖皮混蛋，妈妈的！"

"你们为什么跟狗一样乱叫呢！滚你妈的蛋吧……"

战士们骂着，可是当水兵们走了以后，就跟在他们后边说：

"怎么呢，对是对的……水兵们虽然爱吹牛，可是说的话是真的。为什么布尔什维克不帮助咱们呢？哥萨克打来了，干吗莫斯科不派人支援呢——只顾自己啊。"

从那黑魆魆的山峡里，即使在黑夜里也显得黑魆魆的山峡里，枪声同样响着，枪火在各处爆发出来又消失了，机枪响了一阵，庞大的野营，慢慢宁静下来。

另外两队的指挥员们，也同样聚在一个空别墅里，别墅的凉台也对着朦胧的大海。一直等到骑兵飞快地从村里找来蜡烛时，才开起会来。也同样在餐桌上铺着地图，方木砖铺的地板上，满掷着烟头，破了的珍贵的画，孤零零地挂在墙上。

史莫洛古洛夫身材魁梧，留着大黑胡须，穿着一身白海军服，正撇开两腿，坐着喝茶。他为人温厚，感到无用武之地。指挥员们都聚在他周围。

从他们那些吸烟、来回挪动、用脚踏灭烟头等动作看来，他们是处在无可奈何的境地。

每个在场的人，也同样都认为只有自己，才能把这一大批群众救出来，把他们带出去。

往哪带呢？

情况混乱不明。前边有什么在等着呢？都只知道一件事：后边是死亡。

"我们必须选举一个总的领导来率领这三队人马。"一位指挥员说。

"对的！……不错！"都乱嚷着。

每个人都想说：

"当然要选我。"可是都说不出口来。

因为大家都这样想，所以都不说，谁也不看谁，只顾抽烟。

"总应该生点儿办法，应该推选一个人。我提议选史莫洛古洛夫。"

"选史莫洛古洛夫！……选史莫洛古洛夫！……"

从这混沌局面中，忽然找到了出路。每个人都想道："史莫洛古洛夫——是个好同志，是个直爽人，忠于革命，他洪亮的嗓音，一俄里以外都能听到，在露天大会上叫着是顶好的，不过对这件事，可真要命……那时候，当然都要向我请教……"

于是大家都又一致地叫着：

"选史莫洛古洛夫！……都选史莫洛古洛夫！……"

史莫洛古洛夫不知所措地把两只大手向两边一摊：

"我，怎么呢……我……你们大家晓得，我是搞海军的，在那里就是主力舰我都能把它揪翻，可是这儿是陆地啊。"

"选史莫洛古洛夫！……选史莫洛古洛夫！……"

"怎么好呢，我……好吧……我担任，弟兄们，不过大家可得帮忙哟，不然，这怎能行呢，我只一个人……啊，好吧。明天出发——写命令吧。"

大家都很晓得，写命令也好，不写命令也好，除了前进而外，没有别的办法。因为不能老待在这里，也不能回到哥萨克手里去寻死。大家都晓得他是没有办法的，难道会光等着叫史莫洛古洛夫弄得一团糟，叫他拿自己的命令去丢丑吗？而且也无丑可丢呢——只有跟着郭如鹤的部队向前拖、向前拖吧。

于是一个人说：

"应当下命令给郭如鹤——新的指挥选出来了。"

"对他反正一个样，他自己干自己的。"周围乱嚷着。

史莫洛古洛夫用拳头往桌上一擂，桌板在地图下响起来。

"我要叫他服从，我要叫他服从！他带着自己的部队，向城里去了，可耻地逃跑了。他应该留下来死战，应该光荣地战死在这里。"

大家都看着他。他站起来，个子魁梧，不但他的话，就是他那有力的身个和那伸着的漂亮的手，也真够叫人信服了。忽然间，大家都觉得找到出路了。错全在郭如鹤身上。他只管往前冲，不给任何人显一显身手，不让别人来发挥一下潜力，于是一切劲头、一切注意力，都应当用来和他斗争。

工作沸腾起来。通讯员连夜骑着马，去追郭如鹤。成立了司令部。把打字机也搬出来，组织了办公室，打字机响起来了。

旨在训练和组织士兵的告士兵书，在打字机上打起来：

"士兵们，咱们是不怕敌人的……"

"同志们，要记住，咱们的部队是不怕艰难的……"

这些命令多起来了，步兵连和骑兵连里都传阅着。战士们一下不动地听着、盯着，后来用全力、用一切狡计，有时甚至要打架才弄到一份命令，把弄来的这张命令，放到膝盖上展平，卷成狗腿似的烟卷吸起来。

这些命令也着人给郭如鹤送去了，可是他每天越走越远，他们中间的距离也越来越大了。这使他们很气愤。

"史莫洛古洛夫同志，郭如鹤把你看得一文不值，他自己只管跑、跑，"指挥员们说，"对你的一切命令连理都不理。"

"对他有什么办法呢，"史莫洛古洛夫温厚地笑起来，"我怎么办呢，大陆上的事咱干不来，咱是搞海军的……"

"可是你是全军总指挥，大家把你选出来的，郭如鹤是你部下呀。"

史莫洛古洛夫沉默了一会儿，后来他那魁梧的整个全身，都充满了愤怒：

"好吧，我罢免他！……罢免他！……"

"干吗咱们要跟在尾巴后边拖呢！咱们自己应该制订计划，咱们要有自己的计划。他想顺着海岸走到那翻过岭脊通到库班去的大路上，可是咱们现在从这里去，翻过山，经过杜菲诺夫——这里有一条翻山的旧路，比较近一点儿。"

"即刻给郭如鹤下命令去，"史莫洛古洛夫叫起来，"叫他的部队别动，叫他本人即刻到这里来开会！部队要从这里翻山。要是他不停止，我命令炮兵去消灭他的部队。"

郭如鹤没有来，而且越走越远，追不上了。

史莫洛古洛夫命令部队拐到山上走。他的参谋长曾经住过陆军大学，参谋长估计了一下形势，当指挥员们不在跟前的时候，才谨慎小心地说（因为史莫洛古洛夫是极执拗的人，在指挥员们面前说，他要大发脾气的）：

"如果咱们要从这里翻山，在这难以通行的山里，一定要把一切辎重、难民，尤其是全部大炮都丢掉。要知道这是山径，而不是道路。郭如鹤做得对：到了那里，一翻过山就是公路。哥萨克不用大炮，赤手空拳就会把咱们捉去的，并且咱们的部队也将被各个击破。郭如鹤单独走他的，咱们单独走咱们的。"

这虽然非常明显，然而使他心服的却不在此。使他心服的是参谋长说话时那种非常谨慎和对史莫洛古洛夫的恳切的态度，是他背后的陆军大学，而且是他并不以此自负的态度。

"下令叫部队沿公路前进吧。"史莫洛古洛夫皱着眉头。

于是战士、难民、辎重，都又成了乱哄哄的无秩序的一大群，浩浩荡荡地流去了。

<h2 style="text-align:center">19</h2>

郭如鹤的部队从来是这样，天黑一停下过夜时，那些说话声、三弦琴、手风琴、姑娘们的笑声，就代替了睡眠和休息。或者是那充满着青春活力、神奇妙想、蓬勃有力的悠扬的歌声，在黑夜里荡漾着，把黑夜变得生动活泼了。

> 山岭高的波涛，
> 在碧海里呻吟、咆哮……
> 哥萨克的女子哟，
> 在土耳其人的奴役下哭泣、悲号……
> ……

歌声有时昂扬，有时低沉。大海是不是也被这活泼的声浪掀起来，随着节奏在波动呢？悲叹声不是在黑夜里荡漾着吗——哥萨克女子们在悲叹，青年们在悲叹。这不是在歌唱他们的吗？这不是他们从沙皇军官、将军、资本家的奴役下冲出来，去为自由而战吗？这不是悲壮的歌声在荡漾吗？在这紧张的生动活泼的黑夜里，不是荡漾着悲欢的曲调吗？

在碧海里……

可是大海就在这儿，就在下边，就在脚下呢，不过它默然不语，谁也看不见它。

轻轻镀上一层金色的山边和这悲欢融成一片。因此，巍峨的群山显得更黑、更阴惨了——起伏的齿状的山边，轻轻镀上了一层金色。

后来，月光经过鞍形的山脊、山口、山峡，射出来，那些林木、岩石、山峰的黑影，被月光烘托得分外黑，分外浓，分外阴惨。

月亮从山后出来，月光倾泻到大地上，于是世界就变了样，小伙子们停止了歌唱。于是就望见——石头上、放倒的树身上、岩石上，都坐着青年男女。岩下是大海，简直不能看它——无边无际的海面上，荡漾着冰冷的、灿烂的金波。望着真是耀眼。

"有人在呼吸呢。"一个人说。

"这一切大概都是上帝安排的。"

"为什么这样呢？你照直去，就可以到罗马尼亚，想到敖德萨就到敖德萨，想到塞瓦斯托波尔就到塞瓦斯托波尔——你把指南针拨向哪里就到哪里，这是为什么呢？"

"弟兄们，咱们在土耳其战线上的时候，每逢开仗时，神甫就要做祈祷。可是不管你做多少次祈祷，咱们弟兄死得总像山那样一大堆。"

青烟一般的新月的光辉，到处倾泻起来，倾泻到悬岩断壁上、山坡上、白岩角上，倾泻到像手臂一样伸展着的树枝上，或者是被裂缝侵蚀成的断岩上。一切都分明、清晰，一切都成了活生生的了。

公路上是一片喧闹，说话声、脚步声、诅咒、谩骂，不堪入耳的谩骂。

大家都抬起头来，转过头……

"那是些什么人？什么混蛋东西在那里乱骂呢？他妈的！"

"水兵们在找莫须有的东西呢。"

乱七八糟的一大群水兵走着，有时在月光下走着，有时走在黑影里就不见了。下流的谩骂，好像臭烟一般，在他们头顶上飘动，令人不能呼吸。都无聊起来了。青年男女们都觉得疲倦了，伸着懒腰、打着呵欠，开始散去。

"要睡觉了。"

水兵们乱嚷着、闹着、骂着，来到岩坡跟前。朦胧的月影里，停着一辆马车，上边睡着郭如鹤。

"到哪去?!"两个警卫用步枪拦住去路。

"指挥员在哪里?"

郭如鹤已经跳起来，两只眼睛像狼眼一样，在马车上的黑暗里闪闪发光。守卫的端起枪:

"我们要开枪的!"

"你们干吗呢?"郭如鹤的声音。

"指挥员，我们找你来了。我们的口粮完了。叫我们怎么办呢，白白饿死吗?我们有五千人。一辈子都为革命牺牲了，可是现在要我们饿死吗!"

郭如鹤站在黑暗里，都看不见他的脸，可是都望见他那两只狼一般的眼睛在发光。

"你们参加到部队里，我们就给你们发枪支，发给养。我们的给养快完了。我们除扛枪的战士以外，谁都不能养活，不然我们冲不出去呢。就是战士的口粮也都减少了。"

"我们不是战士吗?你为什么来折磨我们呢?我们自己晓得该怎么干。将来要打仗时，不比你们坏，而且要比你们打得更好呢。你们别来教训我们，别来教训老革命党吧。当我们把沙皇的宝座推翻的时候，你们在哪里呢?你正在沙皇军队里当军官呢。可是现在我们把一切都献给革命时，就要叫我们饿死——你们是谁掌握了棍子，谁就当官啊!我们的人在城里牺牲了一千五百多，把军官都活埋了，可是……"

"要知道这些人都牺牲了，可是你们却带女人在这里……"

水兵们像一群野牛，咆哮起来：

"当面来挖苦我们战士吗！……"

都咆哮着，在警卫面前挥着手，可是瞒不过这一副亮晶晶的狼眼睛。这眼睛看见了，统统都看见了：这里在咆哮着、挥着手，可是从两旁，从后边，个别的人影，在那微蓝的朦胧的月光里，弯下腰跑着，解着炸弹，向跟前逼来。于是突然间，从四面八方都向被包围的马车冲来。

在这一瞬间：嗒——嗒——嗒——嗒……

机枪在马车上喷出火光。在这黑影和烟色的月光交织着的花斑里，机枪对这两只狼一般的眼睛是多么听从啊，一颗子弹也没有伤着人，只有一股死风，可怕地掀动着水兵的帽子。他们都纷纷跑散了。

"鬼东西！……真眼明手快！……机枪手真高明……"

野营被月光笼罩着，在庞大的空间里安睡了。烟色的群山，也安睡了。道路、海面，都微微颤动着，倾泻着月光。

20

天还没有亮，先头部队拉得长长的，已经在公路上蠕动了。

右边依然是碧蓝的大海，左边是林木繁茂的群山，顶上是荒凉的石岩。

灼热的暑气，从石岩的岭脊那边流过来。公路上还是那样的尘雾。千千万万的大群苍蝇，紧紧地贴着人和家畜——这是自家的库班草原的苍蝇啊，蝇群实心实意地护送着从自己家乡撤退的人们，夜间同宿，早上天刚一亮，就又一块行动起来了。

灰球旋转的弯弯曲曲的公路，白蛇一样蜿蜒着，钻到密林里了。寂静。清爽的凉荫。透过林木便是石岩。离公路几步，就不能过人——那是不能穿过的密林。一切都被蛇麻草和葛藤缠绕着。荆棘伸着大刺，从来不曾见过的灌木的钩刺，谁碰着它，就会钩着谁。这是狗熊、野猫、山羊、麋鹿的老窝，夜间猞猁猫一般地大叫着，真令人讨厌。数百俄里远都没有人迹。对哥萨克连想都不想了。

当年契尔克斯人，零零落落地在这山上住过。山峡里和森林里有弯曲的山径。有时岩下的小茅屋，好像谷粒一般大，发着灰色。有时荒林中间偶然有一小块空地，种着玉蜀黍，或者在山峡的水边，有些修得精致的小田园。

大约七十年前，沙皇政府把契尔克斯人赶到土耳其去了。从那时起，山径上就生满了杂草，契尔克斯人的田园也荒芜了，周围千百俄里，都成了荒野和野兽的老窝。

小伙子们把裤带越勒越紧了——休息时，发的口粮越来越少了。

辎重车蠕动着，受伤的人扶着马车，勉强移动着，孩子的小头摇摆着，拉炮的瘦马，拽着仅有的一门炮的绳索。

公路恶作剧似的盘旋着，弯弯曲曲地通到山下海边。炫惑人目的、阳光普照的大路，通到无边无际的碧海上，令人望之刺目。

透亮的、玻璃似的、勉强可以辨出来的波纹，捉摸不定地远远滚来，温润地洗涤着满撒在海边的鹅卵石。

庞大的人群，片刻不停地在公路上蠕动。可是青年男女、儿童、受伤的，谁能够的话，就都跑下坡去，在岸上脱下破裤子、小衫、裙子，匆匆忙忙把枪架起来，跑着跳到碧蓝的水里。溅起一片金光闪闪的水花，彩虹一样出现在那里，笑声、尖脆的叫声、喊声、惊叹声、生气蓬勃的人们的喧噪，就像灿烂的太阳光辉似的，都一起迸发起来——海岸显得一片生气。

无边无际的海面，沉静起来，荡漾着温柔聪慧的波纹，温存地舐着活生生的海岸，透过那飞溅的水花、叫声、咯咯的笑声，舐着那些活跃的黄黄的身体。

部队在蠕动、蠕动。

有些人跳出来，拿起裤子、小衫、裙子、步枪，腋下夹着汗透的衣服跑着，水点儿好似珍珠一般，在晒得黑红的身体上抖颤，一赶上自己人，就快活地开着玩笑，哈哈大笑着，讲着淫荡的笑话，匆匆地在路上穿上汗透的破衣服。

另一些人贪婪地往下跑，一面跑一面脱衣服，跳到喧噪、飞溅的灿烂的浪花里。于是沉静起来的大海，就用同样滚滚的莹洁的波纹，温存地舐着他们的身体。

部队在蠕动，蠕动。

白色的别墅和小屋，星星点点地散布在荒凉的海岸上，孤零零地散布在公路旁。一切都向这窄狭的白色公路涌过来——这是在森林间、石岩间、山峡间、海边悬岩间的唯一无二的交通线。

小伙子们急忙跑到别墅里，到处搜索着——空无人迹的、荒废的别墅啊。

村落里有些褐色皮肤的希腊人，长着大鼻子，眼睛像黑梅子似的，孤僻地、默默地含着敌意。

"没有面包……没有……我们自己还挨饿呢……"

他们不知道这些士兵都是什么人，从哪来，到哪去和为什么走着。他们也不问，只是心里含着敌意。

他们搜查了一下，的确没有。可是照他们的脸色看来，一定藏起来了。因为这些都不是自己人，是希腊人，所以不管那些黑眼睛的希腊女人怎样吵嚷，把所有的羊都赶走了。

在山势开阔的峡谷里，有一个俄罗斯村庄，不晓得它怎么会弄到这里来。小河在谷底弯弯曲曲地发光。房屋、家畜。一块山坡上收割了的麦地，发着黄色。这是自己人，是波尔塔瓦人，说着咱们的话。

面包、小米，能分给多少就都分了。他们都问到哪去、干什么的。

他们曾听说过把沙皇打倒了，布尔什维克来了，可是原原本本却不知道。小伙子们把一切都对他们说了，这都是自己人啊，虽说觉得可怜——可是不管女人的哭诉，仍旧把所有的鸡、鸭、鹅，都捉走了。

部队不停地从跟前走着。

"真想吃东西。"小伙子们说着，把裤带勒得更紧起来。

骑兵连在别墅里到处乱钻，到处搜索，在最后一座别墅里，找到一个留声机和一堆唱片。把这绑到一个空马鞍上，于是山岩间、宁静的森林里、白色的尘雾里就响开了：

"……布罗——哈……哈——哈！……布罗——哈……"一种粗糙的、似人非人的声音响起来。

战士们走着，哄然大笑起来。

"啊，啊，再来一个！再来一个布罗哈！"

后来依次放上唱片："我到溪间去不去……""别冒险吧……""世上一切人……"

有一张唱片唱出了："上帝啊，保护沙皇吧……"

周围就哄闹起来……

"滚他妈的吧！……"

"去他妈的吧！……"

把唱片扯下来，摔到公路上，摔到那些前进的人群的脚下了。

从这时起，留声机连一分钟也不知道安静了，从早晨到深夜，都在沙沙地唱着情歌、歌曲和歌剧。那时从一个骑兵连到一个骑兵连，从一个步兵连到一个步兵连，都轮流放着留声机，有时谁要多留一会儿，就要打起架来。留声机竟成了大家公共的最宠爱的人儿了，都对这玩意就好像对活人似的。

21

一个库班人，微微把身子俯在马鞍上，把毛皮帽子嵌到后脑上，沿着路旁飞驰着，迎着前进的人们喊道：

"指挥员在哪里？"

他满脸都是汗，汗湿的马肚子，重得好像马都带不动了。

一片又大、又圆的光亮的白云，出现在林木繁茂的山上的天空里，凝视着公路。

"怕有雷雨吧。"

先头部队在公路转弯的地方停住了。步兵的行列，都拥挤着停住了。辎重车碰着马车后部，擦着马头，也停住了。一直传到部队的末尾，都停住了。

"怎么一回事?！休息还早着呢。"

飞驰着的库班人的汗脸，匆匆抖擞着肚子的马，以及这意外的停止前进，引起了大家的惊慌和疑虑。前边老远的地方，隐隐约约起了一阵枪声——又沉寂了，这枪声使大家感到一种凶兆。枪声留在寂静里，不再消失了。

留声机不响了。郭如鹤坐着马车，匆匆赶往先头部队。后来骑兵从那边驰过来，狠狠大骂着，挡住去路。

"喂，向后去！……我们要开枪的！……你们真是寻死！……"

"……告诉你们……那边马上就开火了，可是你们尽往前钻。没有命令，再往前挤，郭如鹤叫对你们开枪。"

大家马上慌了。女人、老头、老太婆、姑娘、孩子，都哭喊起来。

"我们到哪去呢?！……你们干吗赶我们，我们怎么办呢？我们同你们一块儿去。就是死也死在一起。"

可是说不服骑兵们：

"郭如鹤命令叫你们同战士中间隔五俄里，不然你们要妨碍作战的。"

"难道我们不是你们的人吗？我的伊凡也在那里。"

"我的梅开泰也在那里。"

"我的奥巴纳斯也在那里。"

"你们走了，叫我们留下——把我们丢开不管了。"

"你们是用屁股想的吗？告诉过你们：是为了你们打仗的。把道路一肃清，你们就跟我们走了。不然你们碍事。要开火了。"

所能望到的马车，都互相拥挤着。步行的、负伤的，都挤成堆。女人的哭声震荡着。数十俄里长的公路，都被停着的辎重车塞满了。苍蝇活跃起来，黑压压地密集到马背上、肚子上、颈脖上，贴到孩子身上。马拼命摇着头，用蹄子在肚子底下踢。隔着树叶的空隙，可以看见蔚蓝的大海。可是大家只管望着被骑兵拦住的一段公路。骑兵那边，站着带枪的小伙子们，这都是自己的亲人。有时坐着，有时用干草末卷在宽草叶里当烟吸。

都行动起来了，懒洋洋地站起来，走动了。公路越来越显得宽了。在这段灰尘落下去显得宽起来的公路上，隐藏着危险和灾难。

骑兵们是说不服的。一小时、两小时过去了。前边一段毫无人迹的公路，像死人一样，发着一片令人心伤的苍白色。眼睛肿了的女人们，用哑嗓子哭诉着。大海透过林木，发着蓝色。云从繁茂的山林那面望着大海。

不晓得从哪儿送来一声有弹性的浑圆的炮声，接着第二声、第三声。排炮响起来。炮声在山上、林间、山峡里轰轰隆隆乱滚着。机枪死气沉沉地漠然地扫射。

大家都扬起马鞭，绝望地抽着马。马飞跑起来，可是骑兵破口大骂着，拼命用鞭子往马脸上、眼睛上、耳上乱抽。马鼻子喷着气、扭着头、张着血鼻孔、瞪着圆眼睛，在车杆里挣扎，高高地举起前蹄，乱踢着。别的马车上的人从后边跑来，拼命叫嚣着，几十把鞭子在抽打。孩子们像挨了刀子一样喊着，用树条狠狠往马腿上、肚子上抽着。女人拼命大叫，全力拉着缰绳。负伤的人用拐杖打着马肚子。

发了疯的马，疯狂地冲开了，乱踏着，把什么都踢倒了，把骑兵冲散了，从那烂缰绳里冲出来，惊慌地用鼻子喷着气，伸着脖子，耸着耳朵，顺公路跑了。人跳上马车去了。负伤的抓住马车边上的木杆跑着，跌倒了，被拉着，掉下来，滚到路旁的沟渠里。

车轮在旋卷的淡白色的灰球里隆隆响着。挂在车上的水桶，刺耳地叮当乱响。一片绝望的尖叫声。碧蓝的大海，穿过疏林密叶，闪闪发光。

步兵队伍赶来的时候，大家才停下来，慢慢走。

谁也不知道是怎么回事。听说前边有哥萨克。不过哥萨克无论从什么地方都来不了的——巍峨的群山，早已把他们隔住了。又听说那是些契尔克斯人，或者是准噶尔人，或者是格鲁吉亚人，或者是不知道名字的什么民族，他们的兵力很大。因此难民的马车，更紧地跟着部队——怎样也把他们隔不开，你难道能把他们都杀了吗？

不管是哥萨克人也罢，还是格鲁吉亚人、契尔克斯人、准噶尔人也罢，总之，要活下去。于是留声机又在马鞍上唱起来：

静一些吧，情波……

小伙子们都唱起来。顺着公路自由自在地走着。有的从公路爬到山上去，身上的最后的破衣服挂到树枝上、钩刺上，去找那酸得要命的小小的野苹果，皱着眉头、耍着鬼脸，把酸苹果往肚里咽。在橡树下边拾些橡子，嚼着，流着苦涩的唾沫。后来从森林里钻出来——赤裸的血淋淋的身子，皮肤都挂破了，用剩下的破布片，把见不得人的地方盖起来。

女人们、姑娘们、孩子们，都钻到森林里去了。一片叫声、笑声、哭声——刺挂着他们，扎着他们。葛藤绊着他们，弄得进退两难：可是饥肠辘辘，所以都又钻进山里去了。

有时山势开阔起来，山坡上种着一小块未熟的玉米，开始发着黄色——海岸下一定有小村庄。像蝗虫似的，人们一下子把那块地遮住了。战士们把玉米穗拗下来，后来在路上一面走，一面将生玉米粒剥下来，填到口里，好久地贪婪地嚼着。

母亲们剥下玉米来，也好久地嚼着，可是不咽下去，把那嚼得好像稀粥一般的玉米，用温暖的舌头送到孩子们的小嘴里。

前边枪声又响起来，机枪又扫射起来，可是谁也不去注意——都听惯了。静下来了。留声机放出鸟鸣一般的声音：

　　我——已经——是——不相信……

森林里呼应着、笑着，战士们的歌声从四面八方送来。难民的马车，同最后的步兵混到一起了，在那无边无际的尘雾里，毫不休息地一同顺着公路流去。

22

敌人第一次把路挡住了，新的敌人。

为什么？他们想干什么呢？

郭如鹤晓得这儿是险要。左边是山，右边是海，中间是一条窄窄的公路。顺着公路，在奔腾的山水的河上，架着一道铁道式的桥——除了这道桥，哪儿也通不过的。敌人在桥头架着大炮和机枪。这一道钢架的桥洞里，不管什么部队都可以把它挡住。唉，要是部队能展开倒有多好呢！那在草原上才有可能啊！

史莫洛古洛夫的司令部，给他下的命令到了，命令上叫他如何如何打敌人。他脸黄得像柠檬一样，咬着牙关。命令看也不看，把它揉成一团，扔到公路上。士兵们一片爱惜的心情，把它拾起来，在膝盖上展平，卷上干叶末，就吸起来。

公路上都是部队。郭如鹤望着他们：都是褴褛的，赤着脚。他们半数人都只有两三颗子弹，另一半手里不过只有一支空枪。一门炮总共只有十六发炮弹。可是郭如鹤咬紧牙关，这样儿望着他们，仿佛每人的子弹盒里有三百颗子弹一样，仿佛炮兵在威严地瞪着，弹药箱里满装着炮弹一般。周围仿佛是家乡的草原，是全军人马都可以得心应手地展开来的家乡的草原一样。

他带着这样的眼光和脸色说：

"同志们！咱们同哥萨克和沙皇军官团身经百战。咱们晓得，为什么和他们作战——因为他们要扼杀革命呢。"

战士们都阴沉地望着他，仿佛用眼色在说：

"你不说咱们也晓得。可是怎么好呢？……这桥洞反正穿不过去……"

"……咱们从哥萨克手里逃出来——大山把咱们掩护着，咱们可以喘一口气了。可是新的敌人把路挡住了。这是些什么人呢？是格鲁吉亚的孟什维克们[1]，而孟什维克和沙皇军官团，都是一流货，都同样和资本家勾结着，都是梦想要把苏维埃政权打倒的……"

可是战士们的眼色却说：

"去同你自己的苏维埃政权亲嘴去吧。可是我们光着脚、光着身子，连吃的都没有。"

郭如鹤明白他们的眼色，明白这就是死亡。

---

[1] 格鲁吉亚师是孟什维克从格鲁吉亚首府第比利斯派来支援白党的。这师人占据着从黑海沿岸杜阿卜塞到格林德日克一带。

于是他孤注一掷地向骑兵说：

"同志们，你们的任务就是：骑上马一冲，把桥占领。"

骑兵们都明白指挥员给他们这个任务是狂妄的：一个跟一个（在桥上是展不开的）在机枪火力下驰去，这就是说，要用一半人的尸体把桥塞起来，另一半人从这些尸体上跨不过去，当后退时，都只有被打死罢了。

可是，他们身上穿的是这样利落的契尔克斯装，祖传的武器，闪着耀眼的银光。毛皮帽子和羔皮库班帽，都显得这样壮美而英武。雄壮的库班草原的马，都显得这样生龙活虎地摆着头，抖擞着缰绳。看来人人都在望着他们，都在欣赏着他们——于是他们都同心协力地喊起来：

"我们占领，郭如鹤同志！……"

隐蔽的大炮，对准桥那边机枪阵地上隐蔽着的敌人的机枪，一炮接着一炮轰起来，隆隆的回声，怪物似的充满了山峡、岩穴和群山。骑兵把帽子一整，不作声，不呐喊，也不开枪，从转角里飞驰出去。马在惊骇中竖起耳朵、伸着脖子、张着血鼻孔，向桥头冲去，在桥上飞驰着。

格鲁吉亚的机枪手，在开花弹的不断爆炸中，都伏到地上，遍山滚着霹雳似的炮声，把他们的耳朵都震聋了，没料到会有这样蛮横的敌人。他们一醒悟，就扫射起来……一匹马倒了，第二匹、第三匹倒了，可是已经到桥中间了，到桥头了，第十六发炮弹一发射，于是……敌人都逃起来。

"乌啦——啦——啦！"于是用马刀砍起来。

驻扎在距桥不远的格鲁吉亚部队，一边回击，一边顺着公路逃跑，转过弯就不见了。

桥头附近被隔断的敌人，都向海边扑去。可是格鲁吉亚军官们早已跳上了小汽艇，汽艇很快向轮船开过去。浓浓的烟球从烟筒里飞出来：轮船向海心驶去。

格鲁吉亚兵士们，站在齐脖子深的水里，向驶去的轮船伸出手，叫喊着、咒骂着，咒着子子孙孙。马刀照他们脖子、头、肩膀砍起来，水面上浮散着血的环圈。

轮船像小黑点一般，在远远的碧蓝的海上漂动着消失了。海岸上已经没有人哀求，也没有人咒骂了。

23

森林上边，山谷上边，是重重叠叠的岩峰。一阵微风吹来，即刻感到凉爽，可是下边的公路上，却是暑热、苍蝇、灰尘。

公路窄得像走廊一样，从那里通过——两边被石岩紧紧夹着。被水冲刷出来的树根，从岩上垂下来。每逢转弯的地方，前前后后的东西都看不见了。简直不能转身，也不能回头。浩浩荡荡的人流，川流不息地在这走廊里向一个方向奔流。山岩把大海遮住了。

停止前进了。人马车辆都停止前进了。长久地、疲倦地停着，后来又行动起来，又停住了。谁也不晓得是怎么回事，而且什么也望不见——尽是马车。可是那边是转角和峭壁，顶上是一线蓝天。

细细的声音：

"妈——妈，酸苹果！……"

另一辆马车上：

"妈——妈！……"

第三辆马车上：

"你别作声！到哪弄呢？……山跟墙一样陡，能爬上去吗？你瞧，这山不是跟墙一样陡吗？"

孩子们不听，哭着，后来拼命叫起来：

"妈——妈！……给我玉米！……给我酸苹果……酸苹果！……玉——米——米……给我呀！……"

母亲们火起来，母狼一样，眼里闪着光，野头野脑地四面张望着，打着孩子。

"别作声！你们真该死。你们死了我心里也舒服一点儿。"于是恶狠狠地无力地流着眼泪，哭起来。

远远地响起了低沉的枪声。谁也不听，谁也不晓得是怎么回事。

一小时、两小时、三小时停下来。走动了，又停下来。

"妈妈，玉米！……"

母亲们仍然怒气冲冲地只想把每个人的咽喉都咬断，互相骂着，在车里乱找着。从马车里找出一根嫩玉米秆，痛苦地嚼了好久，尽力嚼着，牙根都嚼出血了。后来伏到孩子的贪婪地张着的小嘴上，用温暖的舌头喂进去。孩子噙住想往下吞，渣滓刺着咽喉，呛着，咳嗽着，吐出来，叫着。

"不——吃！我不——吃！"

母亲们怒气冲冲地打起来。

"你要什么呢？"

孩子们擦着脸上肮脏的眼泪，硬吞了下去。

郭如鹤咬紧牙关，从岩后用望远镜望着敌人的阵地。指挥员们聚在一起，也用望远镜望着。战士们眯缝起眼睛望着，并不比望远镜差。

转弯那边的山峡开阔了。从这宽阔的咽喉似的山峡望去，是蔚蓝的远山。重岩上的稠密的大片森林，把重岩遮起来。重岩顶部是燧石质的，岩顶有四丈高的垂直悬岩——那儿是敌人的战壕。十六门大炮，贪婪地窥视着通到走廊的公路。要是部队从岩门一出来，大炮和机枪一齐干起来——全是死路一条，战士们即刻就会涌向岩后去。郭如鹤很清楚——这儿连鸟雀也飞不过去呢。部队没有地方展开，只有这一条公路，这是死路。他望着下边远处发白的小城，望着碧蓝的海湾和海湾上黑魆魆的格鲁吉亚轮船。应当生个新办法——什么办法呢？应该找别的门路——可是什么门路呢？于是他跪下去，伏到遍地灰尘的公路上铺的地图上，在地图上爬着，研究那些极小的曲折、褶纹和山径。

"郭如鹤同志！"

郭如鹤抬起头来。两个人醉醺醺地站着。

"坏东西！……可赶上喝够了……"

可是他却不作声地望着他们。

"是这么回事，郭如鹤同志，这条路咱们是跳不过去的，格鲁吉亚人要把咱们完全干光的。我们刚去侦察过……自告奋勇去的。"

郭如鹤依然目不转睛地望着：

"呼一口气给我闻闻。别往肚里吸气，向我吐一口气。不晓得为着这要犯枪决罪吗？"

"实在话，这树林里有鬼气。我们时时刻刻在树林里走，于是把鬼气就吸到肚里了。"

"难道这里会有小酒铺吗，怎么呢！"另一个长着狡猾而且快活的乌克兰人的眼睛，插嘴说，"树林里光有树木，别的什么也没有。"

"你说正经事吧。"

"是这么回事，郭如鹤同志，我们同他一起，我们说的都是正经话：或是我们大家都死在这公路上，或是都落到哥萨克人手里活受罪吧。可是都不愿死，也不愿落到哥萨克手里。那怎么好呢？忽然望见树那边有一个小酒铺。我们爬到跟前——四个格鲁吉亚人在喝酒，吃烤羊肉。当然，格鲁吉亚人都喝醉了。鼻子一闻，真想喝呀，真想喝，没有力气。他们有手枪呢。我们一跳出去，把两个用枪打死了：'站着，别挪地方！你们被包围了，妈妈的！……举起手来！'……这些家伙呆了——没有想到。我们又干掉一个，把剩下这个绑起来。把掌柜的可吓死了。啊，我们老实说吧，我们把格鲁吉亚人吃剩下的烤羊肉都吃光了，那肉该是付过钱的——他们领的兵饷可不少啊。至于酒的话，连嘴唇也没有挨，因为你下过命令呢。"

另一个人晃荡了一下，向郭如鹤走近了一步，打着嗝说：

"让那该咒的酒去他妈的吧……我要闻过它一下，叫我的脸都歪成鬼脸，叫我的肚子肠子都翻出来……"

"说正经事吧。"

"我们把打死的格鲁吉亚人，拉到树林里，把武器取下来，怕走漏消息，就把另一个格鲁吉亚人和掌柜的带来了。还碰着五个老百姓，带着女人和姑娘们——都是本地人，是这城边的人，是咱们俄罗斯人。他们住在这城边，可是格鲁吉亚人是亚洲人，黑皮肤，同咱们人不一样，很喜欢白种女人。他们把一切都扔了跑到咱们这里来。他们说，顺着小路可以绕过城走呢。他们说一路都是深沟、森林、石岩、小沟。难是难，不过可以过去。要是照直冲，他们说是不可能的。他们对一切小路，就好像自己的五个指头一样，知道得一清二楚。啊，难，的确难得很，一句话，难得要命，可是总是能过得去的。"

"他们在哪里？"

"在这里。"

营长走到跟前。

"郭如鹤同志，刚才我们到了海边，那里不管怎样都过不去：海岸是悬岩，一直伸到水里。"

"水很深吗？"

"岩跟前截腰深，有些地方齐脖子深，有些地方把头都淹住了。"

"怎么呢，"一个满身褴褛的战士，手里拿着步枪，注意听着说，"淹住头有什么呢……海里有从山上滚下来的乱石堆，好像兔子一样，可以从石尖上跳呢。"

报告、指示、说明，有时还有意料不到的、聪明的、出色的计划，都从四面八方给郭如鹤送来——总的情况都非常清楚了。

把指挥员都召集起来。他咬紧牙关，突出的头盖下，是一双洞悉一切的锐利的眼睛。

"同志们，这样吧，所有三个骑兵连都绕着城市前进。绕道走是很难的：顺着小路、森林、石岩、山峡，而且是夜间；可是不管怎样都要完成任务。"

"糟了……连一匹马也回不来的……"这些话虽然没有从口里说出来，可是都藏在眼睛里。

"有五个带路人——是俄国人，是本地居民。都受过格鲁吉亚人的害。他们的家属在咱们这里。对带路人已经宣布过——要他们的家属担保。绕到后方，冲到城里……"

他凝视着山峡里朦胧的夜色，沉默了一会儿，简洁地抢了一句：

"把他们全部消灭！"

骑兵们雄赳赳地把毛皮帽子往后脑上好好一戴：

"一定完成任务，郭如鹤同志。"于是都勇猛地上了马。

郭如鹤说：

"步兵团……郝洛莫夫同志，你的一团人从石岩上下去，跳过石尖，到码头上去。黎明时向轮船冲去，把全部轮船夺来，不要开枪。"

于是稍停了一下，又抢了一句：

"把他们全部消灭！"

"要是格鲁吉亚人往海上派一个射击手，会把全团人从石头尖上一个个消灭……"

可是都一齐大声说：

"服从命令，郭如鹤同志。"

"两团人准备从正面冲。"

远山顶上的红光，逐渐消失了：呈现出一片单调的深蓝色。黑夜笼罩了山峡。

"我带着这两团人。"

在黑暗的沉寂里，在一切人面前，都留着这样的痕迹：繁茂的森林，森林后边是燧石质的陡坡，上边是孤零零的垂直的峭壁，就像闭着眼睛的死神一般……停一会儿，这痕迹就消失了。夜在山峡里爬着。郭如鹤登到岩石上。下边是光着脚，浑身褴褛的一片模糊的行列，无数尖尖的枪刺，密密麻麻地排列在那里。

大家都目不转睛地望着郭如鹤——解决生死问题的机密在他手里呢。他担负着指示出路，从绝境里指示出路的责任。大家都明确地看到这一点呢。

千百只渴望的眼睛，盯着郭如鹤，他觉得自己是未知的生死机密的主宰者，他说道：

"同志们！咱们没有出路了：或者都战死在这里，或者是叫哥萨克从后边把咱们杀光。简直是克服不了的困难：没有子弹，没有炮弹，咱们要赤手空拳去占领，可是敌人那里却有十六门大炮对着咱们呢。不过，如果大家能万众一心……"他沉默了一下，铁脸成了石头一样，用那不像人的粗野声音喊起来，大家都觉得一阵心寒："如果能万众一心冲上去，就可以打开一条生路！"

他所说的话，不待他说，每个战士也都知道，可是当他用那怪声音喊出来的时候，一种意外的新奇，使大家吃了一惊，于是战士们都喊道：

"万众一心！不是咱们打出去，就都战死在这里！"

闪闪石岩的斑点消失了。不论是重岩、岩石，还是森林，什么也都看不见了。走远了的最后一些马屁股也消失了。战士们互相牵着破衣服，下到海滩上，好似小石头一样，散布在那儿，这些也望不见了。两团人的最后的行列，也消失在黑压压的森林里，森林上边是那闭着眼睛的死神一般的垂直的悬岩。

辎重车在庞大的夜的沉寂里，静静地停着：没有营火，没有说话声，也没有欢笑声，孩子们带着饿得凹陷的小脸，无声地躺着。

沉寂。黑暗。

24

一个格鲁吉亚军官，长着髭胡，穿着紧身的红色契尔克斯装，戴着金肩章。他有一双黑溜溜的扁桃形的眼睛，这一双眼睛不知赢得了多少女人的爱慕（这是他晓得的）。现在他在岩顶的场子上，来回走着，不时在张望。战壕，胸墙，机枪阵地。

二十丈远的地方，就是万难接近的垂直的悬岩，岩下是险峻的石板坡，那里是不能通行的黑漆漆的森林，森林那面是岩石的山峡，荒凉的白色公路，像一条带子一样，从那里伸出来。大炮隐蔽地向那里窥视着，那里是敌人。

一个哨兵，穿着新军装，雄赳赳地在机枪旁边不紧不慢地来回踱着。

今天早上，这些衣衫褴褛的猪群，从岩后公路上窜出来，嗅了一下，就尝到炮火的滋味——他们还记得呢。

这是他，是上校（这样年轻已经当上校了）梅罕拉芝。在这山口上选择的阵地，是他在司令部极力主张的。这是封锁沿海的锁钥。

他又对岩顶的场子，对垂直的悬岩，对垂直伸入海中的岩岸，望了一下。是的，这一切仿佛听谁支配似的聚积在一起，可以挡住任何部队。

而且还不仅这样，不仅不让他们通过，还要把他们消灭呢。他已经做好了计划：把轮船开到敌后，那儿的公路一直通到海边，从海上射击，派陆战队登陆。从两头把这群破烂的臭东西封锁起来，好像老鼠钻到捕鼠器里一样，他们就完蛋了。

这是他，是侯爵梅罕拉芝，是古太斯附近的一所不很大的可是非常精致的一所庄园的主人，是他要把那沿着海岸爬的毒蛇的头，一举斩断呢。

俄罗斯人——是格鲁吉亚的敌人，是优秀的、文明的、伟大的格鲁吉亚的敌人，像亚美尼亚人、土耳其人、阿塞拜疆人、鞑靼人、阿布哈兹人一样，同样都是格鲁吉亚的敌人。布尔什维克是人类的敌人，是世界文化的敌人。他，梅罕拉芝本人，是社会主义者，可是他……（"要不要派人去叫这个姑娘，叫这个希腊女人呢？……不，不值得……在阵地上对士兵们印象……"）可他是一个忠实的社会主义者，对历史的机械论，有深切理解，是那些戴着社会主义假面具，在群众中表现出最卑鄙天性的一切冒险主义者的死敌。

他不是残酷的人，他非常憎恶流血，可是当问题一涉及世界文化，涉及祖国人民的伟大与幸福时，他就成了冷酷无情的了，就连这些人也要一个个杀光。

他带着望远镜来回走着，望着那可怕的险峻的石板坡，望着黑漆漆的不能通行的森林，望着那一个人也没有的、蜿蜒地从岩后伸出来的一条白带子似的公路，望着那映着红光的傍晚的山顶，倾听着那一片静穆，一片温柔的、黄昏的、和平的静穆。

这一身用上等呢子做的、恰合他那美丽身干的契尔克斯装，珍贵的短剑和镶着金子的手枪，高加索的唯一的名匠鄂斯曼所做的雪白的毛皮帽子——这一切都使得他必须去建立丰功伟业，去完成他所必须完成的大业。这一点把他和所有的一切人都隔开来——把他和在他面前做着笔直的立正姿势的士兵们，把他和那些没有他那样的经验和学识的军官们都隔开了。所以当他仪态端正地来回走着的时候，就感觉到自己孤单一人所负的重任。

"喂！"

一个年轻的格鲁吉亚勤务兵跑来，有两只同上校一样温润的黑溜溜的眼睛，表现着惶惶的不自然的逢迎脸色，跑到跟前挺直身子，行了个举手礼。

"有什么吩咐？"

"……把这个姑娘……这个希腊女人……弄来……"可是没说出口,只严厉地望着士兵说:

"晚饭怎么样?"

"正是。官长老爷们在等候呢。"

面目消瘦的士兵,退到旁边,笔直地挺着身子。上校庄严地从他跟前过去。运不来军粮——士兵们只领一撮玉米充饥,都挨着饿呢。他们目送他,对他敬礼,可是他却大模大样地把那戴白手套的手摆一下就算了。上校从黄昏里轻轻冒着蓝烟的营火旁边,从炮兵的拴马场旁边,从步兵掩护队的枪架旁边走过去,进到白色的长形帐篷里,里边光艳夺目地放着一张长桌子,桌上摆着酒瓶、碟子、酒杯、鱼子、干酪、水果。

同样年轻的军官们穿着同样整齐、美观的契尔克斯装。他们的谈话声急忙停下来。大家都站起米。

"请坐吧。"上校说罢,大家都坐下来。

当他在自己帐篷里躺下睡觉的时候,有点儿飘飘然。他把腿伸给勤务兵,让他替自己脱去明光发亮的漆皮靴,想着:

"没有机会把那希腊女人弄来……可是,没弄来倒也好……"

25

夜是这么庞大,竟然把群山和重岩都吞没了,把那白天伸在重岩前面,满是森林,可是现在什么也看不见的巨大的山峡都吞没了。

哨兵沿着胸墙来回走着——他也跟天鹅绒一样黑,同这黑天鹅绒般的夜里一切东西一样。他慢慢走了十来步,慢慢转过身来,又慢慢往回走。当他往这一端走的时候——机枪的轮廓朦胧地现出来。当他往另一端走的时候——觉得一直到险岩的紧边上,都是一片均匀的黑暗。这个望不见的垂直的险岩,使他有一种安全和自信感:就是蜥蜴也爬不过去的。

于是他又慢慢走了十来步，慢慢转回身来，又……

家里有一个小园子，有一小片玉米地。有尼娜和抱在她手里的小赛尔戈。当他出门时，赛尔戈用那黑梅似的眼睛，好久望着他。后来在母亲手里乱跳着，伸着胖胖的小手微笑着，吐着泡沫，好看的没牙的嘴微笑着。父亲把他抱到手里，他就把那可爱的唾沫弄到他脸上。这没牙的微笑，这些唾沫，在这黑暗里是不会消失的。

慢慢走十来步，朦胧地推测到机枪的位置，慢慢往回走，同样朦胧地推测到悬岩的边缘，然后……

布尔什维克对他并没做过坏事……他要从这块高地上射击他们呢。那条公路连蜥蜴也爬不过去……布尔什维克把沙皇打倒了，沙皇喝过格鲁吉亚人的血呢——好得很……听说在俄国把一切土地都交给农民了……他叹了一口气。他是被征调来的，只要有命令，他就要射击那些躲在岩后的人呢。

那逗人爱的没牙的微笑和唾沫，都浮到眼前。他心里热乎乎的，心也在微笑了，可是他那黑脸上，却表现着一片庄重的神色。

依然那样寂静，周围一片黑暗。大概天快亮了——这寂静显得更加浓重……头简直重得要命，慢慢垂下来了……马上就打起盹来。不均匀的弥漫的黑暗、群山，在夜间显得格外黑；孤星在齿状的山顶上闪烁着。

夜鸟远远地不像样儿地叫起来。为什么在格鲁吉亚没听到过这样的叫声呢？

一切都是沉重的，像黑漆漆的海洋一样，静静地慢慢向他浮来，漆黑的静静的海洋无法阻挡地向他浮来，他并不觉得奇怪。

"尼娜，是你吗？……赛尔戈呢？……"

他睁开眼睛，头垂到胸上摇摆着，靠着胸墙。从梦中醒来的这一瞬，融合在茫无边际的黑夜里，在他眼前浮动。

他把头摇了一下，一切都凝然不动了。他狐疑地环顾了一下：依然是那样凝然不动的黑暗，依然是那样隐约可辨的胸墙、岩边、机枪，以及那恍惚觉得到，可是看不见的山峡。鸟在远处叫着。在格鲁吉亚没听到过这样的叫声呢……

他往远处望了一下。依然是黑漆漆的齿状的山顶，苍白的已经变了位置的星辰，微微在山间闪烁。前面是静悄悄的黑暗的海洋，他晓得下边是繁茂的森林。他打着呵欠，想道："该起来走一走，不然又睡着了……"还没等想完，那静静的茫无边际的、难以克服的黑暗，从悬岩下边、从山峡里，即刻又浮来了，他心里闷得喘不过气来。

他问道：

"难道夜的黑暗会浮动吗？"

对他答道：

"会。"

不过这不是用话回答，而只是用牙床笑着回答他呢。

因为嘴是没牙的，软的，他怕起来，伸着手，可是尼娜却把孩子的头弄丢了。灰色的头在滚着（他发呆了），可是滚到岩边时就停住了……老婆少魂失魄地——啊哈！……可是并不是因为这少魂失魄，而是别有原因：在紧张的黎明前的朦胧里，无数灰色的人头，在岩边微微乱动着，大概是滚动吧……这些人头越伸越高了：露出脖子，伸出手，抬起肩膀了，于是一种带着铿铿的破铁的嗓音，好像从那张不开的牙关里冲出来似的，冲破了周围的麻木和沉寂：

"前进！……冲锋！"

难堪的野兽似的吼声，冲破了周围的一切。格鲁吉亚人开了一枪，自己也倒了下去，于是那吐着泡沫的只有牙床的微笑的小嘴，伸着两只小手，在母亲手中乱跳的婴孩，在这要命的刀割的奇痛里，忽然都消失了。

26

上校从帐篷里冲出来，向下边的码头扑去。周围的士兵们，在黎明里从石头上跳过去，从倒下的人身上跨过去逃命。后边到处是一片从来没有听见过的非人的吼声。马匹从拴马场上挣脱出去，摆着绳头，在惊慌中到处乱窜……

上校好像一个敏捷的顽童似的，从石头上、从灌木丛上跳过去，跑得快得连气都来不及换了。摆在他眼前的只有港湾……轮船……救星……

他使尽最快的速度飞奔着，用同样的速度，不，不是通过脑子，而是通过全身飞奔着：

"……只要……只要……别杀……只要饶了命……我什么都替他们干……给他们放牲口……养鸡……洗便盆……挖地……打扫粪坑……只要给一条命……只要别杀头……上帝啊！……命啊——命……"

接连不断的震天动地的脚步声，从后边，从两旁，可怕地逼近了。更可怕的是那快要消失的夜里，充满了疯狂地从后边滚来的、粗野的、非人的吼声：啊——啊——啊！……以及难听的、哑嗓子的、喘吁吁的恶骂。

到处都听见一片咔嚓……咔嚓！……他晓得：这是用枪托击碎脑壳呢。这就更加证实了这吼声的可怕。少魂失魄的哀求声，到处响起来，刹那间又沉寂了。他晓得：这是在用刺刀干呢。

他石头一般地咬着牙飞奔，呼出的火热的气息，好像蒸气一样，从鼻孔里喷出来。

"只要一条命……只要饶了我……我没有故乡，也没有母亲……我不要荣誉，也不要爱情……只要能逃一条命……这些将来都还会有的……可是目前只要命、命、命……"

好像一切力气都用尽了，可是他硬着脖子，缩着头，握着拳，跑得快得迎面都生出风来，疯狂地跑着的士兵们都落后了，他们那要命的喊声，好像给跑着的上校添了翅膀一样。

咔嚓！……咔嚓！……

碧蓝的港湾快到了……轮船……啊，救星啊！……

他跑到跳板跟前，忽然停住了：轮船上、跳板上、海岸上、防波堤上，到处都干着那同样的事：咔嚓！……咔嚓！……

他吃惊起来：这里也是一片不断的惊天动地的吼声，到处都是一片咔嚓！……咔嚓声！……到处都是忽起忽落的要命的喊叫。

刹那间，他转过身来，用更快的速度，敏捷地离开码头。

防波堤那边无边无际的碧海，最后一次在他眼里闪了一下蓝光……

"……命……命……命呀！……"

他从一所白屋跟前飞跑着，白屋黑漆的哑口无言的窗子，无情地望着。他向城边跑去，向那通到格鲁吉亚的、平安的、白色公路跑去。不是往那泱泱大国的格鲁吉亚，不是往世界文化苗床的格鲁吉亚，不是往他在那里得过上校军衔的格鲁吉亚，而是往那通到可爱的、唯一的故乡格鲁吉亚的公路跑去。那儿春天的花木是多么娇艳、芬芳；那儿油油绿绿的山林后边，闪着晶莹的白雪；那儿夏季很热；那儿有梯弗里斯，有沃龙左夫，有浪花飞溅的库拉河；那儿是他幼年游戏的地方啊……

"命……命……命呀！"

房屋被葡萄园遮住了，稀少起来，吼声，可怕的吼声和零落的枪声，都远远地留在身后，留在下面的海边了。

"可得救了！"

就在这个当儿，条条街道都充满了震天动地的沉重的马蹄声。骑兵骑着飞快的马，从转角里飞奔出来，那同样讨厌得要命的吼声，随着他们滚来：杀杀——啊——啊……窄窄的、明晃晃的马刀，闪闪发光。

曾经当过格鲁吉亚上校的、从前的侯爵梅罕拉芝，突然间转回头来就跑了。

"……救命——啊!"

于是屏住气,从街上往市中心飞奔而去。到栅栏门上撞了两下——栅栏门和大门,都死死地插起铁闩紧闭着,连一点儿活路也没有:那里对于街上所发生的事情,万分冷淡。

那时他明白了:唯一的救星是那个希腊女人。她长着一双又黑又亮的怜悯的眼睛,在等他呢。她是世界上唯一的人……他要娶她,给她庄园、金钱,要吻她的衣边……

脑袋好像爆炸似的,成了碎片飞散了。

事实上并非成了碎片,而是那闪光的马刀,斜着砍下去,将脑袋一劈两半,脑浆迸出来了。

27

天气火一样热起来。看不见的死沉沉的雾,浓重地密布在城市的天空。街道、广场、海岸、防波堤、院子、公路,都堆满了尸体。一堆堆的各种姿势的尸体,一下不动地横陈着。有些可怕地歪着头,有些脖子上没有头。脑浆好像肉冻子一样,在马路上微微颤动。凝结了的黑血,好像在屠场上似的,沿着房屋和石围墙流着,流到大门楼下边。

轮船上、船舱里、底舱里、甲板上、货舱底、锅炉房里、机器间里,到处都是那些瘦面庞、黑髭胡的人。

有些一下不动地搭在岸边的栏杆上,当你往那碧蓝的透明的水中一看,就望见油绿的有黏膜的石头上,静静躺着一堆堆死尸,上边是凝然不动的灰色的鱼群。

只有从市中心传来频频的枪声和机枪的急促的嗒嗒声:这是一连格鲁吉亚兵,占据着教堂周围,准备英勇死战呢。可是连这些也都寂然无声了。

死的都横陈着，活的却充满了城市、街道、院落、房屋、海岸。城边的公路上，山坡上和山峡里，统统都是车辆、人和马匹。到处一片忙碌、叫嚣、嬉笑、喧哗。

郭如鹤通过了这场生死的搏斗来到这里。

"胜利了，同志们，胜利了！"

于是仿佛没有死人，也没有流血似的——风暴般的狂喜在滚动着：

"乌啦——啦——啦！"

远远的蓝山上起了回声，又远远地在轮船那边，在港口那边，在防波堤那边，在湿润的碧海上消失了。

可是在市场上、小铺里、大商店里，都已经在提心吊胆地干起来：打破箱匣，把整匹的呢绒撕开；从货架上把衬衣、毯子、领带、眼镜、裙子都取出来。

来得最多的是水兵们——他们说来就来了。遍地都是穿着白海军服、宽脚裤的粗壮的身体，戴着圆帽子，飘带随风飘展，大声地乱喊道：

"快划呀！"

"靠岸呀！"

"下手吧！"

"把这货架里的东西扒出来！"

他们干得迅速、敏捷而有组织。有的头上戴着豪华的女帽，脸上蒙着面纱，有的打着绸花边的伞。

战士们穿着破烂不堪的衣服，乌黑的光脚都发裂了。他们也在忙着搞，都在替女人和孩子挑花布、麻布、帆布。

一个人从纸匣里取出一件上浆粉的衬衫，把袖子抖开，就哈哈大笑起来：

"弟兄们，瞧吧：衬衫啊！……给你妈的一个耳光……"

好像戴马套包似的，把头从领子里伸出去。

"为什么这家伙连弯都不打？像树皮一样硬。"

于是他把身子弯了一下，又挺直起来，对着自己的胸脯一看，莫名其妙。

"的确不打弯！好像弹簧一样。"

"你这傻瓜！这是浆粉浆过的啊。"

"什么？"

"这是那些老爷们想叫自己的胸脯挺起来，所以用马铃薯粉浆了的。"

一个高个子的瘦骨嶙峋的人——破衣服里露着乌黑的身体——拉出一件燕尾服。翻来覆去地仔细看了好久，毅然决然地脱下破衣服，赤裸裸的好像猩猩一般的长手，伸到袖子里，可是袖子只到肘子上。他就直截了当地穿到光身上，把肚子上的纽子扣好，可是下边却是一个开衩。他哼着说：

"再来一条裤子才好呢。"

他又去找起来，可是裤子都叫人拿光了。他到衬衣部里去，把纸匣取出来——里边都是些千奇百怪的东西。抖开打量一下，又哼着说：

"真怪！裤子不像裤子，这样薄。费得，这是什么东西？"

可是费得顾不着瞧——他在替女人和孩子找花布呢——他们都是赤身露体啊。

他又打量一下，就突然哭丧着脸，毅然决然地把它穿到满是青筋的、被太阳晒黑了的肮脏的长腿上。他穿上这件东西，那些花边都在膝盖上飘动。

费得一看见就大笑起来：

"弟兄们，都瞧吧！奥巴纳斯！……"

整个商店都被大笑声震动了：

"这是女人的裤子啊！……"

可是奥巴纳斯哭丧着脸：

"怎么呢，女人不是人吗？"

"你怎么走路呢——开着衩，什么都泄露了，并且薄得很。"

"可是裤裆倒不小！"

奥巴纳斯垂头丧气地看了一下。

"实在话。那些人真蠢，用这样薄的东西来做裤子，真是白糟蹋料子。"

他把纸匣里的东西都拿出来，不作声地一条条地都穿上——穿了六条。膝盖上的花边飘荡着，好像壮丽的波浪一样。

水兵们仔细听了一下，就突然疯狂地从门里、窗子里扑出去。窗外是叫嚣声、谩骂声、马蹄声、鞭子在人身上的抽打声。士兵们向窗子扑去。水兵们唯恐把抢来的东西丢了，就拼命从广场上跑开了。骑兵们用马刺刺着马，狠狠地打着他们，把衣服都抽破了。鞭子抽到脸上，都抽流血了。

水兵们恶狠狠地向四处张望，把装得满满的背囊扔掉——忍不住了——都四飞五散了。

28

鼓声惊慌地、急促地敲起来。号兵在吹着号。

二十分钟后，战士们都带着严肃的面庞，在广场上站起队来。这种严肃的神情和他们的衣服是不相称的。有的还是穿着从前汗污的破衣服，有的穿着浆粉的新衬衫，不扣纽扣，束着一根绳子——胸脯上像硬纸匣似的鼓起来。有的穿着女人的睡衣或束胸的衬衣，乌黑的手和脖子，千奇百怪地从里边伸出来。第三连右边是一个高个子，愁眉不展，瘦骨嶙峋，光身上穿着黑燕尾服，衣袖只到肘子上，光膝盖上是白花花的花边。

郭如鹤来到跟前，铁一般地咬着牙关，一对灰眼睛，闪着锐利的光芒。跟在他后边的指挥员，戴着漂亮的格鲁吉亚军官的毛皮帽子，穿着红色的契尔克斯装，佩着暗银色的短剑。

郭如鹤站了一会儿，钢一般的小眼睛的锐利光芒，照旧扫射着行列。

"同志们！"

这嗓音仍旧是那上锈的破铁声，和昨夜的"前进……冲锋……"的嗓音是一样的。

"同志们！咱们是革命军，咱们为了咱们的孩子、老婆，为了咱们的老父、老母，为了革命，为了咱们的土地而战斗。可是谁给咱们土地呢？"

他把话停住，等待回答，知道不会有回答的：都在站着队呢。

"谁给的？苏维埃政权。可是你们干了什么呢？你们成了土匪了——抢人去了。"

这样一片紧张的沉寂，眼看就要爆炸了。可是锈铁又破裂似的响起来：

"我是本队指挥员，我下令每个人挨二十五军棍，谁就是取人一根断线也得挨。"

大家都目不转睛地凝神地望着他：他穿着破衣服，裤子都成了布片挂在身上；肮脏的草帽，像煎饼似的下垂着。

"谁要是抢过一点儿东西的，向前三步走！"

窘迫的沉寂，一秒钟过去了——没有一个人动……

突然地上响起了沉重、整齐的声音：一！二！三！……只有少数浑身褴褛的人，站在原地方。新的行列里，密密地站着穿着五光十色的人们。

"在城里拿的东西都归到一块儿，分给你们的孩子和女人，谁拿了什么，都放到地上。统统在内！"

整个前排的一行，都乱动起来，把成块的花布、麻布、帆布，都放在自己面前。另一些人脱下浆粉的衬衣，女人们的小衫、内衣，都在地上放成一堆，露着太阳晒得黑红的光身子，站着。右边那个人，也脱了燕尾服和女人的三角裤，瘦骨嶙峋地光着身子，站在那儿。

马车来到跟前。从马车里把树条取下来。

郭如鹤走到行列的一边。

"卧倒！"

一个人四肢着地趴下去，后来拙笨地趴下，把脸放到女人的三角裤上，太阳晒着他的光屁股。

郭如鹤锈铁般地喊起来：

"都卧倒！"

于是大家都趴下去，把屁股和脊背对着灼热的太阳。

郭如鹤望了一眼，他的脸好像石头似的。难道不是这些喧嚣、狂暴的乌合之徒，选他做指挥员吗？难道不是他们对他喊过"出卖了……把我们骗了"吗？难道不是他们百般刁难过他吗？难道不是他们想用刺刀杀过他吗？

可是现在却都顺从地光着身子趴着。

于是那威力就像波浪似的涌上心头，这股劲就像当年使他升到军官的那种虚荣心一样，涌上心头。可是这是另一种波浪，另一种荣誉心——他要把这些顺从地趴下等着挨打的人救出来。这些人都顺从地趴着，可是如果他要吞吞吐吐地说一句"弟兄们，大家都回到哥萨克和沙皇军官那里吧"，那么，马上他们就会举起刺刀把他结果了呢。

于是郭如鹤的锈铁似的嗓音，又在趴着的人的上空响起来：

"穿上衣服！"

大家都站起来，穿起那浆粉的衬衣、女人的小衫；右边的那个人，又把燕尾服披在身上，穿上了六条女人的三角裤。

郭如鹤做了一个手势，两个战士满心欢喜地把那没有动过的树条收去，重放回马车上。后来马车顺着行列走过去，都高高兴兴地把成块的花布、麻布、缎子，扔到马车上。

29

通红的营火，在天鹅绒般的黑暗的汪洋里摆动着，照射着那些好像用硬纸剪成的扁平的面孔、人体、马车角、马嘴。整个的夜都充满了喧嚣。说话声，叫喊，笑声；远远近近的歌声忽起忽落；三弦琴在响着；手风琴都争先恐后地拉起来。营火……

夜还充满着那些谁都不愿意去想的东西。

城市的上空，被电灯的光辉映成了微蓝色。

噼啪响着的营火的红光，照着一副老面孔。这是熟识的面孔。唉，你好吧，老妈妈！老太婆郭必诺！老头儿不作声地躺在旁边的皮袄上。战士们围着营火坐着，他们的面孔都映得通红——都是同村人啊。火上吊着锅，可是锅里几乎尽是水。

郭必诺老太婆说：

"上帝啊，圣母啊，这怎么一回事呢？走、走、走，可是什么也没有，死了也没有东西吃。连一点儿吃的都不给——这算什么指挥员呢？算什么指挥员……安迦不在。老头子不作声。"

顺着大路是一长串凌乱的营火的锁链。

营火后边，仰天躺着一个战士（都望不见他），头枕着手，望着乌黑的天空，他也看不见星星。他不是在想心事，便是在发愁。躺着、向后弯着胳膊、想着自己的心事。他的声音好像自己的思潮一样在荡漾——青春的、温柔的、沉思的声音：

　　　　……带上自己的爱人吧……

白开水像清泉一样，在锅里咕嘟嘟地乱响。

"这怎么一回事……"老太婆郭必诺说，"把我们带到这里来送命。

光用水来胀肚子，就是滚透了也还是水。"

"喔！……"一个战士说着，他穿着崭新的英国皮鞋和新的马裤。他把两腿向营火伸去，皮鞋和马裤都映得通红。

手风琴在邻近的营火旁边，调皮地拉起来。一堆堆营火，好像锁链一样，断断续续地伸开去。

"安迦也不在……小夜叉！她在哪呢？对她怎么办呢？你这老头子，你揪住她头发给她一顿也好。你怎么像木头一样不作声呢？……"

　　……请把我的烟斗给我吧，可爱的……

那个战士继续唱着，翻了一个身，肚子向下，手支着下巴，映得通红的面孔，望着营火。

手风琴悠扬地拉着。在红光照着的微颤的黑暗里，在远远近近的营火旁边，都是一片欢笑、说话声和歌声。

"他们也都是人，每个人也都有母亲……"

他用年轻的声音，自言自语地说了这句话，就突然沉寂起来。手风琴声、说话声、笑声都消失了。大家都感觉到从岩边飘来一股浓重的腐臭气——他们死在那里的人特别多呢。

一位上年纪的战士站起来，想看看那说话的人……他往火上吐了一口，唾沫在火里嘶嘶发响。这沉寂在突然感觉到的黑暗里，本来会好久地继续下去呢，可是突然被一阵吵闹声、说话声、谩骂声冲破了。

"怎么一回事？"

"什么事？"

所有的人都把头往一个方向转过去。从那里的黑暗中传来：

"走、走，混蛋东西！……"

一群战士愤愤不平地走到火光照着的圆圈里，火光闪烁不定，怪模怪样，忽而把那红面孔的一部分，忽而把举起的手、刺刀，从黑暗里照出来。中间是一个使人大吃一惊的格鲁吉亚人，他穿着紧身的契尔克斯装，很年轻，几乎还是孩子呢，金肩章在肩上闪闪发光。

他好像困兽一样，用少女般的美丽的大眼睛，向周围张望着，血滴在他睫毛上好像红泪珠一样颤动。他真像就要喊一声"妈妈……"似的。可是他什么也没说，只是在张望。

"他躲在树丛里呢，"那位激动的战士怎么也镇静不下来，他说，"是这样捉到的：我到树丛跟前大便去了，咱们的人还都喊着：'狗崽子，到远处去一点儿。'我就一直跑到树丛里蹲着——这黑漆漆的东西是什么呢？我想着是石头，用手一摸，就是他。哦，我就用枪托打他一下。"

"把他干掉吧，他妈的！……"一个小战士端着上了刺刀的枪，跑过来。

"等一等……等一下……"周围乱吵着，"应当报告指挥员。"

格鲁吉亚人哀求说：

"我是被征兵征来的……我是被征兵征来的，我不能……人家打发我来的……我有母亲……"

睫毛上挂着新的血红的泪珠，从打破的头上往下滚。战士们把手放到枪口上站着，愁眉不展地望着。

对面一个人，肚子朝下趴着，火光照着他，不断望着火，说：

"年轻轻的……看来还不到十六岁……"

话声一下子爆发起来：

"你是什么人？是大人老爷吗？……咱同反革命拼命，可是格鲁吉亚人干吗来瞎捣乱呢？请他们来的吗？咱同哥萨克拼死活，第三者就别来胡缠吧。谁要把鼻子伸过来，就把他的头拔下来呢。"

各处都听到一片气愤激昂的声音。围在其他营火旁边的人，也都过来了。

"那是什么人？"

"就是他，就是在那儿躺着的毛孩子……嘴唇上的乳臭还没干呢。"

"他妈的！"

战士粗野地骂了一声，把锅取下来。指挥员来到跟前。对那小伙子瞟了一眼，转身就走了。他不让格鲁吉亚人听见，就这样抢了一句：

"把他报销了！"

"走吧。"两个战士怀着格外严肃的神情说着，看也不看格鲁吉亚人，背上枪。

"把我往哪带呢？"

三个人走了，从黑暗里送来同样格外严肃的一声：

"到司令部去……去审问……你将在那儿过夜……"

过了一分钟，枪声响了。这枪声好久地滚动着，遍山响着，最后消失了……可是静下来的滚着的枪声，依旧充满了黑夜。两个人回来了，不作声地坐到火跟前，什么人也不看……不过，那一响不灭的最后的枪声，依旧充满了黑夜。

仿佛大家都想把这不灭的回声消灭一样，于是都热闹地谈起来，而且声音比平常还高。手风琴拉起来，三弦琴也弹起来了。

"当我们从树林里钻出去，走到石岩跟前，就知道糟了：真是前进不能，后退不得。天一亮，人家就会用枪把我们都打死呢……"

"真是上不去，下不来。"一个人笑起来。

"这时就想着：狗崽子假装睡着了，马上就要扫射起来的。如果在上面的岩边上派上十个射手——咱这两团人就会像苍蝇似的，一下子就被扫光了。啊，咱们就这样一个人踏着一个人的肩和头，就这样人叠人地上去了……"

"可是咱们的头目当时在哪呢？"

"连头目也跟咱们一起爬的。等到爬上去的时候，还有两丈来高，简直像墙一样：无论怎样上也上不去，下也下不来——大家连气也不敢出了。头目把一个人的刺刀抽出来，插到岩缝里，爬上去了。于是大家都跟着他，把刺刀插到岩缝里，就这样爬到岩顶上。"

"可是，咱们这里整整一排人，都在海里呛着。好像兔子一样，在石头尖上跳着。一片漆黑。他们跌倒了，一个个落到水里淹死了。"

可是，不管谈得怎样兴奋，也不管营火烧得怎样旺，每个人愿意忘记的那东西，仍旧紧张地充满了黑暗，一股腐臭气，仍旧一阵阵向这里飘来。

老太婆郭必诺说：

"那是什么？"她指着说。

都往那边看。在望不见的重岩那边，冒着烟的火把在黑暗里闪烁，有人弯着腰在走动。

一个熟识的年轻的声音，在黑暗中说：

"这是咱们的人和当地居民在收尸。整整搞了一天了。"大家都不作声了。

30

又是太阳。海面闪闪发光，远山露出烟蓝色的轮廓。这一切都渐渐留到下边——公路蜿蜒着越盘越高了。

小城远远地在下边闪着白色，显得越来越小，渐渐消失了。防波堤就像用铅笔画的一条细线似的，笔直地把碧蓝的海湾勾绘出来。留下来的格鲁吉亚轮船，发着黑色。不能把这些随身带走——真可惜得很。

不过，就是没有这些，得到的各种东西也不少了。运着六千发炮弹，三十万发子弹。精壮的格鲁吉亚马匹，套着油黑的绳索，拉着十六门格鲁吉亚大炮。格鲁吉亚马车上，载着各种各样的军用品——野战电话、帐篷、铁蒺藜、药品；救护车在走着——都是满载而去。只缺粮食和马料。

马饿得摇着头，忍着饿走着。战士们紧紧勒着肚子，可是都很高兴——每人腰里都带着二三百发子弹，在飞扬的灼热的白色尘雾里，精神百倍地前进。跟着行军跟惯了的、时时不离的苍蝇，成群地飞舞。在灿烂的阳光里，大家都和着步调唱起来：

> 酒楼的——女主——人哟——酒少，
> 啤酒也少，蜜也少……

大小马车、两轮车、轿车，都无穷无尽地吱吱作响。瘦弱的孩子的小脑袋，在红枕头中间晃来晃去。

徒步的人仍旧戴着鸭舌帽、荷叶边的破草帽和毡帽，拄着棍子，女人穿着破裙子，光着脚，抄着盘山公路中间的捷径走着。可是已经没有一个人再用树条赶牲口了——没有牛，没有猪，也没有家禽，就连狗也饿得不知下落了。

无穷无尽的蜿蜒的长蛇，转动着无数的环节，从深沟、悬岩、山峡旁边走着，往荒凉的石岩上爬着，向山口爬去，他们要翻过山头，重新下到那有粮食和马料、有自己人在等着的草原上去呢。

> 抛开了不幸和悲哀，
> 将要饮酒而行乐……
> 骑士啊，勇敢些吧！骑士……

在城里弄到一些新唱片。

高不可攀的山顶，耸入蔚蓝的天空。

小城隐没在下面一片苍茫里。海岸也消失了。海洋好像一堵碧蓝的墙壁出现在那儿，公路逐渐被树顶遮住。暑热、灰尘、苍蝇，路旁是冲积的碎石和森林，荒芜的森林，野兽的巢穴。

傍晚时候，不断吱吱响着的马车上传来一片叫喊声：

"妈妈……吃……给吃的……吃！……"

骨瘦如柴的母亲们，脸黑得像鸟嘴一般，伸着脖子，用红肿的眼睛，望着那越盘越高的公路，跟着马车，匆忙移动着光脚。她们没有什么话可以回答孩子们。

越上越高了，森林稀疏起来，终于都留到下面了。荒凉的石岩、山峡、岩缝、崩塌的巨石，都向一块合拢了。每一种声音，马蹄声、轮转声，都引起各处的回音，怪声怪气地响起来，把人声都遮住了。常常得绕过倒下的马匹走。

突然间，一下子凉爽起来。风从山顶上吹来，一切都变灰了。一下子就变成夜间了。倾盆大雨从变黑了的天空里，倾泻下来。这不是雨，而是乱响的、叫人站不住脚的倾泻下来的水，是狂暴的、充满了旋卷的、黑暗的水旋风，从四面八方倾泻下来。水顺着褴褛的衣服，顺着粘在一起的头发流下来。都迷了方向，失了联络。人、车、马，都隔开了，仿佛这些中间隔着汹涌澎湃的空间一样，看不见，也不知道周围都是些什么，都是谁。

有人被冲走了……有人在喊着……可是这时候会有人声吗？……水在咆哮，是风吗？是漆黑的怒吼的天空吗？或者是山崩了吗？……也许全部辎重、马匹、车辆，都被冲走了……

"帮帮忙吧！"

"救——命——吧！……世界的末日！……"

他们自以为是在叫喊，而事实上不过是在发呛，轻轻地掀动着苍白的嘴唇罢了。

被洪水冲走的马，把车辆和孩子都拉着滚到沟里去，可是人在空空的地方走了好久，还以为是跟着马车走呢。

孩子们都钻到湿透了的枕头和衣服下边：

"妈妈！……妈妈！……爸爸！……"

他们以为自己是在拼命叫喊，可是事实上，这不过是汹涌的水在咆哮，看不见的石头从看不见的石岩上滚下来，风在用那活人似的声音吼着，仿佛一桶桶水不断倒下来一样。

疯人院里发号施令的人，突然把巨幕拉开了。于是在幕开前，在这无边黑夜里的一切，都在剧烈的难忍的蓝色的战栗中发抖。起伏的远山、齿状的悬岩、崩塌的岩边、马耳，都在刺目的蔚蓝里战栗。在这疯狂的战栗中，更可怕的是那些在战栗中凝然不动的一切：空中倾泻的水柱，泡沫飞溅的洪流，抬起要走的马腿，人刚迈了半步的腿，都凝然不动；说了半句话的乌黑的人嘴，湿枕头上的孩子们的苍白小手，都凝然不动。一切都在这死寂的惊厥的战栗中，凝然不动。

这种致命的蔚蓝的战栗继续了一整夜，可是当这天幕，用同样突如其来的速度闭上时，才觉得不过只一刹那罢了。

庞大的夜，把一切都吞没了，马上山崩地裂，把这"妖精成亲"[1]盖了起来，从地心里发出霹雳似的一声。庞大的夜，容不下这巨大的声音，于是就崩成圆圆的碎块，再继续分裂着，向四面八方滚去，越响越高，充满了望不见的山峡、森林、山谷——人都震聋了，孩子们死死地躺着。

辎重、部队、大炮、弹药箱、难民、两轮车，在这倾泻的急流里，在青蓝色的闪电里，在这不断响着的雷声里，全都停止了——再没力气了。一切都停止了，都听天由命地把一切交给狂风暴雨、闪电雷鸣去摆布吧。流水比马膝还深。这狂暴的夜，简直是无穷无尽、无边无际啊。

第二天早晨，又是晴朗的太阳；天空亮晶晶的好像洗过一样；蔚蓝的山，都显得轻飘飘的。只有人是乌黑、枯瘦、眼睛凹陷。他们鼓着最后的力气，帮助马拉着。马头都瘦成干骨头了，肋骨历历可数地突起着，毛被冲洗得一干二净。

---

[1] "妖精成亲"是乌克兰俗语，如雷雨之前，突然间天昏地暗，电闪飞舞，这叫作"妖女在行结婚礼"，也指一般的阴晦和湿雨。

向郭如鹤报告道：

"郭如鹤同志，三辆大马车连人带马完全冲到沟里了。山上滚下来的石头，把一辆两轮车砸碎了。两个人被闪电打死了。第三连两个人失踪了。死了几十匹马，公路上倒的都是。"

郭如鹤望着冲洗得一干二净的公路，望着那严峻的重重叠叠的石岩，说：

"不宿营，继续前进，兼程并进！"

"马受不住了，郭如鹤同志。草料一点儿也没有。在森林里走的时候还可以喂树叶，可是现在全是光石头。"

郭如鹤沉默了一下。

"继续前进！要是咱们一停止，所有的马匹都会丢掉呢。写命令吧。"

多么好，多么清新的山间空气啊，他们能够呼吸一下多好呢。千千万万的人群，却顾不得去呼吸空气，都不作声地望着自己脚下，跟着马车，跟着大炮，在路边走着。骑兵下了马，拉着背后的马缰绳走着。

周围尽是重重叠叠的荒凉不毛的石岩。窄窄的山缝，显得黑漆漆的。无底的深谷在期待着死亡的人。雾在荒凉的山峡里浮动。

乌黑的石岩、山缝、山峡，都充满了不断响着的马车声、轮转声、马蹄声、轰隆声、铁的叮当声。从各处传来的千万次回声，汇成连绵不断的怪声怪气的怒吼。都默默走着，可是，如果谁要拼命大叫一声，人声反正是无影无踪地沉没到连绵数十俄里的喧嚣的行动里。

孩子们不哭，也不要面包了，只有苍白的小脑袋，在枕头中间摇晃着。母亲们不去哄孩子，不去照料孩子，也不喂孩子吃奶了，只疯狂地望着蜿蜒的、无穷尽地伸入云端的公路。公路上是汹涌的人流。她们跟着马车走着。她们的眼睛都是干巴巴的。

马一停的时候，那不能抑制的非常的恐怖，便燃烧起来。大家都像野兽一般疯狂地抓住车轮，用肩顶着，怒气冲冲地用鞭子抽着马，用非人的声音喊着，可是他们这一切紧张、挣扎，都安然而从容地被那千万次发着回声的、千万次翻来覆去的、永无休止的轮转声吞没了。

马走了一两步，站不住了，倒下去，把车杆也压断了，已经抬不起来了。马伸直腿，露出牙来，这活生生的一天，在紫色的眼里消失了。

都把孩子们抱下车。大一点儿的，母亲疯狂地打着叫他们赶路；小的抱到手中，或背在背上。可是如果孩子多的话……如果多的话——就把最小的一个或两个留在扔掉的马车上走了，两只干巴巴的眼睛，连回头看一眼都不看就走了。后边的人，也连看都不看，慢慢走着。前进的马车，绕过甩掉的马车，活马绕过死马，活孩子绕过留下的活孩子走着。无数的马车的吱吱声，千万遍地发着喧闹的回响，若无其事地吞没了这惨景。

抱着孩子，走了好多俄里路的母亲，蹒跚起来，两腿发软了。公路、马车、石岩都在浮动着。

"不……我不走了。"

就在路边的碎石堆上坐下来，望着、摇着自己的孩子，无穷无尽的马车，从她跟前过去。

孩子发干的、发黑的小嘴张着，淡青色的眼睛，死死地望着。

她绝望地说：

"没有奶了，我的心肝，我的亲人，我的小花朵……"

她疯狂地亲着自己的孩子，自己的命根子，自己最后的欢欣。可是眼睛却干巴巴的。

发黑的小嘴，一下也不动；乳色薄膜的眼睛，一下不动地望着。她把这可爱的，无可奈何地冷下去的小嘴，紧贴在胸口上。

"我的孩子，我的亲爱的，你再不受罪了，再不受着罪等死了。"

手里抱着渐渐冷了的小小的身体。

挖开碎石堆，把自己的小宝贝放到坑里，把贴身戴的十字架，连那用汗浸透了的细绳，从脖子上卸下来，从沉甸甸的冰冷的小脑袋上套到脖子上，埋起来，祈祷着、无休止地祈祷着。

人群连看都不看就从旁边走着、走着。马车在川流不息地行动着。千万人的声音，反映着千万种饥荒的吱吱声，在这饥荒的石岩中间，轰轰响着。

骑兵下了马，在很远的前边，在先头部队里，拉着马缰绳走着。用力拉着在背后勉强走动的马。马耳朵都好像狗耳朵一样垂下来。

热起来了。大群苍蝇，在雷雨交加时，一个也不见了——都静悄悄地贴到车杆下面——现在却黑云一般飞舞起来。

"喂，小伙子们！为什么你们都像偷吃了肉的猫一样，耷拉着尾巴呢？唱一曲吧！……"

没一个人搭腔。都仍旧牵着马，疲惫地慢慢走着。

"唉哈，你妈妈的！把留声机上起来，让它来一曲也好……"

自己伸手到装唱片的袋子里，随手掏出一张来，按字母辨认着：

"布……布布……布……衣……布衣……木木，比木，布布……奥——比木——勃木……这是什么怪玩意？……可可……尔尔尔……可尔……奥……恩……可乐翁……原是唱哈哈大笑的小丑啊……好极了！唔，唱一回吧。"

他把绑在马鞍上的留声机上紧，放上片子，放起来。

突然间，他脸上现出了由衷的惊愕，后来眼睛都皱成了一条缝，嘴都咧到耳朵上了，牙齿闪着光，发出一阵诱惑人的传染性的大笑。惊愕的大笑，代替了留声机喇叭筒里的歌声，轰轰响起来：两个人哈哈大笑起来，有时这个人笑，有时那个人笑，有时两个人对笑。用出人意料的非常尖细的声音大笑着——好像胳肢小孩子似的笑着。有时使着牛劲笑着——周围人都哈哈大笑起来；都大笑着，喘着气，挥着手；好像得神经病打滚的女人一样大笑着；疯狂得把肚子都要笑破了；笑得好像止都止不住了。

周围走着的骑兵们，望着奇怪的、像发疯一样用各种调子哈哈大笑的喇叭筒，也都微笑起来。笑声在行列里传开了。后来他们忍不住了，自己也仿着喇叭里大笑的声调笑起来，笑声越来越大，在行列里流传着，越传越远了。

笑声传到慢慢走的步兵跟前，那里也笑起来。他们自己也不知道笑什么——这儿听不见留声机。这是被前边的哈哈大笑声引起来的。连这大笑声也制止不住地滚到后边去了。

"为什么他们都哈哈大笑呢？中邪了吗？……"于是自己也都摇着头，挥着手，哈哈大笑起来。

"他的爹老子的尾巴捅到鼻孔里了……"

全体步兵边走边哈哈大笑，辎重队哈哈大笑，难民哈哈大笑，母亲们含着眼泪，疯狂地恐怖地哈哈大笑着。在那荒凉的石岩中间，穿过那不停的饥荒的车轮的吱吱声，连绵十五俄里长的人群，都哈哈大笑着。

这哈哈大笑声传到郭如鹤跟前时，他脸色苍白了，发黄了，黄得像短皮衣的熟皮子一般。这是他在行军期间第一次脸色苍白了。

"怎么一回事？"

副官忍着引起自己发笑的笑声说：

"谁知道他们是怎么一回事！大概是发疯了。我现在去了解一下。"

郭如鹤从他手里把马鞭和缰绳夺过来，拙笨地跨上马，拼命抽着马肚子。瘦马垂着耳朵，慢慢走着，可是鞭子把马皮都抽破了。马勉强跑着，周围滚着哈哈大笑声。

郭如鹤觉得自己的双颊都在跳动，他咬着牙。最后，他到了哈哈大笑着的先头部队跟前。狠狠地骂了一顿，用鞭子抽着留声机。

"都别作声！"

抽坏了的留声机片，吱咛一声不响了。这沉寂消灭着笑声，传到行列里。于是那疯狂的无边无际的反映着千万种的吱吱声、噼啪声、轰轰隆隆的回声，都又响起来。荒凉的山峡的乌黑的齿状石岩，都从旁边向后退去了。

一个人说道：

"山口啊！"

公路打了一个弯，就盘着绕下去了。

31

"他们几个人？"

"五个人。"

森林、天空、远山，在荒凉和酷热中出现了。

"在一起吗？"

"在一起……"

一个当骑兵侦察员的库班人，满脸大汗，话还没说完，突然被马一顿，他就溜到马鬃跟前。马肚子上满是大汗，拼命驱着苍蝇、摆着头，想尽力把缰绳从他手里挣开来。

郭如鹤同赶车的和副官坐在马车上——他们暗红的脸，像刚从澡堂里出来，像煮过一样。周围没有人。

"离公路很远吗？"

库班人用马鞭向左一指：

"大约十俄里或十五俄里，在小树林那边。"

"从公路上到那里去有拐弯路吗？"

"有。"

"没见到哥萨克吗？"

"没有。咱们人往前边走了二十多俄里，连哥萨克影子都没有。田庄上的人说哥萨克在三十俄里以外的河那边，在那里挖战壕呢。"

郭如鹤的黄脸突然镇定下来，脸上的筋肉在抽动，仿佛他的脸像煮过的肉一般，从来还不曾有过这样呢。

"截住先头部队，叫从拐弯路上走，让各团、一切难民、辎重，都从他们跟前过!"

库班人在马鞍上微微欠着身子，别让他认为这是以下犯上的举动，谨慎小心地说：

"弯子绕得太大……人会死的……天气热……都没有吃东西。"

郭如鹤的小眼睛，盯着暑气蒸腾的发颤的远际，眼睛变成了灰色。三天三夜了……面孔都凹下去了，眼睛露着饥饿的神色。三天三夜没吃东西了。山落到后边了。可是应当拼着全力走出这荒凉的山脚，走到大村镇上，叫人吃吃饭，喂喂马。应当赶快走，不让哥萨克在前边构筑阵地。连一分钟也不能放过，一定要从这十俄里、十五俄里的弯路上走。

他对那饿得精瘦，晒得发黑的库班青年的脸望了一眼。眼睛发着钢一般的光芒，话好像从牙缝里挤出来一样，说：

"叫部队折到拐弯的路上走，叫从跟前过!"

"是!"

他把头上的汗湿的羔皮圆帽子戴好，对那没有一点儿过失的马，抽了一鞭，马一下子就高兴起来，仿佛没有难忍的暑热，没有大群的牛虻和苍蝇似的，跳跃着转过头来，快快活活地往公路上跑去了。可是公路没有了，只有无穷无尽的灰白色尘雾的旋涡，这旋涡升得比树梢还高，一眼望不到边地在后边的山里消失了。在这旋卷的尘雾里，觉得有千千万万的饥饿的人在行进。

郭如鹤的车子走动起来，车晒得连木质的部分都烫手，不能忍受的暑热以及那叮当声，都跟着旋卷。机枪手在灼热的座位后边瞭望着。

库班人骑着马，在那什么都看不见的、令人出不来气的、飞扬的尘雾里走着。什么也辨不清，可是听见疲惫的、混杂的、凌乱的部队的脚步声，骑兵的马蹄声，辎重车的隆隆声。晒黑了的脸上，滚滚的汗珠，在暗暗地闪光。

没有说话声，也没有笑声，只有一片沉重的和一切都融成浑然一体的飘荡的沉默。可是在这里，在这热得要命的沉默里，仍旧是那些疲惫不堪的、好像煮烂了似的、凌乱的脚步声，马蹄声，车轴的吱吱声。

筋疲力尽的马，垂着耳朵，垂头丧气地走着。

孩子们的小脑袋，在马车上晃来晃去，露出的牙齿，暗暗地闪着光。

"喝——喝……喝——喝……"

白茫茫的尘雾飘荡着，笼罩了一切，令人透不过气来。步兵、骑兵、吱吱乱响的辎重车，都在这望不见的尘雾里前进。也许这不是暑热，不是飘荡的白茫茫的尘雾，而是充满了绝望。

没有希望，也没有意义，只有不可免的死亡。当他们走进那一面是山、一面是海的窄窄的甬道时，那时时刻刻铁一般地紧紧卫护着、时时刻刻暗暗护送着他们的那东西——现在却都完结了。忍饥受饿的、光脚的、疲困的、穿着破衣服的人群，只有死路一条。太阳也在和他们作对。可是那些人强马壮，准备妥当的挖好战壕的哥萨克军队和凶残的将军们，却在前面贪婪地等着呢。

库班人在这沉寂的、吱吱响着的、令人出不来气的尘雾里走着，只能按照喊声去辨别哪一部分人在哪里。

有时灰色的尘雾落下去，于是丘陵的轮廓，波浪似的抖颤着，森林是一片苍茫，天空是蔚蓝的，太阳疯狂地晒着战士们焦灼的面孔。于是又慢慢行动着，凌乱的脚步声、马蹄声、吱吱的辎重车的声音和绝望，把这一切都遮掩起来。没有力气的人们，都坐在或躺在路旁，向后仰着头，张开干瘪发黑的口。苍蝇在飞舞。这些在飞扬的尘雾里，都模糊地露出来。

库班人在人马丛中乱撞着，走到先头部队跟前，从马鞍上微微欠着身子，同指挥员讲几句话。那位指挥员把眉头一皱，对那些忽而出现、忽而消失的凌乱走着的战士们望了一眼，停下来，就用陌生的、不像自己的哑嗓子指挥道：

"团，停止前进！……"

令人出不来气的尘雾，好像棉絮似的，即刻把他的话吞没了，可是实际上应该听到的都听到了，话声越传越远，越传越弱了，都用各种嗓音喊起来：

"营，停止前进！……连队……停止前进！"

在老远老远的地方，传来一种勉强听得见的声音，又消失了：

"……停——止——前——进！……"

先头部队里的轰轰的脚步声不响了，各部队都停止前进了，在这停滞的灼热的茫茫尘雾里，刹那间不但出现着一片沉默，而且出现着一片寂静，一片无边无际的、疲惫的、酷热的、庞大的寂静。后来，突然间，又是一片无数擤鼻子的声音；咳嗽着，吐着落到嗓子里的灰尘；谩骂着；用树叶卷着干草末吸着——灰尘慢慢落下去，人脸、马嘴、车辆，都露出来了。

都坐到路旁，坐到路旁的沟沿上，把枪夹到两膝中间。有些一下不动地，直挺挺地在火一般的烈日下仰天卧着。

筋疲力尽的马匹站着，垂着头，对那贴在身上的黑压压的大群苍蝇，也不去赶了。

"起——来！……喂，起——来！……"

没有一个人动，没有人离地方。满拥着人、马、车辆的公路，也同样死死地不动。这些人就像浸在暑热里的一大堆石头似的，没有力量把他们弄起来。

"起来吧……妈妈的……鬼东西！"

好像被判刑的人一样，三三两两地起来，不排队，也不等待口令，把沉重的步枪背到肩上，用红肿的眼睛望着，凌乱地走了。

顺着公路，顺着路旁，顺着斜坡乱走着。马车吱吱发响，大群苍蝇在飞舞。

面色都成了焦黑的，眼白闪着光。在可怕的太阳下，都用牛蒡叶、树枝、干草，挽起来，顶到头上当帽子。发裂的乌黑的光脚走着。有的像阿拉伯人一样，光着发黑的身子，只有一条条的破布，在那见不得人的地方，好像穗子似的摆动着。干枯的筋肉，在消瘦的黑皮肤下突出来。都仰着头走着，肩上背着步枪，眯缝着眼睛，张着干透了的口。蓬头乱发、褴褛不堪，乌黑的、赤裸的、乱哄哄的一大群乌合之徒啊。暑热、饥饿和绝望，都形影不离地同他们在一起。白茫茫的尘雾，又懒洋洋地、疲惫地扬起了。无穷无尽的尘土飞扬的公路，一直由深山里向草原伸去。

忽然间，出其不意地、奇怪地喊了一声：

"向左转！"

于是，每次新部队走到这里时，就摸不着头脑地听到：

"左转弯……左……左转弯走！……"

起初都很奇怪，后来都兴致勃勃地、成群地拐到村道上了。这是一条燧石铺的路，没有灰尘，于是就看见部队急促地转着弯，骑兵下了马，辎重车、两轮车吱吱响着，摇摇摆摆地走下来。远景、森林、蔚蓝的群山，都露出来了。骄阳依旧痉挛而炎热地曝射着。黑压压的大群苍蝇也转弯了。慢慢落下去的灰尘和令人窒息的沉默，都留在大路上。村道上是一片说笑声和喊声。

"把咱们往哪带呢？"

"或许是往森林里，多少叫把嗓子润一润，都干透了。"

"你这笨家伙！……在树林里铺好了被褥，等你去躺呢。"

"还烤着带糖浆的点心呢。"

"带黄油的……"

"带酸奶油的……"

"带蜂蜜的……"

"还有冰镇西瓜呢……"

那位高个子的瘦骨嶙峋的人，穿着汗湿的破燕尾服，肮脏的花边的残片在飘动，什么东西都从那里露出来了——他恶狠狠地吐了一口黏黏的唾沫：

"别说了吧，你们这些狗东西……别作声吧！……"

他恶狠狠地把皮带紧紧勒了一下，把肚子挤到肋骨下边，步枪把肩膀都压痛了，他恶狠狠地换了换肩。

笑声把密密麻麻飞舞的大群苍蝇，都惊动起来了。

"奥巴纳斯，为什么你光知道把屁股遮起来，叫前边的东西都露出来呢！把破布片从屁股上往前扯一扯，不然，村里女人们不给你点心吃呢——看见你把脸都转过去了。"

"啊——啊——啊……哈——哈——哈……"

"小伙子们，确实的，一定是要休息了。"

"这里什么村镇也没有，我晓得。"

"胡扯什么呢。那不是从公路上通过来的电杆吗？不通到村镇里，会通到哪呢？"

"喂，骑兵啊，你们白吃面包吗？来一曲吧。"

嘶哑的声音，从马背上，从捆在马鞍上的摇摇晃晃的留声机里传出来：

　　　你——往——何——处……哔……哔……去……
　　　哔……哔……春……

这声音在暑热里，在黑压压、乱哄哄的大群苍蝇里，在疲惫不堪的，可是快快活活前进的人群里传开了。那些人赤身露体，破破烂烂，满身大汗和灰尘。太阳冷酷无情地曝射着。勉强移动着的腿，好像灌上热铅一般，不知谁用柔和的高音唱起来：

　　　女——主——人——晓——得——一清——二楚……

于是中断了——嗓子干透了。另一些人也用同样热哑了的嗓子接着唱道：

  ……你——想——什么，莫斯科人啊
  只——等——着——大——鼓，
  好——似——那……

发黑的面孔都快活起来，于是到处一片虽然有些哑，可是都一致地用细嗓子、粗嗓子，接着唱起来：

  等着——大——鼓——以后——
  "上帝啊，光荣归你！"
  于是向莫斯科人说：
  "甜馅——饺子。"
  莫斯科人就跳起来，
  不暇——等——待：
  "甜馅——饺子，甜馅——饺子！"
  于——是——由——小——屋里跑出……

凌乱、错杂、嘶哑的嗓音，在人群上空久久回荡：

  ……甜馅——饺子！……甜馅——饺子！……
  ……哪儿去了，哪儿去了啊……我的黄金似的春光……

"喂，瞧吧：咱们的头目！"

大家扭着头，看着走过去：是的，是他啊！仍旧是这样儿：个子不大，矮壮，戴着荷叶边的脏草帽，好像蘑菇一样。他站着，望着他们。

满是汗毛的胸脯，从破烂的、汗透的翻领衬衫里露出来。一条条的破布下垂着，破靴子里露着发裂的脚。

"小伙子们，咱们的头目活像个强盗：你要在森林里碰见他——真要吓坏呢。"

都带着疼爱的神情，望着笑起来。

他把乱嚷着慢慢走的、凌乱的、懒洋洋的人群，从自己跟前让过去，他那铁脸上变蓝了的一副小眼睛，放着锐利的光芒。

"是的……乌合之众啊，真是一群流寇啊，"郭如鹤想道，"一碰见哥萨克，全都完了……乌合之众啊！……"

> 你往——何处——往——何——
> 处——去……哗……哗……甜馅——饺子！
> 甜馅——饺子！……

"怎么回事？……怎么回事？……"这声音在人群里传开来，把"往何处，往何处……"和"甜馅饺子……"的声音都遮住了。

到处是一片充满了脚步声的墓地一般的沉寂，所有的头都转过来，所有的眼睛都往一个方向看去——都往那电杆好像一条线似的排列着的方向看去。电杆越远越小，像细铅笔似的，终于在抖颤的暑热里消失了。在最近的四根电杆上，凝然不动地吊着四个赤身露体的人。黑压压的大群苍蝇在飞舞。那些吊着的人，垂着头，仿佛在用自己年轻的下巴，紧紧压住吊着他们的绳结似的。他们露着牙，被啄去的眼睛成了黑洞。从被啄开了的肚子里，流着黏黏的绿荧荧的内脏。太阳蒸晒着。用通条[1]抽破的黑皮肤裂开了。乌鸦飞起来，落到电杆梢上，偏着头，向下望着。

---

[1] 通条，又称探条，擦步枪用的铁条。旧军队的军官常用它打人。

四个人，可是第五个呢……在第五根电杆上吊着一个姑娘，被割去乳头，光着身子，浑身发着黑色。

"团，停止前进！……"

第一根电杆上钉着一张白纸。

"营，停止前进！……连，停——止——前——进！……"

口令就这样顺着部队传下去。

一片沉默和令人欲呕的臭气，从这五个人跟前飘来。

郭如鹤把荷叶边的破帽子脱下来。于是几乎戴帽子的人都脱了帽子。没有帽子的人，就把顶在头上的干草、草叶、树条都取下来。

太阳蒸晒着。

一股臭气，令人欲呕的臭气。

"同志们，拿到这里来。"

副官把电杆上死人旁边的白纸条，揭下来递给他。郭如鹤咬着牙，话从牙缝里挤出来：

"同志们，"他指着阳光下闪闪发光的白纸条说，"这是将军写给你们的，卜克洛夫斯基将军写道：'如果发现谁和布尔什维克稍有一点儿关系，就同马戈卜工厂这五个死人一样，处以同样严酷的死刑。'"——他咬紧牙关，稍微沉默一下，补充说："这是你们的弟兄和……姊妹。"

于是又咬紧牙关，说不出话——没有什么话可说的。

千万只炯炯的眼睛盯着。一个不可思议的巨大的心脏在跳动。

从眼窝里往外滴着黑水珠。臭气阵阵飘来。

热得发响的酷暑和大群苍蝇的嗡嗡声，都在沉默里消失了。

只有一片墓地似的沉寂和难闻的臭气。黑水珠滴着。

"立——正！……开步走！……"

沉重的脚步声，突然把这沉寂冲破了，均匀地充满了暑热，仿佛有一个异常巨大、异常沉重的人在前进。一个巨大的、不可思议的巨大的心脏在跳动。

前进着，不知不觉地都把沉重的脚步加快了，脚步越迈越大。太阳疯狂地曝射着。

第一排右翼一个留黑胡子的人，跟跄了一下，枪落到地上，倒下去了。面孔涨红了，脖子上的血管胀起来，通红的眼睛，好像死肉块一般翻出来。太阳疯狂地曝射着。

没有一个人掉队，没有一个人停止——都放开大步走着，更匆忙地走着，闪闪发光的眼睛，盯着前方，盯着暑气抖颤的远处急走着。

"救护兵！"

两轮车走到跟前，抬起来，放到车里——中暑了。

过了一会儿，又倒下一个，后来两个。

"两轮车！"

口令：

"戴上帽子！"

有帽子的都戴上帽子。有的打着女伞。没帽子的就走着抓一把干草，挽在头顶上。有的走着，从自己身上撕下一片汗透的满是灰尘的破布片，或是脱下裤子，撕成碎片，像女人的头巾似的顶到头上。光脚一闪一闪地、大声地、沉重地、大步走着，脚下的公路，飞快地后退了。

郭如鹤坐在车上，想赶上先头部队。赶车的鼓着热得好像螃蟹一般的眼睛，抽着马，鞭子下去，马屁股上就留下一条条的汗湿的印子。马浑身冒着汗，跑着，可是无论如何总赶不上——沉重的部队越走越快，脚步越迈越大了。

"他们怎么了，发疯了吗？……好像兔子似的跳着……"

于是又照疲困的马身上抽起来。

"好啊，小伙子们，好啊……"郭如鹤突出的额下的眼睛望着，眼睛像蓝钢一般，"这样一昼夜可以跑七十俄里……"

他下了车，走着，怕落后了，使劲走着。在飞快地、沉重地行进着的无穷无尽的队伍里消失了。

光光的、孤零零的电杆，远远留在后边。先头部队向右转着弯。一转到荒凉的公路上，令人上不来气的尘雾，不可免地又笼罩起来。什么也看不见。只有沉重的、齐整的、合拍的脚步声，充满了尘雾。这巨大的、滚滚的尘雾，令人连气都上不来。

一队跟着一队，走到后边的电杆跟前，就停下来。

墓地似的寂静，好像浓雾般地浮来，消灭了一切声音。指挥员读着将军的布告。千万只炯炯的眼睛盯着，一个心脏在跳动，一个空前未有的巨大的心脏在跳动。

五个人依然不动地吊在那儿。绳结下发黑了的肉裂开了，露着白骨。

乌鸦落在电杆梢上，斜着光亮的眼睛，向下望着。腐烂了的肉，发着令人欲呕的浓重的臭气。

后来，整齐的脚步声，越来越快了。自己不觉得，也没有口令，在沉重而拥挤的行列里，逐渐都看齐了。人在走着，忘记了是光着头的，都望不见那好像顺着一条线似的退去了的电杆，也望不见那极短的正午的身影，只把眯缝着的炯炯的眼睛，盯着极远的抖颤的暑热。

口令：

"帽子戴上！……"

沉重的整齐的行列，越走越快，步子越迈越大，向右转着弯，拐到大路上。尘雾吞没了一切，同他们一起向前滚去。

千千万万人在行进。已经没有排、连、营、团——有的只是一个极大的、叫不出名字来的巨大的整体。无数的脚在走着，无数的眼在看着，无数的心变成一个巨大的心脏在跳着。

于是所有的人好像一个人似的，目不转睛地盯着暑热的远极。

斜长的影子投到地上。身后的群山一片苍茫。无力的、疲惫的、温和起来的太阳西沉了。马车、大马车，都载着孩子和伤员，沉重地拉着。

叫他们稍停一下，就说：

"这是你们的弟兄啊……是白党将军们干的事……"

后来又继续前进了，只听见车轮的吱吱声。只有孩子们在恐惧地叽叽咕咕说：

"妈妈，夜里死人不来找咱们吗？"

女人们画着十字，用衣襟擤着鼻涕，拭着眼睛：

"咱的那些人真可怜啊……"

老头子们模模糊糊地跟着马车。一切都看不清了。电杆已经没有了，漫天都是黑漆漆的。满天繁星在闪烁，可是也并不因此就觉得亮些。仿佛群山都在周围发着黑色，又仿佛都成了斜坡，而群山早已被黑夜遮起来了，好像周围是不可知的、神秘的、漆黑的平原，什么事都可能发生呢。

送来一声同样暗淡的女人的叫声，这叫声使那闪烁的繁星，都朝一个方向放着光芒似的。

"啊——呀——呀！……那些人对他们多么残忍啊！……真是野兽啊……发疯了的……救救命吧，善人们……瞧瞧他们吧！……"

她抓住电杆，抱着冰冷的腿，用自己年轻的蓬乱的头发紧紧贴着。

强有力的手，勉强把她从电杆上拉开，拖到马车跟前。她好像蛇一般挣脱开，又扑上去，抱住，于是连那繁星闪烁的天空，也惊惧地、疯狂地乱舞起来：

"你们的妈妈在哪里？你们的姐妹在哪里？……难道你们不想活了吗？……你们明亮的眼睛哪里去了，你们的力量哪里去了，你们的温存话哪里去了？……唉，可怜的人！唉，倒霉的人！……谁也不来哭你们，谁也不来替你们伤心……谁也不替你们流眼泪啊……"

又把她抓过来，她挣脱出去，又在疯狂的夜里扑过去：

"他们干吗呢！……把儿子都吃了，把斯节潘吃了，把你们都吃了，把所有的人一下子都吃掉了，连血带肉都吃掉了。吃吧，把人的骨头、眼睛、脑子都装满一肚子，呛死你们……"

"呸！……醒醒吧……"

马车不停地吱吱响着前去了。她的马车也走了。另一些人抓住她，她挣脱着，于是喊声又没有了，可是黑暗却疯狂地在飞舞，疯狂的夜也在飞舞。

只有后卫队从跟前经过的时候，用大力把她捉住，捆到最后一辆马车上带走了。

空寂无人，飘荡着一片死尸的臭气。

32

哥萨克在山口那边的公路上，贪婪地等待着。自从暴乱的野火在全库班流域烧起来以后，布尔什维克部队到处一遇见哥萨克兵团、志愿军官队、沙皇军官团，就都退却了。无论在什么地方，都不能够支持、固守，都顶不住白党将军们的凶猛的攻击——于是一个城市跟着一个城市、一个村镇跟着一个村镇都放弃了。

暴乱初期，一部分布尔什维克部队，从叛乱的铁的重围里冲出来，同千千万万难民，同数千辆马车一起，好像混乱的巨大的一群乌合之众似的，从山和海中间夹着的一条窄路上逃走了。他们跑得快得叫哥萨克赶都赶不上，可是现在呢，哥萨克兵团却待在这儿等待他们了。

哥萨克得到了消息，说"匪徒"好像奔流似的，从山里冲出来，随身带着抢来的大批财富——黄金、宝石、衣服、留声机、大量武器、军需品；可是他们却都穿着破衣服，光着脚，不戴帽子走着——看来是流荡成性，过惯了无室无家的生活。哥萨克从将军到士兵，都忍不住地垂涎着一切，一切金银财宝，一切一切，都无法阻止地自动向他们手里流来。

邓尼金将军委托卜克洛夫斯基将军，在叶卡德琳诺达尔整编了一支队伍，用这支队伍夫把从山上下来的"匪徒"包围起来，而且要连一个活的都不放走。卜克洛夫斯基将军编成了一军人，装备非常齐全，从白河上把这条路截断。白河是因为从山上飞溅下来的雪白的浪花而得名。一部分队伍派到前方迎战去了。

哥萨克们雄赳赳地歪戴着毛皮帽子，骑着良马走着。马吃得饱腾腾地摆着头，想要飞跑起来。雕花的武器叮当作响，在阳光下闪闪发光；束着腰带的契尔克斯装，整齐地摇晃着；帽子上的飘带，闪着白光。

他们唱着歌，从村镇过的时候，哥萨克女人给自己的士兵送着各种吃食，老头子们把酒桶都搬出来。

"就是一个布尔什维克也罢，你把他带来叫我们看一看，就是看一眼也好，看一看从山里出来的新土匪。"

"一定会把他们赶来的，你们预备绞刑架吧。"

哥萨克很能喝酒，也很能杀人。

漫天尘雾，白茫茫地在老远的地方旋卷起来。

"啊哈，这就是他们！"

这就是他们啊——破烂的、乌黑的、穿着破布烂片，拿干草和草叶顶到头上当帽子。

哥萨克把毛皮帽子好好一戴，把光亮的、刹那间响着的马刀抽出来，身子向鞍头一欠，哥萨克的马就飞奔开了，快得风在耳边都发出啸声来。

"啊，杀呀！"

"乌——啦——啦！……"

一两分钟之间，发生了骇人听闻的出乎意外的事情：哥萨克扑来了，被打倒了，哥萨克随着那被砍破的毛皮帽子，随着被砍断的脖子，疯狂地从马上滚下来，或者有时连人带马都被刺刀刺死了。哥萨克把马一勒回头，就飞奔开了，身子伏到马背上，贴得紧紧的，叫人看都看不见地飞跑了。风在耳边啸得更响了，嗡嗡的子弹，把他们从马背上打落下来。该死的光脚汉们，成二俄里、三俄里、五俄里、十俄里地追击着。唯一的救星是：他们的马匹都疲乏不堪了。

哥萨克从村镇里跑了，可是另一些人冲入村镇，夺得了精壮的马匹。如果他们不能一下子把马匹从马房里拉出来，就左右乱砍着。于是又追击起来，好多缀着白飘带的哥萨克毛皮帽子，在草原上滚开了。在发蓝的土岗上，在收割过的发黄的田野上和小森林里，用镶着乌银的腰带紧紧束着腰的好多契尔克斯装，黑压压地到处散布着。

哥萨克一直飞驰到卧在战壕里的自己的前哨跟前，才摆脱了追击。

可是从山上下来的光脚的、赤身露体的"匪徒"，拼命在追着自己的骑兵连。于是大炮轰击起来，机枪也扫射起来了。

郭如鹤不愿白天把自己的兵力展开来：他知道敌人很占优势，不愿暴露自己的兵力，他等着天黑呢。天黑的时候，和白天同样的事情就发生了：不是人，而是恶魔向哥萨克猛扑过来。哥萨克砍着他们，刺杀着他们，用机枪成堆地把他们扫倒了。可是哥萨克也越来越少了，他们的大炮喷着长条的火光，也越来越弱了，机枪的射击声也稀少起来，已经听不见步枪的射击了——哥萨克都卧下去。

于是都支持不住，溃退了。可是黑夜也不能救他们：哥萨克在枪刺和马刀下，成堆地倒下去。那时都丢下大炮、机枪、炮弹，四飞五散地各自逃命了，连夜都跑到森林里、山谷里，都不明白这是什么恶魔的力量向他们攻来了。

当太阳光线长长地从草原的山坡后边伸出来的时候，在那无边无际的草原上，躺着好多黑胡子哥萨克：没有受伤的，也没有被俘的——统统都一下不动地躺在那里了。

在后方，在辎重队里，在难民中间，营火冒着烟，锅里煮着东西，马在吃着草料。排炮在老远的地方隆隆响着，谁也不去注意——都习惯了。只在炮声息了的时候，才从火线上回来人——或是传达命令的骑兵通讯员，或是管马粮的，或是偷偷回来探亲的战士。于是面目憔悴、脸色发黑的女人们，都从四面八方向他跑来，抓住马镫，拉住马缰绳问道：

"我的怎么样了？"

"我的呢？"

"活着没有？"

都带着充满恐怖和希望的、恳求的目光追问着。

可是他骑着马小跑着，轻轻扬着鞭子，碰着一些问的人就答道：

"活着……活着……受伤了……受伤了……牺牲了，马上就运回来了……"

他走了，可是后边有的快活地、轻松地祈祷着，有的大声哭着，有的啊哈一声就倒在地下昏过去了，于是就用水喷着她。

受伤的人运回来了——母亲们、妻子们、姊妹们、未婚妻们、邻居们，都去看护着。牺牲了的人运回来了——都在跟前捶胸痛哭着，老远都听到那悲痛的呜咽、号泣、哀恸。

骑兵们已经叫神甫去了。

"没有十字架，没有香，好像埋畜生一样。"

可是神甫装模作样不肯来，说他头痛。

"啊——啊，头痛……不想来吗……只要你的屁股不怕挨。"

一下、两下，用马鞭抽起来——神甫猛然跳起来，手忙脚乱了。吩咐他换上衣服。头从领子里钻出来，穿上绣着白金线的黑袈裟——下边好像套在桶箍上似的——披上黑色的披肩。把长发从袈裟下拉出来。吩咐他带着十字架、香炉和香。

把执事和诵经员都赶来了。执事脸色通红，是一个大身个的酒鬼，也浑身穿着黑衣服，穿着绣着金线的黑袈裟。诵经员是一个细高个子。

仪式完毕了。把他们三个人押着走。马小跑着。神甫、执事和诵经员，都慌忙地跑着。马摆着头，骑兵扬着鞭子。

辎重后边、花园旁边的坟院里，已经聚了好多人。都在望着。

看见：

"瞧吧，把神甫赶来了。"

女人们画着十字：

"啊，谢天谢地，应当这样埋葬呢。"

战士们说：

"瞧，把执事和诵经员都赶来了。"

"执事实在很漂亮：肚子像猪一样。"

他们慌忙跑来，气都顾不得喘，流着大汗。诵经员眼明手快地点着香。死尸凝然不动地手放正躺着。

"祝福上帝……"

执事疲倦地轻轻唱着，诵经员发着鼻音，很快地、无力地哼道：

  圣主啊，可靠的圣主，永生的圣……

缕缕微蓝的香烟缭绕着。女人们掩着口呜咽起来。面目憔悴的战士们严肃地站着——他们听不见神甫疲倦的声音。

刚才赶着神甫来的那个库班人，没戴帽子，骑在一匹高大的栗色马上。他轻轻把马一踢，马向前走了一点儿；他虔诚地向神甫弯着腰，低声说，他这话传遍了全坟院：

"你妈的，你要再像没有喂饱的猪一样来唱，就要剥你的皮呢……"

神甫、执事和诵经员，都少魂失魄地斜着眼睛，向他瞟了一眼。于是执事马上就用惊天动地的大声唱起来——把全坟院的乌鸦都惊飞了。神甫用次中音唱起来。诵经员踮着脚尖，翻着眼睛，发着细声——耳朵里都嗡嗡响起来：

  跟着圣主安息吧……

库班人把马往后拉了一下，凝然不动地骑在马上，好像雕像一般，忧伤地皱着眉头。大家都画着十字，鞠着躬。

下葬时，放了三排枪。女人擤着鼻涕，拭着发肿的眼睛说：

"神甫干得好极了——真是诚心诚意啊。"

33

庞大的草原和丘陵、终日在地平线上发着蓝色的该死的群山、敌人那面的村镇，全都被夜吞没了——那儿没有一点儿火光，没有一点儿声音，仿佛没有那村镇似的。连狗都被白天的排炮吓得不作声了。只有流水声在潺潺发响。

望不见的河流那边，苍茫的哥萨克的战壕后边，大炮整天震耳欲聋地轰隆隆响着。他们是不惜炮弹的。无数的烟球，在草原上、花园上、山谷上炸开来。这面却零零落落、疲倦地、勉强地回着炮。

"啊——啊——啊……"哥萨克炮手们幸灾乐祸地说，"可把他们打光了……"托住大炮，装上炮弹，于是又轰起来。

在他们看来，是显而易见的：对方受到损失了，削弱了，已经不回炮了。傍晚前，光脚汉们从河对岸发动了进攻，迎头对他们痛击了一下——他们的散兵线就四零五散了，到处都卧下去。可惜夜上来了，不然再给他们一家伙。啊，反正还有明天早晨呢。

河水哗哗响着，水声充满了整个黑夜。郭如鹤很满意，小小的眼睛，灰钢似的放着细细的光芒。满意的是：部队在他手里好像得心应手的工具一般。是他在傍晚前，布置了散兵线，叫轻轻地佯攻一下就卧下去。可是现在，在夜里，在天鹅绒般的黑夜里，他去视察了一下——大家都在原地方，在河边上。可是在六俄丈高的悬岸下，水在响着；河水声哗哗响着。这一切都令人回想起出发时那哗哗的水声和黑夜的情景。

每个战士都在黑暗里爬着，摸索着，估量着悬岸。伏在地下的一团人，每个战士都知道，都研究了自己的地方。都不像绵羊似的等着指挥员推一步，才动一下。

山里下雨了。白天的时候，白浪滔滔地在奔流，可是现在却哗哗地响着。战士们都知道——都已经机警地估量过——现在河水有二三俄尺^[1]深，有些地方得游泳呢——不要紧，可以游的。天还没黑的时候，每个战士都卧在洼地里、坑里、灌木丛里，卧在不断爆炸着开花弹的深草里，都观察了自己的一段阵地，观察了自己担任攻击的河对岸的一段战壕。

左边有两道桥：一道是铁桥，一道是木桥。现在都看不见了。哥萨克在那里布置了炮兵连，架着机枪——这些也都看不见了。

骑兵团和步兵团照着郭如鹤的命令，在充满流水声的黑夜里，一下不动地对着桥站着。

没有星辰的、无声的、毫无动静的黑夜，慢慢流着，只有望不见的奔流的哗哗的水声，单调地充满了无边的、荒凉的黑夜。

哥萨克坐在战壕里，握着枪，听着奔流的水声，虽然知道那些光脚汉们夜里不会渡河——白天够叫他们领教了——可是在等待着。夜慢慢地浮着。

战士们伏在悬岸的边缘上，像獾似的在黑暗里垂着头，同哥萨克一样，倾听着奔流的水声，等着。他们所等的，仿佛永远也不会来的那东西，竟然开始来了：晨曦像暗号一般，慢慢地、艰难地开始来到了。

什么也还望不见——不管是颜色、线条，也不管是轮廓，都望不见。黑暗稀薄起来，开始透亮了。黎明前的警戒放松了。

一种捉摸不清的东西，从河左岸起来了——不是电火花，也不是一群燕子无声地飞过去。

就像从口袋里倒出来似的，战士们同落下去的土块、沙子、小石头

---

[1] 1 俄尺约合 2.36 市尺。

一起，从六俄丈高的悬岸上飞落下去……河水哗哗地响着……

千万个人体，激起了千万朵飞溅的水花，千万朵被河流声淹没了的水花……河水声单调地哗哗响着……

森林一般的枪刺，在晨曦前的灰暗里，在惊骇万状的哥萨克面前出现了，在怒吼声、惊讶声、呻吟声、谩骂声中，放手干起来了。没有人——只有乱哄哄的、纠缠在一起的血淋淋的一群野兽。哥萨克杀了几十个人，可是哥萨克自己却死了几百人。不晓得从什么地方来的恶魔的力量，又向他们扑来了。难道这是那些他们在全库班流域赶走的布尔什维克吗？不，这是另一些人。难怪他们都赤身露体，黑黝黝的身上挂着一条条的破布啊。

当右边整个河岸上，粗野的怒吼声一起来的时候，大炮和机枪越过自己人的头顶，向村镇轰起来，骑兵团疯狂地从桥上飞驰过去；步兵拼命地跟着他们冲上去了。把敌人的大炮和机枪都缴获了，骑兵连冲进村子。他们看见一个白白的东西，从一所房子里跑出来，飞快地跳上一匹光肚马，消失在黎明的薄暗里。

房屋、白杨、发着白色的教堂——都越来越清楚了。花园那边的朝霞泛红了。

把一些面色灰白的、戴着金肩章的人，从神甫家里拉出来——这是俘获的司令部的一部分。在神甫的马套包旁边，把他们的头斩下来，血浸到粪堆里。

因为这些喊叫声、枪声、谩骂声、呻吟声，那哗哗的流水声就听不见了。

把镇长的家找到了。从屋顶一直到地下室都搜了一遍——没有镇长。逃跑了。于是就喊起来：

"要是不出来，我们就杀孩子！"

镇长没出来。

就杀起孩子来。镇长的女人跪在地下，披头散发，紧紧抱住他们的腿拉着。一个人斥责道：

"干吗像刀子割的一样乱叫呢。恰好我同你一样，也有一个三岁的女孩子……埋在山上碎石堆里——我连一声也不叫。"

把女孩子砍了，然后把狂笑的母亲的脑盖骨砍开了。

一所房子跟前，聚了一堆铁路人员，地上满是碎玻璃。

"卜克洛夫斯基将军在这里过夜了。你们差一点儿没把他抓住。一听到你们，连窗子带框都打落了，只穿一件衬衫，连衬裤都没穿，就蹿出去，跳到一匹光肚马上逃跑了。"

一个骑兵愁眉不展地说：

"为什么他连衬裤都不穿？在洗澡吗？"

"在睡觉呢。"

"怎么，睡觉不穿衬裤吗？难道有这种事吗？"

"老爷们常常是这样的：医生嘱咐叫这样的。"

"真混蛋！连睡觉也跟人不一样。"

吐了一口唾沫就走开了。

哥萨克都跑了。他们死了七百人，都乱躺在战壕里、旷野里。都只是一些死人。在那些紧张逃命的人心里，对这莫名其妙的恶魔的力量，又起了一种制止不住的惊愕。

仅仅两天以前，布尔什维克主力，占领了这个村镇，哥萨克一下子就把他们打走了，现在还派了一部分人在追击呢。这些人从哪来的呢？恶魔在帮助他们吗？

太阳在老远的草原边极的上空升起来，斜长的光线，把逃亡的人们的眼睛都映花了。

辎重和难民，老远地散布在旷野上、森林里、丘陵上。营火上依然是那样的青烟在缭绕；在那经不起的细细的脖子上，依然是那些不像人形的、干瘦的孩子们的头。在铺开的格鲁吉亚人的白帐幕上，依然躺着叠着手的死人，得神经病似的女人在乱碰着，撕着自己的头发——这是另外一些女人，不是上次那些女人。

战士们都集在骑兵跟前。

"你到哪去了？"

"找神甫去了。"

"去他妈的吧，叫神甫滚他妈的去吧！……"

"这怎么行呢，难道不要神甫吗？"

"郭如鹤叫用俘虏来的哥萨克乐队送葬。"

"乐队会什么呢？乐队有铜喇叭，可是神甫有活嗓子呢。"

"哪个老鬼要他那活嗓子呢？他一唱就叫人听了肚子痛。可乐队是部队的一部分啊。"

"乐队！……乐队！……"

"神甫！神甫！……"

"同你们的神甫一块滚你妈的蛋吧！……"

于是"乐队"和"神甫"同那不堪入耳的恶骂，都混在一起了。听到的女人们，都跑来拼命叫道：

"神甫！神甫！"

跑来的年轻战士们叫道：

"乐队！乐队！"

乐队占上风了。

骑兵们都下了马。

"啊，怎么呢，叫乐队去吧。"

难民们、战士们，都接连不断地走着，铜嗓子庄严地流露着悲哀而有力的情调，凄凉地慢慢响着，太阳也像铜似的照耀着。

34

把哥萨克击溃了，虽然当时不管怎样都应该前进，可是郭如鹤却按兵不动。侦察员、居民中投诚的人，都众口一词地说——哥萨克又在集中力量、组织军队。援军川流不息地从叶卡德琳诺达尔开来；好多炮兵连拉着大炮，轰轰隆隆地开来；军官营声势赫赫地密集地前进；新的哥萨克部队越来越多了——郭如鹤周围暗淡起来，敌人的大军，黑压压地密集起来了。啊哈，应该走呢！应该走呢：还可以冲出去，主力军去得还不算远呢。可是郭如鹤却按兵不动。

等不到落后的部队，他是无心前进的。他晓得，他们是没有战斗力的。如果让他们靠自己力量单独前进，哥萨克就会把他们打得落花流水——统统都会被杀光的。这么一来，在那作为千万人救主的郭如鹤的未来的光荣上，这次惨劫将是一个暗淡的斑点。

于是他等待起来。哥萨克大军，黑压压地密集起来。铁的重围，难以克服地包围起来了。为了证实这点，敌人的大炮，沉重地、震天动地地轰轰隆隆响起来。开花弹不停地爆炸，弹片向人身上乱落——可是郭如鹤按兵不动，只下令叫回炮罢了。在各处战壕上，白天不断出现雪白的烟球，又慢慢消失了；夜间，炮火的大口，不断把黑暗撕开。已经听不见哗哗的河水声了。

一天过去了，一夜过去了，大炮在轰轰隆隆地响着，可是后边的部队没来，总不见来。第二天过去了，第二夜过去了，可是部队仍不见来。子弹和炮弹都越来越少了。郭如鹤命令格外节省弹药。哥萨克抖起胆子。他们看见——很少回炮，也不前进，以为这是没有力量了，于是就准备痛击起来。

郭如鹤三天没有睡觉了，脸变得像做短皮衣的熟皮子一样，觉得自己的腿，从膝盖以下仿佛埋在地里一般。炮火不断轰击着的第四夜来到了。郭如鹤说：

"我去躺一会儿，如果有什么情况，就马上叫醒我。"

他刚闭上眼睛，就有人跑来了：

"郭如鹤同志！郭如鹤同志！……情况不妙……"

郭如鹤跳起来，他在哪里，发生了什么事，一点儿也不明白。他用手到脸上一拭，好像把蜘蛛网拭去似的，于是那沉寂突然使他吃了一惊——整天整夜轰轰隆隆响着的大炮都沉寂了，只有砰砰的步枪声，充满了黑暗。情况不妙——敌人逼近了。或许战线已经被冲破了。他听到哗哗的流水声。

他跑到司令部里一看，大家的脸色都变成灰的了。夺过电话筒——格鲁吉亚的电话可用着了。

"我是总指挥。"

听见电话筒里好像老鼠一样唧唧响着：

"郭如鹤同志，派援军来。顶不住了。敌人猛攻了。军官队……"

郭如鹤石头一般地对着话筒说：

"不派援军，没有。顶到最后一个人吧。"

那边回答说：

"不行。炮火集中在我身上，顶不住了……"

"告诉你，叫你顶下去！预备队里一个人也没有。我马上亲自去。"

郭如鹤已经听不见哗哗的水声，只听见前边的黑暗里，左右都是砰砰的步枪声。

郭如鹤下着命令……可是还没有说完就：啊——啊——啊！……

纵然是一片漆黑，可是郭如鹤辨得很清楚：哥萨克冲过来，左右乱砍——把战线冲破了，骑兵冲过来了。

郭如鹤扑上去，刚才给他打电话的那位指挥员，一直向他跑来。

"郭如鹤同志……"

"你为什么在这里?"

"我再也顶不住了……那里被突破了……"

"你胆敢把自己的部队丢掉吗?!……"

"郭如鹤同志,我亲自回来请求增援。"

"逮捕起来!"

黑漆漆的夜里一片叫喊。噼啪的响声、枪声,从马车后边、从一捆捆的东西后边、从黑洞洞的房子后边。在这昏天黑地里到处都闪着手枪和步枪的火光。哪里是自己人?哪里是敌人?谁也辨不清……说不定是自己人在互相打呢……也许这是在做梦吧?……

副官跑着,郭如鹤在黑暗里猜到是他的身影。

"郭如鹤同志……"

他的嗓音很激动——这个小伙子想活命。于是突然间副官听到:

"啊……怎么呢,不可收拾了吗?……"

不曾听过的声音,从来不曾听过的郭如鹤的声音。枪声、喊声、噼啪的响声、呻吟声。可是副官的心里,半意识地、好像一闪的火花似的,刹那间带点儿幸灾乐祸地想着:

"……啊哈,你也同所有的人一样……想活命吗……"

不过这只是刹那间的事。一片黑暗,什么也望不见,可是觉得到郭如鹤的石头一般的脸,那破铁似的声音,从紧闭着的牙关里挤出来:

"即刻把司令部的机枪拉来,送到被突破的缺口。把司令部和辎重队的人,都召集来,尽力把哥萨克往马车那面压。骑兵连从右边进攻!……"

"是!"

副官消失在黑暗里。依然是一片喊声、枪声、呻吟声、脚步声。郭如鹤跑着。步枪的火舌左右乱闪,大约五十俄丈远,是一片漆黑——这里是被哥萨克突破的缺口,可是战士们都没有溃散,只是后退一点儿,就地卧倒,进行反击。黑暗里可以辨出前边跑着的密集的人群,越跑越近了……卧下去,就从那里发出了舌尖似的枪火,战士们就对着那闪着的枪火开着枪。

司令部的机枪拉来了。郭如鹤命令停止射击，开枪要有命令。他坐到机枪跟前，于是突然间，就觉得自己好像鱼在水里一样。左右都是枪声，都是闪闪的枪火。战士们刚刚一停止射击，敌人的散兵线就扑上来：乌啦——啦啦！……已经接近了，已经辨出了个别的人影：弯下腰、端着枪、跑着。

郭如鹤：

"集中扫射！"

机枪开火了。

德勒勒——德勒勒——德勒勒——德勒……

于是好像黑纸做的小屋似的黑魆魆的东西，一块块开始倒塌了。散兵线动摇了，后退了……转身跑了，稀少起来了。又是望不透的黑暗。枪声稀了，河水声又慢慢地听见了。

后边，老远的后边，枪声和喊声也开始沉寂下来。孤立无援的哥萨克渐渐溃散了，丢了马，钻到马车下边，躲到小黑屋里去了。活捉了十来个人。用马刀照嘴上砍下去，从嘴里发出一股酒气。

天刚发亮时，一排人把那个被捕的军官带到坟院上处决了。

太阳升起了，阳光照射着零零落落的散兵线。散兵线上是凝然不动的尸体。都那样凌乱，就像波浪冲过去留下的痕迹似的。郭如鹤夜间所在的地方，尸体成堆。敌人派军使来了。郭如鹤允许他们收尸：在暑热的太阳下腐臭起来会生传染病呢。

死尸收完了，大炮就又轰轰隆隆地响起来。不可想象的震天动地的声音，又轰轰隆隆地响起来，沉重地震动着人的心脏和脑子。

弹片在青空爆炸着。活人都张着口坐着或走动着——这样对耳朵好受一点儿。死人凝然不动地躺着，等人把这些运往后方去呢。

子弹少起来了，弹药箱空起来。郭如鹤按兵不动，后边部队还不见动静。不愿自己来担当，就召集会议：要是留在这里，大家都要被消灭的；要是冲出去，后边的部队就要遭殃了。

35

老远的后方，无边无际的草原上，尽是车辆、马匹、老人、孩子、伤员、说话声、喧噪声——苍茫的黄昏上来了。黄昏一片苍茫，营火的烟一片苍茫，每晚都是这样的。

大约十五俄里远的地方，一直到老远的草原边上，都是这样的。这没有什么要紧。远处的炮声，整日轰轰隆隆地不断响着，把地都震动了，就像现在似的……大家都过惯了，都不在乎了。

黄昏一片苍茫，烟火一片苍茫，远处的森林一片苍茫。森林和马车中间，是荒凉的、令人莫测的苍茫的田野。

说话声、铁器声、家畜的叫声、水桶的响声、孩子的哭声和无数通红的斑斑的营火。

这家常生活的景象里，这朦胧的和平景象里，从森林里传来一种声音。这声音是这样不习惯，它同这景象完全不相容的。

起初是远远的一声拉长的声音：啊——啊——啊——啊！……是从那儿——从朦胧的黄昏里、从朦胧的森林里传来的：啊——啊——啊——啊！……

后来变黑了，离开森林了。一个黑影、两个黑影、三个黑影……黑影展开了，沿着整个森林开展成一条摆动的黑带子。这黑带子扩张开来，向野营滚来了，充满着要命的凄惨的声音滚着，越来越大了：啊——啊——啊——啊！……

所有的头——人头和家畜的头——都向那朦胧的森林转过去，向那凌乱的、朝野营滚来的黑带子那方向转过头去，明晃晃的窄窄的刀光，在黑带子上忽起忽落。

头都转过去了，斑斑的营火，闪着红光。

于是大家都听见：整个大地，一直到地心，都充满了沉重的马蹄声，把老远的震天动地的隆隆的炮声都遮住了。

……啊——啊——啊——啊！……

车轮中间、车杆中间、营火中间，腾起一片将要惨遭灭亡的声音：

"哥萨克！……哥萨克！……哥——萨——克！……"

马停止吃草，耸起耳朵，从什么地方跑来的狗，躲到马车下边。

没有一个人跑，没有一个人逃命。大家都目不转睛地望着那浓密的黄昏，黑压压的巨浪在那里滚动。

这充满低沉的脚步声的巨大的沉寂，被母亲的喊声冲破了。她抓起剩下的唯一的孩子，紧紧抱在胸前，向越来越大的马蹄声中的黑压压的巨浪扑去。

"死！……死！……死来了！……"

这像传染病似的，把千万人都传染了：

"死！……死！……"

这里所有的人，都顺手抓起东西来——有的抓起棍棒，有的抓起一捆马草，有的抓起车弓，有的抓起外套，有的抓起树枝，伤员抓起自己的拐杖——一切人都在少魂失魄的疯狂中，抓起这些东西，在空中挥舞，迎着死亡扑去。

"死！……死！……"

孩子们抓住母亲的衣襟，跑着，用尖细的声音喊着：

"死！……死！……"

哥萨克握着无情的亮晶晶的马刀飞驰而来。黑夜里，他们看出这是无数的乱动的步兵行列，像汪洋大海似的，举起无数步枪和黑压压的飘动的旗帜，向他们扑来，野兽一般的吼声，无穷无尽地滚动着：死！……

完全不自主地，也没有命令，像琴弦似的都把缰绳勒紧了。马正在飞驰着，转着头，屁股蹲下去，站住了。哥萨克不作声了，站到马镫上，敏锐地对那黑压压向他们扑来的大军细看着。他们晓得这些恶魔的脾气——一枪不发，紧紧扑到跟前，然后开始用恶魔的枪刺干起来。自从他们打山上下来那时起，一直到上次的夜袭，都是如此的。当恶魔们一声不响出现到战壕时——多少哥萨克都长眠在故乡的草原上了。

哥萨克原想从马车后边、从无数的营火后边，去收拾那些孤立无援、赤手空拳的老头子和女人们。就从那里、从敌人后方，在敌人所有部队里，燃起火灾似的惊慌。可是这支浩浩荡荡的新军，却排山倒海而来，而且声势浩大的怒吼，充满了可怕的黑夜：

"死！……"

哥萨克一看到这无边无际的人海，就转回头来，用鞭子抽着马，往灌木丛和树林里逃跑了。在树林里把树枝都撞得咔嚓乱响。

跑在前边的女人、孩子、伤员、老头子，满脸大汗，都站住了。空寂无人的森林，在他们面前无声地发着黑色。

36

大炮轰轰隆隆响着，已经第四天了。侦察员报告说，一个新的将军带着骑兵、步兵和炮兵，从马戈卜开到敌人那里了。在会议上决定，今天夜里就冲出去，继续前进，不等后边的部队了。

郭如鹤下命令说：为了不惊动敌人，傍晚时，逐渐停止步枪射击。把大炮架好，仔细对准敌人的战壕试射，把方向对准，入夜完全停止射击。各团成散兵线，在黑暗中尽可能向敌人战壕所在的高地推进。推进时，切勿惊扰敌人，到达目的地就卧下去。各部队的一切移动，在凌晨一点三十分以前完成。一点四十五分，一切配置妥当的大炮，一齐快速发射，每门十发炮弹。深夜两点，最后一发炮弹发射后，开始总攻，各团冲到战壕里。骑兵团留在预备队里，担任各部增援和追击敌人。

又黑又低的大片乌云浮过来，凝然不动地停滞在草原的天空。双方的大炮，都奇怪地沉寂了。步枪也不响了。于是就听见河水哗哗作响。

郭如鹤对这哗哗的水声细听了一下——糟糕。连一枪也不发，可是在过去几天，步枪和大炮日夜都没停过。难道敌人也像他一样在准备吗？那么，双方冲锋相撞，失掉了出其不意的时机，他们就要两败俱伤了。

"郭如鹤同志……"

副官进到屋里，两个战士带着枪，跟在后边。他们带着一个解除武装的、面色苍白的矮个子士兵。

"怎么一回事？"

"敌人那里来的。卜克洛夫斯基将军的一封信。"

郭如鹤眯缝起锐利的小眼睛，望着那个小兵。小兵松了一口气，伸手往怀里摸起来。

"我是被俘虏来的。我们的队伍退了，我们七个人就被俘了。这些都被折磨死了……"

他沉默了一下，听见河水哗哗响着，窗外一片漆黑。

"瞧，信。卜克洛夫斯基将军……狠狠骂了我一顿……"于是又羞怯地补充道，"同志，还把你骂了一顿呢。他说，他妈妈的，把这交给他。"

郭如鹤光芒四射的眼睛，机智地、匆匆地、心满意足地顺着卜克洛夫斯基将军亲笔写的字行溜下去：

> ……你这混蛋东西，你妈的……你胆敢加入布尔什维克、扒手和光蛋们的行列，侮辱了全俄罗斯的海陆军军官。你这强盗，你要注意，你和你的光蛋们的末日到了，你逃不脱了，因为我和葛曼将军的军队把你们包围了。你这混蛋，我们已经紧紧地把你们捏在手心里，无论如何是不会放掉你了。如果你想叫宽恕你，也就是说，为着你的所行所为，只处以劳役，那么，我就命令你执行以下的命

令：今天就把一切武器全放到白洛列琴车站上，把解除武装的匪徒，带到距车站以西四五俄里的地方。上述命令执行完毕，立即到第四号铁道值勤室向我报告。

郭如鹤对着表和窗外的黑暗望了一下。一点十分了。"哥萨克原来是这样才停了炮火：将军在等着答复呢。"报告不断从指挥员们那里送来——所有部队都顺利推进到敌人阵地的紧跟前卧下去。

"好……好……"郭如鹤自言自语地说毕，就默默地、镇静地、石头似的眯缝起眼睛，望着他们。

窗外的黑暗里，哗哗的水声里，传来一阵急促的马蹄声。郭如鹤心里跳动了一下："又发生什么事了吗……只剩一刻钟了……"

听见有人从喷着鼻子的马背上下来。

"郭如鹤同志，"一个库班人拭着脸上的汗，用力喘了一口气说，"第二队人来到了……"

一切都发着异常炫惑人目的光辉：夜、敌人的阵地、卜克洛夫斯基将军和他的信、遥远的土耳其，在那里他的机枪扫倒了成千累万的人们，可是他郭如鹤，在九死一生中生还了。所以生还，不仅是要叫他拯救自己人，而且还要叫他拯救那些孤立无援地跟在他后边将要被哥萨克杀死的千千万万的人们。

好像有两匹黑马，在黑夜里飞驰，什么也辨不出来。不知什么部队的黑压压的行列，进到村镇里了。

郭如鹤跳下马，进到灯光辉煌的一个有钱的哥萨克家里。

身个魁梧的史莫洛古洛夫，站在桌子跟前，连腰都不弯地用玻璃杯喝着浓茶，黑胡子垂在干净的海军服上，看来特别漂亮、显眼。

"好吧，老哥，"他用那天鹅绒般的浓重而圆润的低音说，把郭如鹤从上到下打量一眼，并不想用这来侮辱郭如鹤，"想喝口茶吗？"

郭如鹤说：

"再过十分钟，我就要进攻了。部队都布置在敌人战壕紧跟前。大炮都架好了。你把第二队开到两翼去——胜利就有把握了。"

"不给。"

郭如鹤紧闭着牙关说：

"为什么?"

"因为没到。"史莫洛古洛夫温厚而愉快地说，带着讥笑的神情，居高临下地望着这个满身褴褛的矮个子。

"第二队进村了，我刚才亲眼看见的。"

"不给。"

"为什么?"

"为什么，为什么! 追问起为什么来了，"他用浓重、漂亮的低音说，"因为累了，要叫人家休息一下。你是刚生下来不懂事吗?"

郭如鹤心里好像压紧的弹簧似的，一切感觉都用弹力挑起来了，他心里想道："我要垮了，那么你一个也……"

于是他平心静气地说：

"那么，你把部队开到车站上做预备队也好，我好把自己的预备队调往前方，补充到攻击部队里。"

"不给。我说话算数，你自己晓得。"

他在室内来回踱着，他那魁梧的身段，和那刚才还是温厚的面孔，都表现出一股顽强的牛劲——现在你就是抓起车杆打死他也没用。郭如鹤明白这个，于是就对副官说：

"咱们走吧?"

"稍等一下，"参谋长站起来，走到史莫洛古洛夫跟前，温和而有分量地说， "史莫洛古洛夫同志，不妨开到车站上去，那是担任预备队呢。"

可是这话的背后是："要是把郭如鹤打垮了，咱们也要被消灭的。"

"哦，怎么呢……我……我本来没什么……怎么呢，那些部队到了就带去吧。"

如果史莫洛古洛夫的牛劲上来，谁对他也没办法。可是，如果轻轻地，出其不意地从旁把他一逼，他就不知所措地马上屈服了。

留大黑胡子的脸，又温厚和蔼起来。他用大手掌，照矮个子人的肩上拍了一下：

"唔，老兄，事情怎么样，啊？老兄，咱是海狼，在那里咱什么都行——就连魔鬼也能翻得叫他底朝天，可是在陆地上，那简直完全是门外汉了。"

于是黑胡子下边，露着亮晶晶的牙齿，哈哈大笑起来。

"喝杯茶吧？"

"郭如鹤同志，"参谋长和气地说，"我现在就下命令，把部队开到车站上，给你做预备队。"

可是这话背后是："老兄，不管你多能干，没有咱帮忙还是不成……"

郭如鹤出去，走到马跟前，在黑暗里悄悄地对副官说：

"你留在这里。同部队一块到车站以后，就来报告我。因为撒谎是不费什么事的。"

战士们排成长长的散兵线埋伏在那儿，紧紧贴在坚硬的地上，又黑又低的夜，压着他们。千万只兽一般的尖锐的眼睛充满了黑暗，可是哥萨克的战壕里却鸦雀无声，一片死寂。河水哗哗作响。

战士们没有手表，可是每人的耐性，越来越高了。夜沉重地、凝然不动地停滞着，可是每个人都感觉到两小时是过得太慢。时间坚定不移地爬着。时光在不绝地奔流的水声里逝去了。

虽说大家正在等着这个，夜却完全出其不意地突然被劈开了，黑红色的云球，在裂口里火红地闪烁着。三十门大炮，不停地大声咆哮起来。夜间望不见的哥萨克战壕，都被那炫惑人目的连珠似的开花弹的爆炸，火光闪闪地照出来了。炮弹第二次爆炸的时候，连那望不见的弯弯曲曲横陈着死尸的一条线也照出来了。

"啊，够了……够了！……"哥萨克紧紧贴到战壕的发干的胸墙上，叫苦连天地想着，每秒钟都期待着黑云的红边不再闪烁，被劈开的夜重新合拢，让人从这震撼内脏的炮声里换一口气。可是依然是红光闪烁，依然是那震撼大地、震撼心肺、震撼脑子的炮声，依然到处都是惊厥的人的呻吟声。

夜就好像刚才忽然被劈开似的，黑暗突如其来地用刹那间来到的沉寂，熄灭了闪烁的红云和大炮的不可思议的隆隆声，就立即合拢起来。人影好像栅栏一样，在战壕上出现了，活生生的野兽似的怒吼，顺着战壕滚动。哥萨克从战壕里往外扑。本来完全不想同这些魔鬼们打交道，可是又迟了：战壕又填满了死尸。于是凶狠地回过头来，脸对脸拼起来。

不错，真是魔力：追了十五俄里，可是这十五俄里只跑了一个半小时。

卜克洛夫斯基将军收拾了哥萨克连队、侦缉队、军官营等残部，把这些失却战斗力的、什么也不理解的残部，带到叶卡德琳诺达尔，给这些"光脚汉们"彻底扫清了道路。

37

衣服褴褛、满身灰尘、被火药烧灼了的行列，都皱着眉头，鼓着全力，带着沉重的脚步声，迈着阔步，密集地前进着。眉下的小眼睛，闪着锐利的光芒，目不转睛地盯住那暑热的、抖颤的、荒凉的、草原的边极。

匆忙的炮车，发出沉重的隆隆的响声。马匹在尘雾里急躁地摆着头……炮兵们盯着遥远的蔚蓝的地平线。

辎重车在巨大的、片刻不停的隆隆声里，无穷无尽地行进着。孤单单的母亲们，跟着别人的马车走着，脚把路上的灰尘匆匆地扬起来。永世哭不出泪的眼睛，在发黑的脸上闪着干巴巴的光芒，也目不转睛地盯着辽远的草原上的同样蔚蓝的地平线。

受了大家这样匆忙影响的伤员们也在前进。有的腿上裹着肮脏的纱布跛行着。有的抬起肩膀，大步移着拐杖。有的用瘦骨嶙峋的手，筋疲力尽地抓住马车边——可是都同样目不转睛地盯着那蔚蓝的远极。

千万只焦灼的眼睛，紧张地盯着前方：那里是幸福，那里是苦难和疲劳的终局。

故乡的库班的太阳蒸晒着。

不管是歌声、说话声，也不管是留声机声，都听不见了。急促地腾起的尘雾里，无穷无尽的吱吱声、沉重的马蹄声、部队的笨重的低沉的脚步声、惊慌的大群的苍蝇——这一切，这连绵数十俄里的一切，就像奔腾的急流，向那充满诱惑的、蔚蓝的、神秘的远极奔流着。眼看就要满心欢喜地惊叹起来：咱们的！

可是，不管你走多远，不管你走过多少集镇、乡村、田庄、屯子总是那一个样：蔚蓝的远极，总是越走越向前推移，依然是神秘的，可望而不可即的远极。不管你走过多少地方，

到处听到的都是同样的话：

"到过了，走了。前天还在的，可是都急急忙忙，乱忙了一阵子，就又动身走了。"

是的，是到过了。这不是拴马桩，到处都撒着马料，到处都是马粪。可是现在呢——空空如也。

这儿是炮兵驻扎过的地方，这是熄灭了的营火的灰烬和沉重的炮车轮，从村后往大路上拐弯的辙印。

路旁尖塔形的老白杨，被擦破了皮，深深的伤痕发着白色——这是辎重车轴挂破的。

大家都说，一切都是为了刚过去的人们为了他们，这些人才在德国军舰上射出的开花弹下前进，才同格鲁吉亚人奋战。为了他们，这些人才把孩子扔在山峡里，才同哥萨克人死战。可是可望而不可即的蔚蓝的远极，尽管向前推移。依旧是匆匆的马蹄声，辎重车的急促的吱吱声，慌张追赶的黑压压的大群苍蝇，无边无际的毫不停息的脚步声。灰尘也勉强跟上去，在千千万万的人流上旋卷着，盯着草原边极的千万人的眼睛里，依旧流露着不灭的希望。

憔悴的郭如鹤皮肤像炭一样，愁眉不展地坐在车上。同大家一样，眯缝得窄窄的灰眼睛，日夜都盯着远远的地平线。这对于他，也是神秘的、莫名其妙的、不能忘怀的东西。他咬紧牙关。

就这样筋疲力尽，日复一日地走过一镇又一镇，走过一村又一村。

哥萨克女人，恭恭敬敬地迎接他们。她们那温存的眼睛里却含着憎恨。当他们走过的时候，都惊奇地从后边望着：一个人也不杀，也不抢，不过这都是些可恨的野兽啊。

宿营时，给郭如鹤送来报告说：尽都是那样的——前边的哥萨克部队，一枪不发地退到两旁，让出路来。不管白天黑夜，这支部队连一次袭击也没遇到。后卫队也没遇到袭击，部队一过，就又从后边把道路封锁起来了。

"好！……可叫他们领教了……"郭如鹤说着，脸上的筋纹在抽动。

他下命令说：

"派骑兵到所有辎重队和部队去，叫他们一点儿都不要耽误。不让他们停留。走，走！宿营不能超过三小时……"

于是辎重车又使劲吱吱响起来，疲乏的马匹拉着绳索，大炮沉重地匆匆地隆隆响着。于是不管在尘土飞扬的暑热的正午，不管在繁星闪烁的黑夜，也不管在尚未睡醒的晨曦里，在库班草原上，都是一片沉重的、经久不息的隆隆声。

向郭如鹤报告道：

"马都倒毙了，部队里有人掉队了。"

可是他咬着牙说：

"把大车丢掉。东西放到别的车上。注意掉队的人，帮助他们。加快速度，走，走！"

千万只眼睛，又是目不转睛地盯着收割后的发黄的草原的远极。各村镇、各田庄上的哥萨克女人，依旧怀着憎恨，温存地说：

"到过了，走了——昨天到过的。"

都发愁地望着——是的，尽是这样的：冷了的营火，散落的草料、马粪。

忽然间，在所有辎重队和部队里，在妇女和孩子中间，都传说着：

"把桥梁炸了……一过去随后就把桥炸了……"

连老太婆郭必诺的眼里也含着惊慌，用干嘴唇低声说：

"把桥都破坏了。一过去，随后就把桥破坏了。"

战士们发硬的手里握着枪，也用低沉的声音说：

"把桥炸了……避开咱们把桥炸了……"

于是，当先头部队走到小河、小溪、断岩或沼泽地方时，都看见露着破坏了的桥板；被破坏了的桥桩，像发黑的牙齿立在那儿一路断了，弥漫着一片失望。

可是，郭如鹤把眉头一皱，命令道：

"把桥修复，设法渡过去。编一个特别队，要很敏捷的人，带着斧子。叫他们骑马到前边去，同前锋在一起到居民家里收集木柱、木板、梁木等等，运到先头部队去！"

斧子响起来，白木片在阳光下闪闪飞舞。于是，千千万万的人群、无穷无尽的辎重车、沉重的炮兵，都又沿着那一条线似的、摇摆的、吱吱发响的桥板通过，马匹谨慎小心地用鼻子呼呼出着气，战战兢兢地斜着眼睛，望着两旁的水。

人流无穷无尽地奔腾着，所有的眼睛，都依旧盯着可望而不可即的、把天与地隔开来的地平线。

郭如鹤召集了指挥员们，面上的筋纹抽动着、沉着地说：

"同志们，咱们的主力军拼命离开咱们走了……"

都愁眉不展地回答他说：

"咱们一点儿也不明白。"

"一过去就把桥毁了。这样咱们长久是受不了的，马成几十匹地倒毙了。人也筋疲力尽了，掉队了，可是掉队的人，要被哥萨克杀掉的。现在咱对哥萨克给了教训，他们怕了，躲开了，将军们都把自己的队伍带走，把路让出来了。可是咱们总是在铁的重围里，如果要这样长久下去，反正会把咱们搞毁的——子弹不多、炮弹又少。要设法冲出去呢。"

他眯缝得很细的锐利的眼睛望了一下。大家都默然不语。

这时郭如鹤一字一板地说着，把话从牙缝里挤出来：

"应当冲出去。要是派骑兵队去，咱们的马不好，经不起赶，哥萨克会把他们杀光的，那时哥萨克壮起胆子来，就会从四面八方向咱进攻。要想别的办法。要冲出去，给咱的主力军送消息。"

又是默然不语。郭如鹤说：

"谁愿自告奋勇去？"

一个年轻人站起来。

"赛利万诺夫同志，带两个战士，坐上汽车快动身吧！不管怎样都要冲出去。到那里就告诉他们说：这是咱们。他们干吗尽管跑呢？叫咱们送命吗，怎么呢？"

一小时后，在斜阳照着的司令部房子跟前，停着一辆汽车。两架机枪从上边窥视着：一架在前，一架在后。司机同一般司机一样，穿着油污的军便服，口里噙着纸烟，一个人聚精会神地在汽车跟前乱忙了一阵，把车子检查完了。赛利万诺夫和两个面貌年轻的无忧无虑的战士，眼里却有些紧张。

汽车呜呜地叫了两声，开走了，兜着圈子，扬着灰尘，向前驶去，越变越小，终于缩成一个小点消失了。

可是无尽的人群、无尽的辎重、无尽的马匹，都在流着，一点儿也不知道关于汽车的事，都不停息地阴沉沉地流着。有的怀着希望，有的带着失望的神情，盯着遥远的蔚蓝的远极。

38

一阵狂风迎面呼啸。房屋、路旁的白杨、篱笆、远处的教堂，转眼间都向后飞过去，斜斜地顺着两旁倒下去了。街道上、草原上、村镇里、道路上，人、马、家畜，都还没来得及露出惊骇时，可是已经什么人也不见了。只有灰尘、从树上挂落下的树叶以及被卷起的干草末，疯狂地顺着公路旋卷。

哥萨克女人都摇着头：

"一定是发鬼疯了。这是什么人？"

哥萨克骑兵侦察、巡逻队、军队，都把这疯狂飞驰的汽车放过去了——起初把这当成自己人：谁敢深入他们的地界呢！有时醒悟过来——一枪、两枪、三枪，怎能赶得上呢！汽车只在远远的空气中，向前钻着就消失了。

这样就在呼啸声里，一俄里接着一俄里，十俄里接着十俄里飞驰过去。要是车胎一放炮，或是一有损坏就完蛋了。两架机枪，紧张地前后窥视着。四对眼睛，紧张地盯着迎面奔来的道路。

汽车的疯狂呼啸，变成了尖细的吼声，汽车在喧嚣里飞驰。当飞驰到河边时，被炸断的桥桩像牙齿一样立在那里，看来真是怕人。那时就飞驰到旁边去，兜一个大弯子，碰到居民用木头搭的临时渡桥就过去了。

傍晚的时候，一个大村镇的钟楼，远远发着白色。花园、白杨，很快大起来，白屋飞奔着迎来。

一个战士把变得认都认不清的脸转过来，突然用尖细的声音说：

"咱——们——的！"

"哪里？……在哪里？……你这哪儿的话！……"

就连飞驰的汽车的呼呼声也打断不了这话，也不能把这声音遮起来：

"咱们的！咱们的！……那不是！……"

赛利万诺夫怕闹错了引起失望，就恶狠狠地站起来：

"乌啦——啦——啦！……"

一队骑兵侦察，从前面迎来，帽子上的红星像罂粟花似的发着红光。

这时，熟识的、细细的歌声，在耳边响起来：得日——夷——夷……唧——夷……唧——夷……歌声像蚊虫嗡嗡的叫声似的，一阵阵唱下去。可是步枪的射击声，从葱绿的花园里，从篱笆后边，从房屋后边传来了。

赛利万诺夫心里一跳，想着："自己人……是自己人在开枪……"于是他很扫兴地挥着帽子，用儿童般的细声叫起来：

"自己人！……自己人！……"

真是傻蛋……在汽车飞驰的狂风里，会听到什么呢。他自己明白了这一点，就抓住司机的肩膀说：

"停住、停住！……煞车！……"

战士们把头藏到机枪后边。司机的脸在这几秒钟里瘦得非常可怕。他突然把浓烟和灰尘笼罩的汽车停下来，大家都向前闪了一下，两颗子弹打在汽车边上。

"自己人！……自己人！……"四个人的喉咙一齐喊起来。

枪声继续着。骑兵侦察从肩后取下马枪，为了不妨碍从花园里射击，就把马勒到路边，一边跑，一边射击。

"会打死的……"司机用僵硬的嘴唇说，把车子完全停下来，离开驾驶盘。

骑兵侦察飞驰到跟前。十来支黑黑的枪口，瞄准着。几个骑兵破口大骂，面色惊惧地下了马：

"离开机枪！……举起手来！……下车！……"

其余的也下着马，脸色苍白地喊着：

"砍死他们！看什么呢……这是沙皇军官啊，他妈妈的！"

飞快的马刀，从刀鞘里拔出来，亮晶晶地闪着光芒。

"要被打死的……"

赛利万诺夫、两个战士和司机，立刻从车上跳下来。可是当他们一出现在那激动的马头中间，出现在那举起的马刀中间，出现在那对准他们的枪口中间时，立刻就感到轻松了，因为离开了足以令人发火的机枪。

于是他们自己也大骂起来：

"发疯了吗……杀自己人吗……你们的眼睛长在屁股上吗？要是不看公文就把人打死，过后挽不回来的……妈的！……"

骑兵们的火消了：

"你们是什么人？"

"什么人！……先问一声再开枪也不迟。把我们带到司令部去。"

"怎么，"那些人骑上马，带着失措的神情说，"上星期有辆装甲汽车，一到就乱开枪。引起好大一场惊慌啊！上车吧。"

又坐上汽车，两个骑兵也同他们坐在一起，其余的人手里提着马枪，谨慎小心地围在周围。

"同志们，不过别把车子开太快了，不然我们赶不上——马都乏了。"

走到花园跟前，拐到街上走着。遇到战士们，都停住狠狠骂起来：

"干掉他妈的吧！往哪带呢？……"

还没冷却的夕阳的影子，拉得又斜又长。送来一阵醉洋洋的歌声。

沿路被打毁的哥萨克房屋的破窗子，黑洞一样从树后窥视着。没有收埋的死马，发着一股恶臭。沿街到处乱堆着无用的草料。篱笆那边的果树，都成了光秃的、乱七八糟的，连树枝都弄断了。不管你在村镇里走多少路——街上、院里，不见一只鸡，不见一头猪。

车到司令部跟前停住了——这是一座神甫的大宅子。两个醉汉在大门口的荨麻丛里打鼾。战士们在广场上的大炮跟前打牌。

都成群地来到队长跟前。

赛利万诺夫怀着幸福的、饱经世变的兴奋心情，叙述着行军的情况，叙述着同格鲁吉亚人、哥萨克作战的情况，对一个问题还没来得及说完，就又跳到另一个问题上：

"……母亲们……孩子们，都扔在山沟里……马车都扔在山峡里……子弹剩到最后一颗……都亦手空拳……"

谈话突然中止了：队长捋着长胡子，手支撑着满是硬胡子的下巴，驼着背坐着，用不相信的眼睛盯着他。

指挥员们都是年轻的、晒得黑红的，有的站着、有的坐着，都不带笑意，板着脸，疑神疑鬼地听着。

赛利万诺夫觉得脖子、后脑窝、耳朵，都被血涨满了，猛然把话停住，又忽然用哑嗓子说：

"这是公文。"就把文件递给他。

那位队长连看都不看，把公文推到副队长跟前，副队长不耐烦地含着成见看起来。队长目不转睛地望着他，一字一板地说：

"我们得到的完全是相反的消息。"

"对不起，"赛利万诺夫满脸都被血涨红了，"那么，你把我们……你把我们当作……"

"我们得到的是另一种消息，"那位依然捋着长胡子、支着下巴、目不转睛地盯着他，不让他打断自己的话，镇静而坚定地说，"我们有确实消息：从塔曼半岛逃出来的部队，都在黑海沿岸全部被消灭了。"

室内寂静下来。不堪入耳的恶骂和含着醉意的战士的声音，从教堂后边敞着的窗子传来。

"他们的部队都腐化了……"赛利万诺夫含着奇怪的满意的心情想着。

"对不起……你看这公文还不足为凭吗……这究竟是怎么回事：在非常艰苦的战斗以后，拼着超人的力量冲出来，追赶自己的部队，可是这里却……"

"尼克太。"队长又镇定地说着，手从下巴上放下来，站起来，挺直身子。他身个高大，留着长长的向两边下垂的胡子。

"什么？"

"把命令找出来。"

副队长在皮包里翻了一通，找出一张纸，递给他。队长放在桌上，好像从钟楼上读着一样，连腰也不弯地读起来。他用这种居高临下的怠慢态度读命令，好像要强调他和所有在场人的意见，是早就决定了的。

总指挥命令第七十三号

顷获卜克洛夫斯基将军致邓尼金将军无线电报道，有无数流民由沿海、由杜阿卜塞方面行进。此等野蛮乌合之众，系由德回国之俘虏及水兵组成。彼等装备精良，大炮、粮秣均极充实，并随身携带所掠夺的大量贵重财物。此等铁甲猪，沿途杀戮一切，将哥萨克之精锐部队和军官部队、沙皇军官团、孟什维克、布尔什维克，均扫荡无余。

他把高大的身干靠着桌子，用手掌把纸盖住，注视着赛利万诺夫，一字一板地重复道：

"把布尔什维克也消灭了！"

他后来拿开手掌，和先前一样站着读起来：

因此特令：从速继续退却。随后炸毁一切桥梁；销毁一切渡河材料；船只赶至我方河岸，全部焚毁。各部队指挥员负维持退却秩序之责。

他又对赛利万诺夫的脸，仔细看了一下，不等他开口就说：

"同志，就是这。我并不想无缘无故怀疑你们，可是你设身处地替我们想一想：我们……初次见面，消息你亲眼看见的……我们无权……群众是相信我们的，我们就成罪人了，如果……"

"可是那里在等着呢！"赛利万诺夫绝望地叫起来。

"我明白，明白，别着急，这样吧：咱们去吃点儿东西——大概饿了，让你的战士们……"

"想个别审问呢……"赛利万诺夫想着，忽然觉得很想睡觉了。

吃饭的时候，一位漂亮、端庄的哥萨克女人，在没有铺桌布的桌子上摆了盘子，盘内是漂着油珠的、不冒热气的菜汤，她低低地鞠着躬：

"吃吧，老乡。"

"唔，你这个妖精，你自己先吃一点儿吧。"

"怕什么呢！"

"你吃吧，吃吧！"

她画了十字，拿起汤匙，舀着突然冒出热气的汤，吹着，小心地喝起来。

"再多吃一点儿！……花样多着呢：把咱们几个人都毒死了。真是野兽啊！拿酒来……"

饭后约定：赛利万诺夫坐汽车回去，派一个骑兵连跟他一同回去调查实情。

汽车沉着地跑着，熟识的村镇、田庄，都向相反的方向奔去了。赛利万诺夫同两个骑兵坐在一起。他们都面色紧张，准备着手枪。可是周围：前、后、左、右，战士们的屁股有时一齐、有时零乱地在很宽的马鞍上起落着，骑兵的马闪着蹄子奔跑着。

汽车沉着地驶着，扬起的灰尘，跟着车子飞舞。

坐在汽车上的骑兵，面上的紧张神情稍微松下来，在沉着地开得呼呼响的汽车声里，他们怀着信任的神情，对赛利万诺夫述说着悲惨的故事。一切都削弱了，军纪也不行了，作战命令也不执行了，遇到不大的哥萨克军队就逃跑，从这军纪废弛了的部队里，都成群地随便逃跑了。

赛利万诺夫低着头想道：

"要是碰上哥萨克，一切就完了……"

39

一颗星也没有，因此，柔和的天鹅绒似的黑暗把一切都吞没了——不管是篱笆、街道、塔形的白杨，也不管是房屋、花园，都看不见了。火光像针一般，到处乱闪。

这柔和的庞大的黑暗里，觉得有一种望不见的、展开的、庞大的、活生生的东西。人都没睡。有时在黑暗里，水桶碰得乱响，有时马在咬着，踢着，以及喂马人的声音："嘚儿儿，站住，鬼东西！……"有时母亲不紧不慢地摇着孩子，发着单调的声音：啊——唉——唉！……啊——唉——唉！……啊——唉！……

远远传来一声枪响，可是都晓得是自己人放的，是友军放的。喧噪声、说话声都起来了。是吵嘴呢，还是朋友重逢呢，一停下来又是一片黑暗。

"最后的……"睡意蒙眬的、疲倦的微笑。

怎么睡不着呢？

远处，是窗下沙沙的响声，或是车轮转动的声音。

"喂，你到哪去？咱们人在走呢。"

可是一个人也看不见——黑漆漆的天鹅绒似的黑暗。

奇怪，难道都不累吗？难道那目不转睛的眼睛，不再日夜盯着遥远的地平线吗？

这九月的天鹅绒似的黑夜，这望不见的篱笆，这烧马粪的臭气——这些仿佛都是自家的、日常过光景用的、亲切的、血肉相连的、好久在期待着的东西似的。

明天，在村镇那边，同主力军举行兄弟般的联欢呢。所以夜都充满了无限的活力，充满了马蹄声、说话声、沙沙声、车轮的磕碰声，以及微笑、睡意朦胧的微笑。

一条光带，从微开的门缝里射出来，窄窄地落到地上，穿过篱笆，远远地伸到被践踏的菜园里。

哥萨克的屋子里，火壶在滚着。墙壁发着白色。摆着食具。白面包。干净的桌布。

郭如鹤解了皮带，坐在长板凳上，露着满是汗毛的胸脯。他塌着肩，垂着手，低着头，好像主人从田里回来一般——整整走动一天了，用白光闪闪的犁头翻着肥美的黑油油的地层，现在心满意足地感到手脚酸痛，女人在预备晚饭，桌上摆着吃食，墙上挂的洋铁灯，轻轻冒着烟，发着光。他好像主人似的疲倦了，劳累了。

跟前的战士也没带武器。他们无忧无虑地脱着皮靴，聚精会神地仔细检查着完全破了的皮靴。郭如鹤的老婆用善于治家的动作，揭开火壶盖，一股强烈的蒸气冲出来。她把冒着蒸气的沉甸甸的毛巾取下，把鸡蛋捞出来，放在碟子里。这些圆臼臼的鸡蛋，都发着白色。墙角的圣像发着暗黑色。房主住的那一半，寂然无声。

"啊，坐下吧！"

仿佛挨了一刀似的，突然间，三个人一齐转过头来：戴着缀着飘带的圆帽子，很面熟的一个、两个、三个人影，在灯光里乱闪着。一阵恶骂声。一阵枪托声。

阿列克塞连一秒钟也不敢耽误："唉，手枪弄到哪里了！……"

"跟我来！……"

好像水牛般地扑过去。枪托打到他肩上。他蹎跄一下，两脚又站稳了，在他的铁拳下，那人的鼻梁骨都被打得发响，带着呻吟和疯狂的恶骂，倒下去。

阿列克塞跨过去。

"跟我来！……"

他们从灯光地里跑过去，马上就沉没在黑暗里，碰断了很高的向日葵秆子，在田畦里打着箭步跑了。

跟着他扑出来的郭如鹤，也挨了枪托。他倒在篱笆后边了。周围都是被海风吹了的水兵的嗓音。

"啊哈！……就是他，揍吧！……"

后边传来一阵万难消逝的尖锐的声音。

"救命呀！……"

郭如鹤拼着十倍的力气，被打的人从灯光里滚到黑暗里，跳起来，听着声音，跟自己的弟兄跑去了。可是沉重的脚步声已经紧跟在背后袭来，透过急促的哑嗓子的喘息声，可以听到：

"别开枪，不然人都会跑来的……用枪托打！……这不是他，赶上去！……"

比黑暗还黑的栅栏墙出现了。木板吱吱作响。阿列克塞跳过去。郭如鹤好像年轻小伙子一样，利落地跳过去，于是他们俩一下子就都陷入叫喊、殴打、谩骂、枪托和刺刀的不可形容的一团混乱里——他们都在墙那边等着呢。

"打死这军官！用刺刀刺死他！……"

"别动！……别动！……"

"可落到咱手里了，混蛋东西！……就地干掉他！……"

"一定要带到司令部去，到那里好审问他……用重刑拷问他……"

"快揍他！……"

"带到司令部去！到司令部去！"

郭如鹤和阿列克塞的声音，被这疯狂的黑漆漆的旋涡冲去了，疯狂地乱滚作一团，他们连自己的声音也听不见了。

都拥挤成一团，在黑暗里互相撞着，在不绝的呐喊、叫嚣、说话声、谩骂声里，在铁器声里，在乱动的黑枪刺里，以及不堪入耳的恶骂声里，把他们带走了。

"不管怎样逃不脱了吗？"这问题在郭如鹤脑子里贪婪地盘踞着。他目不转睛地盯着灯光。那是从两层楼的校舍的大窗子里射出的灯光——这是司令部。

一走到光地里——人家都张着嘴，瞪着眼睛。

"这是咱们的头目啊！"

郭如鹤镇定着，只有筋纹在抽动：

"你们干吗呢，发疯了吗？……"

"我们……这怎么着呢！……这都是水兵们干的。他们来说：发现了两个沙皇军官，是哥萨克奸细。他们想来杀郭如鹤，要我们把他们干掉。他们说，我们去赶沙皇军官们，你们就站在篱笆后边守着。等他们一跳过来，你们就用刺刀照他们屁股上乱刺，不叫他们落地。别往司令部带——那里有内奸，会把他们放走呢。你们就悄悄把他们干掉好了。啊，我们就信以为真了，况且黑漆漆的……"

郭如鹤镇静地说：

"用枪托打那些水兵们。"

战士疯狂地向四面八方扑去，黑暗里传来一声沉着的声音：

"都逃跑了。难道人家都是傻子——硬等着死呢。"

"去喝茶吧，"郭如鹤对战士说着，从打破的脸上拭着血，"派岗！"

"是。"

40

高加索的太阳，虽然在晚秋时节，还是很热。只有草原是透明的。只有草原是蔚蓝的。只有蛛网在闪闪发光。白杨带着稀疏的叶子，沉思地立在那儿。花园微带黄色了。钟楼发着白色。

花园那边的草原里，是一片人海，就好像才出发时候那样，是一眼望不到边的人海。可是有一个什么新的东西笼罩着它。依然是无数难民的马车，可是为什么他们脸上都好像反映着光辉似的，好像活生生的反光似的，都反映着永放光芒的信心的特征呢？

依然是无数破破烂烂、赤身露体的赤脚战士——可是为什么都默然地好像沿着一条线似的、笔直地站成无尽的行列，为什么那些好像用黑铁锻成的枯瘦的脸，以及那黑压压的枪刺，都排得这样整齐呢？

为什么这些行列的对面，同样站着穿得整整齐齐的无尽的战士行列，不过他们的枪刺，却都凌乱地摆动着，他们脸上都表现出不知所措和贪婪的期待的神情呢？

好像当初一样，依然是一望无际的尘雾，可是现在却被晴空万里的秋气澄清了。草原分外光洁透明。所以人脸上的每一道线纹，也显得分外清楚了。

那时候，在那无边无际的动荡的人海里，有绿色的荒漠的土岗，土岗上是黑色的风磨；现在这人海里，有荒漠的田野，田野上有黑色的马车。

不过当初动荡的人海，在草原上是洪水横流的，可是现在却都静默默地归到铁岸里了。

都在等着。没有声响，没有说话声，只有肃穆庄严的军乐，在无边无际的人群上的蔚蓝的天空里，在蔚蓝的草原里，在金黄色的暑热里荡漾着。

一小群人出现了。站在行列里的那些铁面孔的人，便从这走近的人群里，认出了自己的指挥员，同他们自己一样，是一些憔悴、发黑的人。那些站在他们对面行列的人，也认出了自己的指挥员，这同对面行列的人穿着同样的衣服，面貌都是饱经风尘的、强壮的。

郭如鹤在前边的人中间走着。不高的身个，简直黑得彻骨，瘦得彻骨，好像流浪汉似的，身上挂着破衣片，脚上穿着破鞋，露着污黑脚趾。头上戴着当初的荷叶边破草帽。

他们走到跟前，聚在一辆马车旁边。郭如鹤登上马车，把破帽子从头上取下来，向自己的铁的行列，向无边无际地消失在草原上的马车，向许多伤心的没有马的难民和主力军的行列，用眼光长久地环顾了一番。在主力军的行列里，有一种松懈的现象。于是他心灵的深处，波动着一种连他自己也不承认的潜隐的满足："军纪都败坏了……"

所有的人，所有在场的人都望着他。他说道：

"同志们！……"

大家都晓得他在这里要说什么，刹那间的火花，把看着的人都刺透了。

"同志们，咱们挨饿、受冻、光着脚，跑了五百俄里。哥萨克像疯了一样向咱们袭击。没有面包，没有食粮，也没有马料。人都死去，乱倒在山坡下，被敌人的子弹打死，咱们没有子弹，都赤手空拳……"

虽然大家都晓得这个——他们都亲身经受过，别人也都听他们说过——可是郭如鹤的话，却迸发着未曾有的新光芒。

"……把孩子抛在山谷里……"

于是，在所有人的头顶上，在整个巨大的人海上，腾起了一阵声音，这声音在空中荡漾着，刺到人心里，刺到人心里令人惊心动魄：

"唉，可怜呀，咱们的孩子！……"

无边无际的人海，都波动起来：

"……咱们的孩子！……咱们的孩子！……"

他像石头一样看着他们，等了一下，又说：

"草原上、森林里、深山里，咱们的人有多少都死在敌人的枪弹下，都长眠在那里了！……"

大家把帽子脱了。一阵坟墓般的沉寂，无边无际地动荡着，于是在这沉寂里，有女人低声的呜咽，这就像墓碑一般，像墓上的花束一般。

郭如鹤低着头，稍站了一会儿，后来抬起头，对这成千累万的人，环顾了一下，又把沉寂冲破了：

"那么，千千万万的人，为着什么要受这些痛苦呢？……为着什么呢？！"

他又对他们望了一眼，忽然间，说出意想不到的话来：

"为着一件事：为着苏维埃政权，因为只有它才是农民和工人的，此外他们什么也没有……"

那时，无数的叹息，都从胸膛里发出来，零落的泪珠，忍不住地、吝啬地在那些铁脸上滚着，在那些饱经风尘的欢迎者的脸上，也慢慢滚着，在老头子们的脸上滚着，姑娘们的眼睛里；泪珠也在闪闪发光……

"……为着农民和工人的……"

"原来是这么着啊！原来是为着这咱们才拼命、倒毙、死亡、牺牲，把孩子都丢了啊！"

眼睛都好像大大地睁开了，都好像第一次听到这秘密中的秘密似的。

"善人们，叫我说两句吧，"郭必诺老太婆叫着，伤心地拭着鼻涕，往马车紧跟前挤过去，抓住车轮，抓住车帮，"让我说……"

"等一等，郭必诺老妈妈，让咱们头目说完吧，让他说完你再说吧！"

"你别动我。"她用肘子抵抗着，紧紧抓住车帮爬上去——不管怎样也拉不下来她。

于是穿得破破烂烂的老太婆，包着头巾，一缕缕的苍白头发，从头巾里露出来，她叫道：

"救救吧，善人们，救救吧！火壶都丢在家里了。我出嫁的时候，妈妈把这给我做嫁妆，并且告诉我说，'爱惜它要像爱惜自己的眼睛一样'，可是我把它丢了。算了吧，让它丢了吧！让咱们的亲政府活着吧，因为咱们的腰一辈子都累弯了，不知道快乐。可是我的儿子……我的儿子……"

不晓得老太婆是因为太悲伤呢，还是因为模糊得连她自己也不明白的一闪念的喜悦呢，她的老泪扑簌簌落下来了。

整个人海又掀起一阵沉重的欢欣的叹息，这叹息一直传到草原的边际。可是郭必诺的老头子，哭丧着脸，不作声地爬到马车上了。啊，这人你是拉不下来的——强壮的老汉，好像骨头缝里都泡透了柏油和黑土壤一般，两手简直像马蹄子一样。

一爬上去，高得使他吃了一惊，可是立刻就把这忘了。这位饱经风尘的、像一根大木头的人，就像没有上油的马车一样，用哑嗓子说起来：

"喔！……虽说是一匹老马，可是一匹顶好的拉车的马呀。吉卜赛人，大家都晓得，是识马的老行家，照马嘴里和尾巴底下一看，就说十个年头了，可是它实在二十三个年头了！……牙齿可好得很呀！……"

老头子笑起来，他生平第一次笑起来，无数的小木扦似的皱纹，堆在眼睛周围，他机智地用顽皮孩子的笑声笑起来，这笑声和他那土堆似的身个是不相称的。

老太婆仓皇失措地拍着自己的大腿说：

"我的天啊！善人们，都瞧吧，他发疯了，还是怎么呢！不作声、不作声，一辈子老不作声。不作声娶了我，不作声爱了我，不作声打了我，可是现在却开口了。这怎么着呢？他一定发疯了，快把他拉下来呀！……"

老头子立时把皱纹收起来，把下垂的眉毛一竖，于是那没上油的马车似的哑嗓子，又在整个的草原上响起来：

"把马打死了，死了！……一切都丢了，车上的东西全都丢了。我们是走来的。我把马后鞦割下来，就连那后来也都丢了。老婆的火壶和一切家当全都丢了，可是我敢赌咒，"他用粗嗓子大声说，"我不可惜这些！……让它丢了吧，我不可惜，都丢了吧！……都为了咱们庄稼汉的政府。没有它咱们早都死了，死在篱笆跟前都烂光了……"于是流着吝啬的眼泪哭起来。

像波浪一样奔腾起来，狂风暴雨似的到处在叫喊：

"啊——啊——啊——啊！……这是咱们的大会啊！是咱们的亲政府啊！……让它活着吧！………苏维埃政权万岁！……"

到处都叫喊着。

"这就是幸福吧?！……"郭如鹤胸中，火一般烧起来，嘴巴打着战，想着。

"原是这么着啊！……"在那憔悴的、穿着破衣服的铁的行列里，突如其来的忍不住的狂喜的火焰，燃烧起来。"原是为着这咱们才忍饥受寒，经历千辛万苦，不仅是为着自己的一条命啊！……"

心灵的创伤还没有平复，眼泪还没有干的母亲们——不，她们永远不会忘记那些好像饿得露着牙齿的山峡啊，永远不会忘记呢！可是连这些可怕的地方，以及关于这些可怕的记忆，都化作静穆的悲哀。所有这些，在草原上荡漾着的无边无际的人海的庄严伟大的狂喜里，也都找到了自己的位置。

脸对脸站在这些憔悴、赤裸的人的铁的行列对面的好多行列的人，都穿得整整齐齐，吃得饱腾腾的，在这空前庄严的时刻，他们感到自己的孤独，不禁惭愧得含着眼泪。行列凌乱了，都排山倒海地向那穿着破衣服的、几乎光着脚的、面目憔悴的郭如鹤站着的马车跟前拥去了。于是一片吼声，在那无边无际的草原上滚动起来：

"咱们的父——亲！你晓得什么地方好，就把咱带去吧……咱们死都甘心的!"

千万只手都向他伸去,把他拉下来;千万只手把他举到肩上,举到头顶上举走了。无数的人声,把草原周围几十俄里远都震动了:

"乌啦——啦——啦!……乌啦——啦——啦……啊——啊——啊……亲老子郭如鹤万岁!……"

把郭如鹤也抬到那整整齐齐站着的行列跟前;抬到炮兵跟前;抬到骑兵的马中间。骑兵们都满面狂喜地在马鞍上转过身子,张着黑魆魆的口,连续不绝地喊着。

把他抬到难民中间,抬到马车中间,母亲都举着孩子向他伸去。

又把他抬回来,小心翼翼地放到马车上。郭如鹤张开口要说话,于是所有的人都仿佛第一次才看见他似的惊叹起来:

"他的眼睛是蓝的啊!"

不,都没喊出来,因为都不会用话来表达自己的感觉,可是他的眼睛确实成了碧蓝的、温柔的了,而且用可爱的孩子般的微笑笑着——都不是那么喊着,而是这么喊起来:

"乌——啦——啦——啦,咱们的父亲万岁!……愿他长生不老吧!……就是跟他到天边咱们也都去……咱们要替苏维埃政权拼命。咱们要和地主、沙皇将军、军官们拼命呢……"

他那碧蓝的眼睛,温柔地望着他们,可是心里好像火烧一般:

"我没有父亲,没有母亲,没有老婆,没有弟兄,没有朋友,也没有亲戚,只有这些人,只有我从死亡里把他们带出来的这些人……我,是我带出来的。这样的人有千千万万啊,他们脖子上都套着绞索,我要替他们去拼命。这里有我的父母妻子,有我的家……我,是我从死亡里把这千千万万人救出来的啊……是我从可怕的死亡的绝境里把他们救出来啊……"

心里好像火烧一般,可是口里却说:

"同志们!"

不过没来得及说。一群水兵把战士向左右推开，汹涌地冲来。到处都是圆帽子，飘带迎风飘动。成群的水兵，拼命用肘子推着，向马车越拥越近了。

郭如鹤的眼睛，闪着灰钢一般的光芒，望着他们，脸也好像铁一般，咬紧牙关。

已经很近了，已经只隔着一层单薄的被冲激的士兵线了。周围都像洪水一样泛滥起来。一眼望去，到处都是圆帽子，飘带迎风飘动。马车好像孤岛似的发着暗色，车上站着郭如鹤。

一个强壮的、宽肩膀的水兵，抓住马车。他满身挂着炸弹、两支手枪和子弹带。马车歪了一下，吱吱发响。他爬上去，同郭如鹤并排站着，脱了圆帽子，飘带迎风飘动。于是用哑嗓子喊着——在他这嗓音里有海风，有广阔的海洋的咸味，有勇敢，有酒醉和淫荡的生活。他用哑嗓子喊得整个草原都听见了。

"同志们！……我们水兵们、革命者们，在郭如鹤同你们面前悔悟了，赔罪了。当他救人民的时候，我们百般同他作对，直截了当说，恶意地和他捣乱，不帮他的忙，反而责难他，可是现在我们知道错了。我代表所有在场的水兵，向郭如鹤同志深深鞠躬，并且诚心诚意说：'我们错了，别对我们生气吧。'"

水兵弟兄们一齐都用含着海水咸味的声音喊着：

"我们错了，郭如鹤同志，错了，别生气吧！"

千百只有力的手把他拉下来，拼命掷着。把郭如鹤高高掷到空中，落下来，落到他们手中，又掷上去，于是草原、天、人，都好像车轮似的转起来。

"糟了——狗崽子，把五脏六腑都弄翻了！"

无边无际的草原，都响着震天动地的喊声：

"咱们的父亲，乌啦——啦——啦……乌啦——啦——啦！……"

当把郭如鹤重新放到车上，他轻轻摇晃了一下，把蓝眼睛一眯缝，就机智地微微一笑，想着：

"瞧吧，爱吹牛的狗东西，真会装腔作势。换一换地方的话，真会把我的皮都剥了的……"

可是他却用那略微上锈的铁的声音大声说："谁要提起旧事就叫他吃耳光。"

"咯——咯——咯！……哈——哈——哈！……乌啦——啦——啦！……"

好多要发言的人都等着发言。每个人都说着最要紧的、最主要的，如果他不说出来，仿佛一切都要爆炸似的。庞大的人海倾听着。那些紧紧挤在马车周围的人倾听着。远一点儿的地方，只听到片言只语，靠边的地方，什么也听不见了，可是都同样贪婪地伸着脖子，侧耳倾听着。女人们把空乳头塞到孩子嘴里，或者匆匆摇着，拍着他们，都伸着脖子，侧耳倾听着。

说也奇怪，虽然听不到，或者只听到一言半语，可是结果重要的却都知道了。

"听见了吗，捷克人[1]这狗东西攻到莫斯科跟前了，可是在那里照脸上狠狠给了一家伙，就往西伯利亚逃去了。"

"地主们又蠢动起来了，扬言要把土地还给他们呢。"

"把咱的屁股亲一亲，咱们也不给他。"

"你听说没有，潘纳休克：俄国有红军呢。"

"什么样呢？"

"红的啊：裤子是红的，布衫是红的，帽子也是红的，好像煮熟的龙虾一样，前前后后都红透了。"

---

[1] 这是指第一次世界大战期间，沙皇俄国俘虏了约五万捷克战俘，安置在西伯利亚。十月革命后，苏维埃政府准许他们经远东回国。在往远东途中，在美、英、法等帝国主义及白匪军指使下，曾掀起了反苏维埃政权的武装叛乱，后被红军扑灭。

"别胡扯吧。"

"真的！说话的人刚刚才说过了的。"

"我也听见了：那里已经没有'士兵'这个称呼了[1]，统统都叫'红军战士'。"

"或者也发给咱们红裤子穿吧？"

"听说纪律很严呢。"

"哪能比咱们的纪律还严呢：当咱们的头目要揍咱们的时候，大家都好像戴上了勒口的马一样，都规规矩矩躺下来。瞧瞧吧：一站起队来，直得像一条线似的。咱们从村镇里经过时，没有一个人喊冤叫苦的。"

听到发言人的一言半语，就都传说着，不会表达出来，可是都感觉到他们这支队伍，被无边无际的草原，被不能通过的崇山峻岭和茂密的森林隔绝的队伍，他们在这儿也创造了——即便同那在俄国、在世界上所创造的东西比起来是极小的吧，可他们是在这里创造的，是在忍饥受饿、赤身露体、光着脚、没有物质资源、没有任何帮助的情况下创造的。是他们自己创造的。虽说都不明白这个，而且也不会把这表白出来，可是都感觉到这个。

发言的人轮流说着话，一直说到苍茫的黄昏上来的时候。随着发言人的说话，所有的人都越来越感觉到那无限的幸福，是同有些人知道、有些人不知道的那被称作苏维埃俄罗斯是分不开的。

无数的营火堆，在黑暗里发着红光，同样，无数的繁星，在天空闪着光芒。

被火光照着的黑烟，静静地升起来。穿着破衣服的战士们、妇女们、老头子、儿童，都围着营火坐着，筋疲力尽地坐着。

---

[1] 十月革命后一个期间，"士兵"一词不用，而称"战士"，或"红军战士"。凡称"士兵"者，均指沙皇部队而言，"军官"一词也是如此。

　　像烟雾在繁星密布的天空消失了一般，狂喜的热情，在那不觉得疲倦的无边的人海上消失了。在这柔和的黑暗里，在这营火的光影里，在这无边的人海里，温存的微笑消失了——梦魇悄然地飘来。

　　营火熄灭了。寂静。苍茫的夜。

原作于一九二四年

一九三一年五一节，译完于列宁格勒

我怎么写《铁流》的

绥拉菲莫维奇

《铁流》的主旨是什么？

我常常这样想：主要的、唯一无二的原动的和组织的革命力量是无产阶级，可是十月革命不是它一手所完成的——它曾推动广大的农民群众去参加斗争。

如果工人阶级在革命斗争里只是它一个，那它定会被敌人击败了的，这一点我们在过去的革命里曾经看见过的。在十月革命里，农民帮助了无产阶级，因此十月革命就得到胜利了。

农民按自己的倾向说，是和工人阶级完全不同的。工人是从生产锻炼出来的，他用全生命去准备为革命而斗争，他没有任何私产。

农民是一个私有者：他有牛、马、土地、房屋。农民是一个有家产的人。虽说常常是很小而且是很贫穷的家产，但总是一个有家产的人。这就根本和工人不同了，这就完全使他对于革命发生另一种关系。他的生活是很苦的，可是他大概这样想：最好把地主打倒，把土地弄到自己手里来；最好把地主的用具，两头牛、两匹马和犁弄到自己手里来，其余什么也不要，我过活着，发着财，光景慢慢就好起来了。这是小私有者的思想结构。因此，当革命一爆发的时候，农民为着很快把地主打倒，把他的财产夺来，为着这就都起来了，至于关于革命前途的发展，他们连想都不曾想到，也不曾想到将来还要前进呢。

农民有着这样的思想结构，怎么会终于投入到革命斗争里，怎么会终于组织到极庞大、极惊人、给无产阶级革命带来了胜利的红军里呢？

我怎样搜集和研究材料的？

我常常想，怎么才能用艺术手法把这表现出来呢？我就常常找材料，找关于农民群众的革命力量表现得最鲜明的材料，并且表现出无产阶级怎样把这力量领导到自己的道路上来。

我有很多关于国内战争的材料。从西伯利亚来的同志们告诉我很多动人的场面，有好多比《铁流》里写得还要鲜明、还要悲惨的场面。可是，我仔细一想，终于把那些材料放下了。原因是这样的：在现在，如果你要写文艺作品，那么在所写的作品里，就要包含一种共通的思想。在个别场面里，包含一种共通的理想，一个理想贯串着一切场面，这理想赋予这些个别场面以意义。于是我就注意到一件事实上——注意到广大的贫苦群众从古班撤退的事实，那里的富裕阶层起来反对革命了。农民的和哥萨克的贫苦群众同一部分被击破的苏维埃军队，从古班向南方撤退，去同苏维埃主力军会合。这广大的农民群众不得已要撤退：因为富裕的哥萨克们对同情苏维埃的贫农开始屠杀了。可是这些群众都很不愿意走，因此抱怨苏维埃政府不能给他们办事，不能保护他们。这些群众当时是混乱而无组织的，他们不愿服从不久以前他们所选的长官。这些撤退的人在行军里受尽了千辛万苦，这些辛苦就是他们的大学，使他们在行军完结的时候完全改变了：赤身露体的、光脚的、憔悴的、受饿的人们，都组织成了极惊人的力量，这力量扫荡了自己道路上的一切障碍，到达了目的地。于是当他们从这辛苦里、血泊里、绝望里、酸泪里经历出来以后，他们的眼睛就睁开了。他们这时就觉到：是的，唯一的救星是苏维埃政权。这不是像无产阶级一样，是自觉地了解，而是一种本能的内心的感觉。因此我取了这材料。我觉得在这一个片断里，表现着我们的全体农民和他们对于革命的关系。

我所以取这材料的，还因为：我觉得如果你要写什么东西，那么你应该彻底了解它。可是我对于那地带是非常清楚的。我自己是南方人，是顿州哥萨克人，不断地而且长期地在高加索、古班，在黑海一带住过，因此那一带的居民，那一带的风土，总之，那一带的一切，我都是很熟悉的。当我正写东西的时候，为着使那一带的情况在记忆里恢复起来，我就又到那里走了一次。

其次，选这次运动的材料，我就遇到了率领这群众的领袖。他自己出身农民，不识字长大的，曾转战于土耳其战线上，在那里得到了军官的头衔，他对那些嘲弄过他的、对那些不愿把他和自己平等看待的以及在军官会议上不愿同他握手的军官们都非常憎恨。本地的农民都知道这个人，于是就把他举作自己的领袖。他极详尽地把这事情的经过告诉了我。

可是，同志们，当你取材的时候，时时刻刻要记着那述说自己生活的人，不可免地是从自己的特殊观点出发的。我又找了那些同他一块参加行军的同志们，我仿佛法官对质似的，反问了一番。听一个人说了以后，就反问第二个、第三个，以至于第十个。后来我又得到一本日记——这是一个工人在这次行军期间所记的日记。于是，这么一来，参考了亲身参加过这次行军者的陈述，我创造了一幅这次运动的真实的画面。可是要声明一句，这些群众不是仅仅走到我所写完的地方就停止了，他们又往前行进了。这一支军队到了阿斯特拉汗，可是我提前把我的小说结束了。为什么呢？因为我的任务已经完成了。我取了陷于无政府状态的、不服从自己长官的、时时刻刻都预备着要把自己的领袖杀害了的群众，经过了艰难，经过了痛苦，一直到了他们觉得自己是组织的力量的时候为止。对于我，这已经足够了。

关于郭如鹤

关于我作品中的主要人物——郭如鹤，给我提了好多问题。我详细答复这些问题。

一位同志问道：郭如鹤是一个真人呢，还是我自己虚构的呢？我答道：郭如鹤是一位真人。是我从实际生活里取来的。他姓郭甫久鹤。现在他在军事学院毕了业，在南方担任军长。

又一位同志问道：郭如鹤算不算一个英雄，或者《铁流》是没有英雄的小说，或者是那里边没有英雄呢？

郭如鹤是英雄，也不是英雄。他不是英雄，因为如果群众不把他当成自己的领袖，如果群众不把自己的意志装到他心里，那么，郭如鹤是一个最平常的人。可是，同时他也是一个英雄，因为群众不但把自己的意志装到他心里，而且追随着他，把他当作领袖服从他。比方，请你回想一下吧，就是在那时候，他手下的长官都穿着衣服，他身上的衣服都破烂得不成样子，就那样他都不容许自己去取人一根断线。他常常觉着自己的一举一动，都是被群众所注目。如果你要从他手里把群众夺过来，他就完全成了最平常的人了。

另外一个字条问我道：

"为什么郭如鹤的个性表现得不多？"

在一定程度上或许是我不知不觉地这样做的，可是有时是有分寸的：我不愿写一个印版式的、陈腐的英雄——他骑在马上、率领着群众前进——我想写的是他在实际上是怎么样，我就怎么样去写他。

而在另一个字条上问道：

"为什么给郭如鹤这样大的意义呢？"

不，同志们，如果我给郭如鹤过分大的意义，那么，我一定做了一个很大的艺术上的错误。这是不对的。我以为并没有给郭如鹤很大的意义。并且恰恰相反，我极力去表现群众把自己的意志装入郭如鹤的心里。

一个同志问道：

"为什么要取旧时的军官做领袖？为什么要取一个军官，这样仿佛是找不到一个平常的农民做领袖吗？"

当然能够的，而且这样的例子在实际生活中是有的。普通士兵、农民，在西伯利亚做了惊天动地的事业。同志们，可是，我终于来写郭如鹤。写了这个军官。因为我觉得他的命运是很特别的。因为就是这军官职位的本身，才把郭如鹤锻炼成一个极冷酷的地主、军官和他们的代表者的敌人。因此，我终于注意到这一特别的、有趣的人物上。

一位同志说：

"在《铁流》里有这样的矛盾：把郭如鹤描写得他完全把自己牺牲了，完全牺牲了自己不是为着叫人去赞美他，不是为了自己的光荣，而是实实在在地为着理想而奋斗的。可是忽然有几页上说他怕他的光荣会暗淡起来了。"

不，同志们！这里连一点儿矛盾也没有的，因为不能想着一个人完全是用一种颜色涂出来的。请你拿一个最纯洁、最高尚、一生都献给革命的革命者来说吧，如果你告诉我，说在他心里连一点儿虚荣心的种子都没有，那我要说你是不对的。这一粒种子是有的，这玩意在每一个人心里是不可免的。一切问题只在分量上。郭如鹤的虚荣心逐渐地化为乌有，而献身于革命的斗争的准备扩大到极大境界，而有些是适得其反：虚荣心逐渐增大，而献身于革命的心愿却逐渐缩小了。取人应该取活生生的，他是什么样就取什么样，带着一切内心的矛盾，这样才算真实的，才算有深刻的教育的真实，尤其是在文艺作品里。

又有一位同志看出了另一个矛盾：郭如鹤想打士兵们，可是对于自己的军官们却一下也不敢动。同志们，这里连一点儿矛盾都没有的，我再重复一遍：把一个活的人物画得好像恶劣的印版印出来的低级画片上的人物一般的美术家，不是好美术家。大概你们还记得隋锦的绘画吧：那画上的士兵们都同样地举着腿，腿上涂着蓝色，胸上是红色，脸上涂着黄色就完了。不能这样的——这不是美术。

人是复杂而矛盾的。郭如鹤想打自己的士兵们，可是对于自己的助手们却一下也不敢动：谁晓得呢，你伸手去打他们，他们或许会把你揍了的。这时他怕的不但是自己的性命，而且是怕把一切事情都会弄糟了呢。他是什么样我就把他写成什么样，我不把这一点抛弃，是因为我不想犯错误。不然的话，郭如鹤要被写成一个理想人物了，而这样的人物在世界上是没有的。

回答几个关于《铁流》的个别问题

有两个问题是关于《铁流》里所写的水兵问题：

"为什么把水兵们写成反革命的呢？"

另一个字条说道：

"把水兵们写得好像土匪一般，这是不对的。"

同志们，从歌曲里不能把词挖掉的，我最怕的是不真实。可是，实在说，怎么去写水兵呢？我们晓得很清楚，在沙皇时代的海陆空军里，水兵们是最革命的分子。十月革命时，他们毫不畏惧地投到革命斗争里，成群结队地牺牲了，可是此地突然来了这样一种调子。不过，显而易见，革命不是照着直线发展的，在革命里有好多迂回，有好多内心的矛盾，这部分就表现在水兵身上。他们毫不犹豫地献身革命，为革命牺牲。可是，水兵们在诺沃露西斯克把军舰击沉的时候，那军舰按照《布列斯特条约》，应该交给德国人，他们就把军舰上会计处的钱都取去，那钱在每只军舰上都是很多的。他们是按照大家的意见这样做的，做了之后，大家就把钱均分了。此后他们就堕落起来，饮酒、逛女人、挥金如土，仿佛他们想赶快把这痕迹消灭掉似的。可是这样就不白了事的：

水兵们就开始腐化、瓦解起来了，于是当哥萨克的反革命暴动开始的时候，当广大的难民群众开始撤退的时候，水兵们都感觉到哥萨克要把他们一个个地杀光。一部分水兵留在诺沃露西斯克，白党军官们就把他们都活埋了，另一部分水兵混入郭如鹤的部队里，就开始起瓦解作用了。这一种瓦解好像死神一般，时时刻刻削弱着部队。这些水兵不是反革命者，可是他们都没有充分觉悟到郭如鹤在自己部队里所定的铁的纪律是对的。水兵们就开始扰乱起来，煽动群众说郭如鹤在沙皇时代当过军官等等。水兵们而且还想谋杀郭如鹤呢。只有到末了的时候，他们看到自己是不对的，他们才都后悔了。

同志们，那时是这样的事实。在文艺作品里首先要免除的是撒谎和粉饰现实。

有人问我，为什么我用了乌克兰话？有人说这样把《铁流》弄得不好懂，弄得读起来不方便。这并不是弄得使人这样不懂，我并没有引用纯粹的乌克兰话，我用的是在顿州和古班一带通行的那一种话。这是一种很别致的乌克兰话。我想着这样可以传出一种地方色彩，可以加重我所描写的场面的真实。

说乌克兰话，就仿佛突然觉着我所要写的那个人物。可是，虽然如此，我觉得在《铁流》里所表现的场面是我们整个农民运动的一种典型。当然，我们的国家这样大，北高加索的，古班的农民和西伯利亚的，北德文的或中部的农民，在语言上，在风俗习惯上，当然都有区别。可在内心里是同样的那种社会的典型。

有好多人提到那些不中听的话。后悔吧，我错了。让我们来讨论一下，解释一下吧。我记得在革命前，在《俄国的财富》杂志上有位天才的作家发表了一篇小说，那小说是取材于顿河哥萨克生活的：哥萨克出外供职去了，哥萨克女子——他的年轻的、美丽的妻子爱上了别人。都晓得这件事是如何结局的：她怀孕了，就用极残酷的方法打了胎。在那时这样的事是很奇特的。可是高尚的读者们，尤其是该杂志的女读者们都咆哮起来了。抗议的信件，雪片似的飞到该杂志的编辑部，有些竟至谢绝订阅了。那些信大约都是这样的：我有女儿，十八岁了，从杂志上她会知道世界上有打胎的事呢，等等。

你们想怎么样，这些读者是对的吗？他们是不对的。当然，只有十八岁的女学生一点儿也不知道打胎的事，可是哥萨克女子们生长在另一个环境里。按照"高尚人们"的意见，你说叫如何办呢，实际生活是怎样不就是怎样吗？

不，同志们，不要怕生活，不要怕它的污秽方面。只要规定一个条件就好了。如果你，作者，想说些不中听的话或写些猥亵的作品，只图博得读者一场欢笑，那你是没有一点儿权利来这样做的。在这种情形下，你可以用最刻薄的、最卑鄙的话去斥责作家。如果那些不中听的话同文艺作品的脉络紧密地衔接着，如果这能特别烘托出被描写的人物的性格，那时作者是很有理的。

对于作者的要求，只要求他真实，只要求他不怕生活，只要求他在生活里有什么取什么，可是所取的不是为着博得人们的欢快或片刻的满足，而是为着叫你触着生活的本身，触着它的创伤和脓溃。

有人问我道：《铁流》译成外国文了没有？是的，有不久以前从德国给我寄的书，比这还早一些时，《铁流》载在柏林和奥地利的党报上。你们一定很愿意知道那里的读者对于《铁流》是持什么态度的。从那里来的同志们说，工人们都手不释卷地读着《铁流》，说写得真好，说他们第一次感觉到苏联的革命。所谓第一次，是因为报上的论文不能把我们的斗争的生动的情况传达给他们。而在《铁流》里，他们感觉到农民的雄伟的原始力量，感觉到无产阶级把这力量组织起来，领导到自己的道路上来。尤其有趣的是资产阶级报纸的评语。资产阶级的读者惊奇得不得了：啊，真好极了！真想不到俄国人会有这样高的艺术手法来写东西。大概他们想着咱们穿的都是草鞋，吃的是蜡油等等——资产阶级先前是这样论咱们的文化的。总之，这本书在国外是得到很大成功的。

最后问我道：在《铁流》里我自己觉得有什么缺点没有？是的，我觉得有的。我想我所表现的人物，表现的一切群众，比较上不算坏，有些地方非常显明，可是无论如何，在作品里有很大的缺点，如果我现在要写《铁流》的话，我是不会再有这缺点的。这就是在作品里我没有把无产阶级怎样领导农民直接地表现出来。这种领导在那里我表现得只有默默地去意会出来——郭如鹤对自己的军队说着苏维埃政权，说着革命，他所说的这些话不是凭空得来的。他是从什么地方取来的，他能从什么地方取来呢？不是从他所出身的农民里得来的，而是从革命的无产阶级里得来的。在大体上，这种无产阶级的领导可以感觉到，可是这应当更鲜明地把它表现出来。应该表现出工人来。我所以犯这种错误，是因为我处处死板地根据具体的事实来写，而在这次具体的事实上，工人们没有起很大的作用。我该把工人描写成居于领导地位。这错误是很大的。

一九三一年八月十五日
译于列宁格勒郊区苏逸达别墅

编校后记

鲁　迅

　　到这一部译本能和读者相见为止，是经历了一段小小的艰难的历史的。

　　去年上半年，是左翼文学尚未很遭压迫的时候，许多书店为了在表面上显示自己的前进起见，大概都愿意印几本这一类的书；即使未必实在收稿吧，但也极力要发一个将要出版的书名的广告。这一种风气，竟也打动了一向专出碑版书画的神州国光社，肯出一种收罗新俄文艺作品的丛书了，那时我们就选出了十种世界上早有定评的剧本和小说，约好译者，名之为"现代文艺丛书"。

　　那十种书，是——

　　1.《浮士德与城》：A·卢那卡尔斯基作，柔石译。

　　2.《被解放的堂·吉呵德》：同人作，鲁迅译[1]。

　　3.《十月》：A·雅各武莱夫作，鲁迅译。

---

[1] 原定为鲁迅先生译，后改为瞿秋白译。——靖华注

4.《精光的年头》：B·毕力涅克作，蓬子译。

5.《铁甲列车》：V·伊凡诺夫作，侍桁译。

6.《叛乱》：P·孚尔玛诺夫作，成文英译。

7.《火马》：F·革拉特珂夫作，侍桁译。

8.《铁流》：A·绥拉菲莫维奇作，曹靖华译。

9.《毁灭》：A·法捷耶夫作，鲁迅译。

10.《静静的顿河》：M·绍洛霍夫作，侯朴译。

里培进斯基的《一周问》和革拉特珂夫的《士敏土》，也是具有纪念碑性的作品，但因为在先已有译本出版，这里就不编进去了。

这时候实在是很热闹。丛书的目录发表了不久，就已经有别种译本出现在市场上，如杨骚先生译的《十月》和《铁流》，高明先生译的《克服》，其实就是《叛乱》。此外还听说水沫书店也准备在戴望舒先生的指导之下，来出一种相似的丛书。但我们的译述却进行得很慢，早早交了卷的只有一个柔石，接着就印了出来；其余的是直到去年初冬为止，这才陆续交去《十月》《铁甲列车》和《静静的顿河》的一部分。

然而对于左翼作家的压迫，是一天一天地吃紧起来，终于紧到使书店都骇怕了。神州国光社也来声明，愿意将旧约作废，已经交去的当然收下，但尚未开手或译得不多的其余六种，却千万勿再进行了。那么，怎么办呢？去问译者，都说，可以的。这并不是中国书店的胆子特别小，实在是中国官府的压迫特别凶，所以，是可以的。于是就废了约。

但已经交去的三种，至今早的一年多，迟的也快要一年了，都还没有出版。其实呢，这三种是都没有什么可怕的。

然而停止翻译的事，我们却独独没有通知靖华。因为我们晓得《铁流》虽然已有杨骚先生的译本，但因此反有另出一种译本的必要。别的不必说，即其将贵胄子弟出身的士官幼年生译作"小学生"，就可以引读者陷于极大的错误。小学生都成群地来杀贫农，这世界不真是完全发了疯吗？

译者的邮寄译稿是颇为费力的。中俄间邮件的不能递到是常有的事。所以他翻译时所用的是复写纸，以备即使失去了一份，也还有底稿存在。后来补寄作者自传、论文、注解的时候，又都先后寄出相同的两份，以备其中或有一信的遗失。但是，这些一切，却都收到了。虽有因检查而被割破的，却并没有失少。

为了要译印这一部书，我们信札往来至少也有二十次。先前的来信都弄掉了，现在只抄最近几封里的几段在下面。对于读者，这也许有一些用处的。

五月三十日发的信，其中有云：

　　《铁流》已于五一节前一日译完，挂号寄出。完后自看一遍，觉得译文很拙笨，而且怕有错字、脱字，望看的时候随笔代为改正一下。

　　关于插画，两年来找遍了，没有得到。现写了一封给毕斯克列夫的信，向作者自己征求，但托人在莫斯科打听他的住址，却没有探得。今天我到此地的美术学院去查，关于苏联的美术家的住址，美院差不多都有，就是没有毕氏的。……此外还有《铁流》的原本注解，是关于本书的史实，很可助读者的了解，拟日内译成寄上。另有作者的一篇《我怎么写〈铁流〉的》也想译出作为附录。又，新出的原本内有地图一张，照片四张，如能用时，可印入译本内……

毕斯克列夫（Н. Пискарев）是有名的木刻家，刻有《铁流》的图若干幅，闻名已久了。寻求他的作品，是想插在译本里面的，而可惜得不到。这回只得仍照原本那样，用了四张照片和一张地图。

七月二十八日信有云：

十六日寄上一信，内附《铁流》正误数页，怕万一收不到，那时就重抄了一份，现在再为寄上，希在译稿上即时改正一下，至感。因《铁流》是据去年所出的第五版和廉价丛书的小版翻译的，那两种版本并无出入。最近所出的第六版上，作者在自序里说这次是经作者亲自修正，将所有版本的错误都改正了。所以我就照着新版又仔细校阅了一遍，将一切改正之处，开出奉寄。……

八月十六日的信里，有云：

前连次寄上之正误、原注、作者自传，都是寄双份的，不知全收到否？现在挂号寄上作者的论文《我怎么写〈铁流〉的》一篇，并第五、六版上的自序两小节，但后者都不关重要，只在第六版序中可以知道这是经作者仔细订正了的。论文系一九二八年在《在文学的前哨》（即先前的《纳巴斯图》）上发表，现在收入去年（一九三〇）所出的第二版《论绥拉菲莫维奇集》中，这集子是尼其廷的礼拜六出版社印行的《现代作家批评丛书》的第八种，论文即其中的第二篇，第一篇则为前日寄上的《作者自传》。这篇论文，和第六版《铁流》原本上之二四三至二四八页的《作者的话》（编者涅拉陀夫记的），内容大同小异，各有长短，所以就不译了，此外尚有《绥氏全集》的编者所作关于《铁流》的一篇序文。在原本卷首，名：《十月的艺术家》，原想译出，奈篇幅较长，又因九月一日要开学，要编文法的课程大纲，要开会等许多事情纷纷临头了，再没有工夫翻译，《铁流》又要即时出版，所以只得放下，待将来再译，以备第二版时加入吧。

我们本月底即回城去。到苏逸达后，不知不觉已经整两个月了，夏天并未觉到，秋天，中国的冬天似的秋天却来到了。中国夏天是到乡间和海边避暑，此地是来晒太阳。

毕氏的住址转托了许多人，都没有探听到，莫城有一个"人名地址问讯处"，但必须说出他的年龄、履历才能找，我怎么说得出呢？我想来日有机会我能到莫城时自去探访一番，如能找到，再版时加入也好。此外原又想选译两篇论《铁流》的文章如Д. А. фурманов 等的，但这些也只得留待有工夫时再说了……

没有木刻的插图还不要紧，而缺少一篇好好的序文，却实在觉得有些缺憾。幸而，史铁儿[1] 竟特地为了这译本而将涅拉陀夫的那篇翻译出来了，将近二万言，确是一篇极重要的文字。读者倘将这和附在卷末的《我怎么写〈铁流〉的》都仔细地研读几回，则不但对于本书的理解，就是对于创作，批评理论的理解，也有很大的帮助的。

还有一封九月一日写的信：

前几天先后寄上之作者传、原注、论文、《铁流》原本以及前日寄出之《绥氏全集》卷一，内有插图数幅，或可采用：（一）一九三〇年之作者；（二）右边，作者之母及怀抱中之未来的作者，左边，作者之父；（三）一八九七年在马理乌里之作者；（四）列宁致作者信。这些不知都能如数收到否？

毕氏的插图，无论如何找不到；最后致函绥拉菲莫维奇，绥氏将他的地址开来，现已写信给毕氏，看他的回信如何再说。

当给绥氏信时，顺便问及《铁流》中无注的几个字，如"普迦奇"等。承作者好意，将书中难解的古班式的乌克兰话依次用俄文注释，打了字寄来，计十一张。这么一来，就发现了译文中的几个错处，除注解的外，翻译时，这些问题，每一字要问过几个精通乌克兰话的人，才敢决定，然而究竟还有解错的，这也是十月后的

---

[1] 史铁儿是瞿秋白同志的笔名——靖华注

作品中特有而不可免的钉子。现依作者所注解，错的改了一下，注的注了出来，快函寄奉，如来得及时，望费神改正一下，否则，也只好等第二版了……

当第一次订正表寄到时，正在排印，所以能够全数加以改正，但这一回却已经校完了大半，没法改动了，而添改的又几乎都在上半部。现在就照录在下面，算是一张《铁流》的订正及添注表吧。（靖华按：为阅读方便计，在此次改版时，已在正文中改正，故此表从略。）

以上，计二十五条。其中的三条，即"加克陆克""普迦奇""加芝利"，是当校印之际，已由校者据日文译本的注，加了解释的，很有点不同，现在也已经不能追改了，但读者自然应该信任作者的自注。

至于《绥拉菲莫维奇全集》卷一里面的插图，这里却都未采用。因为我们已经全用了那卷十（即第六版的《铁流》这一本）里的四幅，内中就有一幅作者像；卷头又添了拉迪诺夫（И. Радинов）所绘的肖像，中间又加上了原是大幅油画，法棱支（R. Frenz）所作的《铁流》。毕斯克列夫的木刻画因为至今尚无消息，就从杂志《版画》（Гравюра）第四集（一九二九）里取了复制缩小的一幅，印在书面上了，所刻的是"外乡人"在被杀害的景象。

别国的译本，在校者所见的范围内，有德、日的两种。德译本附于涅威罗夫的《粮食充足的城市，达什干德》（A. Neverow：Taschkent, die brotreiche Stadt）后面，一九二九年柏林的新德意志出版所（Neuer Deutscher Verlag）出版，无译者名，删节之处常常遇到，不能说是一本好书。日译本却完全的，即名《铁之流》，一九三〇年东京的丛文阁出版，为《苏维埃作家丛书》的第一种；译者藏原惟人，是大家所信任的翻译家，而且难解之处，又得了苏俄大使馆的康士坦丁诺夫（Константинов）的帮助，所以是很为可靠的。但是，因为原文太难懂了，小错就仍不能免，例如上文刚刚注过的"妖精的成亲"，在那里却译作"妖女的自由",分明是误解。

我们这一本,因为我们的能力太小的缘故,当然不能称为"定本",但完全实胜于德译,而序跋、注解、地图和插画的周到,也是日译本所不及的。但是,待到攒凑成功的时候,上海出版界的情形早已大异从前了:没有一个书店敢于承印。在这样的岩石似的重压之下,我们就只得宛委曲折,但还是使她在读者眼前开出了鲜艳而铁一般的新花。

这自然不算什么"艰难",不过是一些琐屑,然而现在偏说了些琐屑者,其实是愿意读者知道:在现状之下,很不容易出一本较好的书,这书虽然仅仅是一种翻译小说,但却是尽三人的微力而成——译的译,补的补,校的校,而又没有一个是存着借此来自己消闲,或乘机哄骗读者的意思的。倘读者不因为她没有《潘彼得》或《安徒生童话》那么"顺",便掩卷叹气,去喝咖啡,终于肯将她读完,甚而至于再读,而且连那序言和附录,那么我们所得的报酬,就尽够了。

一九三一年十月十日

绥拉菲莫维奇访问记

曹靖华

> ……您的作品……唤起了我对您的深厚的同情，我很想告
> 诉您：工人和我们大家是多么需要您的工作啊……
>
> ——列宁给绥拉菲莫维奇的信

这是一九三二年十二月一日的事了。

虽然早晨八点钟了，可是莫斯科的夜幕还没有升起。我从我的临时寓所出来，乘电车到了加桑车站，买了票，上了火车。

大约只过了一小时，就到了目的地——休养站。

实在说，这不是车站。这大概是站与站之间新添不久的一个停车的地方。

既没有月台，也不见票房。铁路旁边搭着一个临时的木棚，权作售票的地方。难怪当我在车上问起休养站的时候，几乎没人知道。

站的周围，不见道路，也没有房屋。除了临时售票的木棚以外，便

是一望无际的葱翠的松林和晶莹的白雪。

这真是如入无人之境。绥拉菲莫维奇在哪里呢?

我踌躇了。

把绥拉菲莫维奇的儿子耶戈尔昨晚给我开的详细地址和绘的路程图从皮包里掏出来,看了一遍,还是茫然。就到售票的地方问道:

"请告诉我,赤松林在哪里?"

"对面就是。"

"你晓得作家绥拉菲莫维奇住在什么地方?那森林里有人家吗?"我又问道。

"不晓得。你过了铁路,顺着右边的小路走,就看到人家,到那里问吧。"

我过了铁路,顺着白雪上几乎辨不清的小径,往森林里去了。

到了森林里,回头不见铁路,也望不清车站。上边是葱翠茂密的松针,遮着青天,下边是晶莹的茫茫白雪,盖着大地。林间阵阵的清香的松涛,沁人心脾。当风停涛止的时候,松林里静寂得几乎连一根松针落下来都可以听见。一小时前的繁华紧张的赤都的印象,都被这阵阵的松涛冲洗得一干二净了。

我到了一座别墅式的木房跟前,轻轻叩了门。应着叩门声,出来一位慈祥的有着城市风度的中年妇人和一个七八岁的孩子。

"对不起,请问你可知道绥拉菲莫维奇的别墅在什么地方?"我问道。

"从森林里向左去,不远就是。不,怕你很难找,还是让孩子引你去吧。"

"多谢,多谢!好极了,如果可以的话。"我不等她吩咐孩子,就又高兴又感谢地忙着说。

"把这位客人领去。"她吩咐着孩子说。

"到哪去?"孩子莫名其妙地问着。

"波波夫那里。"她解释道。

大概绥拉菲莫维奇平常还用真姓，所以这孩子只知波波夫，而不知道绥拉菲莫维奇了。

孩子随手拾起一根松枝，在雪地上抽着，引着路在前边走着。

四周是无际的、擎天的、葱翠的松海。地下是松软的、晶莹的、茫茫的白雪。松林中间有一片小小的空地，空地上有一座精致的两层楼房的别墅，全是木质的。

"这大概就是吧?"我问道。

"是的。"小孩子答道。

敲了门，出来一位妇女：

"请进来，请进来，从列宁格勒来的吧? 我上楼通知一声，请等一下。"

她连我说出"是的"这个字都顾不着等地就跑上楼去了。

"请吧。"她连忙又出现到楼梯的转角处，对我说着，就等着把我引上去了。

"请吧，请进来，欢迎得很! 曹同志! 昨晚我的女工同志从城里来，说你今天要来的。"绥拉菲莫维奇同志在门口迎着，握着我的手说。

我们进到一个不大的房间里。这是书房，又是卧室。室内简单、朴素，可是非常整洁。一张单人铁床、一张写字桌、四把木椅子、一个小书架，架上放着一部新出版的《列夫·托尔斯泰全集》和几本杂书。

我坐在写字桌对面。他把自己的椅子拉到我紧跟前，双手按着膝盖，慈祥的面孔上，堆着亲切真挚的微笑。炯炯的目光凝视着我。他一见如故，恳切自然。尚未坐定，一连串问题就发出来了。

他从中国左联问到苏区，问到工农红军，问到……满怀兴奋、渴望、关切地询问着。迫不及待地一个问题没完，就跳到另一个问题上了。

"呵，呵……我们的报刊对这些介绍得太少了! 这多么有意思啊!"

他插着说。

接着又问到苏联文学对中国读者的影响，有哪些作品介绍到中国等等。

我匆忙而简扼地把他提出的问题回答过后，就紧接着说：

"你的《铁流》也越过了万里云山，冲过了千关万卡，流到中国读者面前了……"

我说着，唯恐他那连珠枪似的问题，打断了我的话，一面说，一面就把鲁迅从上海寄来的两部《铁流》，从书包里掏出来，递给他：

"让我把中文版的《铁流》送给你吧。并且再一次谢谢你去年特别给我们写的注解……"

"难道可出版了吗？"

他说着，把书接到手里，前后翻阅着，炯炯的目光，再三细看着一切插画、装潢、纸张等等，高兴地又握了握我的手说：

"多谢得很！这样精美的版本，是《铁流》出世后我第一次看见！好极了！它还能在中国出版吗？没有被禁止吗？"

"出版是经过重重困难的，没有书店敢出版，这是鲁迅亲手编校，自己拿钱印的。"

"这更其难能可贵了……啊哈，鲁迅，《阿Q正传》的作者……"他插着说。

"是的……在中国反动政权的岩石似的重压下，你的《铁流》不但开出了铁一般的艳丽的鲜花，而且给中国读者很大的鼓舞，在思想上武装了他们。"

"哈哈，是吗！……对不起，请让我也送给你两部书吧！"他说着就随手把桌上放的新出的他的全集中的三卷小说——《一九〇五年》《旧俄罗斯》和《在炮烟里》等取过来，拿起笔在每卷的扉页上写着：

《铁流》中文译者曹同志存念

绥拉菲莫维奇于休养林中

一九三二年十二月一日

写罢递给我。我们又握了手。

到早餐的时候了。门口楼梯旁的平台上，靠窗放着餐桌，摆着早餐。

"请去吃早餐吧，曹同志！"

"谢谢！我在车上吃过了，绥拉菲莫维奇同志！"

"不行！不行！得去吃！这是法律！"他连说带笑地把我推出去了。

在吃早餐的时候，他说他现在看一本《划船术》。问我会划船不会。他说他要学划船，对这很感兴趣呢：

"去年夏天我同萧洛霍夫在顿河划船。真有趣，把衣服都溅湿了。划够了的时候，就到岸上生起火来，烘着衣服……"

"最近在《十月》杂志的预告上，知道《铁流》的续篇《斗争》将在该杂志上发表。这是苏联文坛上的一件大事。苏联国内外的读者读了《铁流》之后，恐怕都一心希望着《斗争》呢！这部作品脱稿了没有？预备从哪一期开始发表呢？"

"是的，从哪一期发表，还说不定。还没有写起呢。"他答道。

"你目前在写什么呢？"我又问道。

"现在应广播电台的邀请，把《铁流》缩写起来，准备录音用，全书大约一小时播完。"

我又问他爱哪些苏联作家。他答道：

"萧洛霍夫、李昂诺夫、伊凡诺夫……尤其是萧洛霍夫。我很爱他的《静静的顿河》。他是一个有天才的青年作家。前天《文学报》上发表了他的新的长篇《被开垦的处女地》的片段。即此片段，也显出了作者的风格是向新的前途迈进的。"

208

"近两年来的苏联作品，你喜欢哪些？"我又问道。

"《布鲁斯基》[1]很好。伊里茵珂夫的《主动轴》也写得很好，我很爱。我现在要写一篇文章来评论这部小说。"

"你的论文将在哪里发表？"我忙着问道。

"在莫斯科《真理报》上，"他继续说，"这是一部生动而真实的作品。我们好多作品都失之单调、公式化……作者都把生活的辩证法忽略了，把作品的主人公走上革命道路的时候，都写成是走直路的。实际并不如此，一个内心充满矛盾的活生生的人，走上革命道路的时候，多半都是迂回曲折的：有时主人公对革命不了解，有时踌躇，有时犯错误……在错误中吸取教训，在实际生活中得到锻炼……经过了好多曲折，才走到革命道路上来。在作品里也要真实、生动、细致地把这些变化、成长过程都表现出来……我们处在极有意义的时代，人类史上没有的伟大时代，群众的思想、情感，都神速地向社会主义转变着……可是反映这些转变的真实的好作品却不大多。时代跑到前边去了……"

最后他又问道：

"听说汉字很难学，是不是？有没有人在提倡用拉丁字母拼音来代替，使文化普及到工农群众中呢？"

……

大约两点钟了。我说了告辞的话以后，他说：

"好，咱们一块走，我也要进城呢。"

他亲自拣了两件衬衣，用细绳扎起，装到书包里。那细绳是用过的旧绳子，但他都舍不得随手抛弃，却把它整整齐齐地卷成一小卷，放在书桌顶下边的抽斗里，以备不时之需。

看来，事无巨细，他都是亲手料理的。他的生活俭朴、整洁，有条不紊。

---

[1] 即潘菲洛夫的《磨刀石农庄》。

我们一同回到城里了。一下火车他就说：

"曹同志！等一等！你是不是回寓所去，我打电话叫'苏维埃'汽车来，十分钟就有了，我用汽车把你送回去。"

"多谢多谢！只怕你很忙，耽误你的事情。"我不好意思，可是又不便谢绝地说。

……

莫斯科变相了！变得几乎认不出来了。在市中心，在莫斯科河岸上，在大"石桥"的桥头，两三年前，从中山大学门口，隔河朝夕相望的废墟上，现在屹立着黑灰色的十层楼的大厦，这是"政府大厦"，是政府人员的住宅，这里就住着《铁流》作者绥拉菲莫维奇同志。

到了我临时寓所的门口了。

"多谢！多谢！再见吧，绥拉菲莫维奇同志！"我同他握了手，下着车说。

"不客气！再见！你晓得我的家，不走的话，再上我家里谈好了！我们以后常常通信吧！……"汽车慢慢儿开快了，他在车上说着。最后的一句话，几乎被沙沙的轮转声吞没了。

一九三三年三月二十日于列宁格勒